HARRY POTTER
and the
Deathly Hallows

HARRY POTTER & THE DEATHLY HALLOWS

First published in Great Britain in 2007 by Bloomsbury Publishing Plc
Text © J.K. Rowling 2007
Cover illustrations by Jonny Duddle © Bloomsbury Publishing Plc 2014
Map illustration by Tomislav Tomic © J.K. Rowling 2014
Wizarding World is a trade mark of Warner Bros. Entertainment Inc.
Wizarding World Publishing and Theatrical Rights © J.K. Rowling
Wizarding World characters, names and related indicia are TM and © Warner Bros.
Entertainment Inc. All rights reserved.
Korean translation copyright © 2020 by Moonhak Soochup Publishing Co., Ltd.

저자의 저작인격권이 보장되어 있습니다.
이 책에서 등장하는 모든 인물과 사건은 허구이며 실존 인물과 사건을 연상시키는 부분이 있더라도
이는 저자의 의도와 무관합니다.

이 책은 저작권사와의 독점계약으로 ㈜문학수첩에서 출간되었습니다.
저작권법에 의해 한국 내에서 보호를 받는 저작물이므로 무단 전재와 무단 복제를 금합니다.

죽음의 성물

3

J.K. 롤링 지음 | **강동혁** 옮김

"이 책을

　　일곱 갈래로

　　　나누어 바칩니다.

　닐에게,

제시카에게,

　데이비드에게,

　　　　켄지에게,

　　디에게,

앤에게,

그리고 당신에게.

　만약 당신이

　　　　마지막 순간까지

　해리와

함께했다면."

아, 인간이라는 족속이 타고난 고통,
        끝없이 계속되는 죽음의 비명
                핏줄에 파고드는 그 손길
    누구도 멈출 수 없는 출혈, 그 슬픔,
어떤 인간도 견디지 못할 저주여.

하지만 치유책은 집 안에 있으니
    집 바깥에는 존재하지 않는다.
        다른 사람들이 아니라 그들 자신만이
    그 피비린내 나는 싸움으로 치유할 수 있을 따름이다.
우리가 지하의 어두운 신들인 그대들에게 노래하나니.

이제 들으소서, 지하의 축복받은 힘들이여.
    부름에 답하여 도움을 보내 주소서.
아이들을 축복해 주시고, 이제 그들이 승리하게 하소서.

— 아이스킬로스, 〈제주를 바치는 여인들〉

    죽음이란 친구들이 바다를 건너 어디론가 가듯이 한 세상을 건너는 것이다. 그렇게 건너간 뒤에도 사람들은 서로의 안에서 계속 살아간다. 왜냐하면 누군가가 보편적으로 존재하는 어떤 것 안에서 사랑하고 살아간다면 그 사람은 분명 존재하는 것이나 마찬가지기 때문이다. 그들은 이처럼 신성한 거울을 통해 서로의 얼굴을 마주 본다. 그들의 대화는 순수할 뿐만 아니라 자유롭다. 이것이 바로 친구가 받는 위안이니, 비록 사람은 죽는다 해도 그들의 우정과 교류만은 가장 선한 의미에서 늘 존재한다. 그것은 불멸하는 것이므로.

— 윌리엄 펜, 〈고독의 과실들〉

HARRY POTTER
죽음의 성물 1

1장	어둠의 왕, 비상하다	15
2장	추도문	35
3장	떠나는 더즐리 가족	58
4장	일곱 명의 포터	79
5장	추락한 전사	112
6장	잠옷을 입은 굴	151
7장	알버스 덤블도어의 유언	191
8장	결혼식	233
9장	은신처	272
10장	크리처의 이야기	298

HARRY POTTER
죽음의 성물 2

11장	뇌물	15
12장	마법은 힘이다	49
13장	머글 태생 등록 위원회	87
14장	도둑	123
15장	고블린의 복수	148
16장	고드릭 골짜기	192
17장	바틸다의 비밀	222
18장	알버스 덤블도어의 삶과 사기들	255
19장	은빛 암사슴	276

# HARRY POTTER
죽음의 성물 3

20장	제노필리우스 러브굿	15
21장	삼 형제 이야기	43
22장	죽음의 성물	73
23장	말포이 저택	109
24장	지팡이 제작자	160
25장	셸 코티지	202
26장	그린고츠	229
27장	최후의 은닉처	268
28장	잃어버린 거울	284

HARRY POTTER
죽음의 성물 4

29장	사라진 보관	15
30장	세베루스 스네이프의 도주	43
31장	호그와트 전투	75
32장	딱총나무 지팡이	125
33장	왕자의 이야기	159
34장	다시, 숲으로	213
35장	킹스크로스	237
36장	틀어진 계획	268
19년 후		312

일러두기

- 이 책은 2007년에 한국에서 처음 출간된 '해리 포터' 시리즈의 《해리 포터와 죽음의 성물》을 새로 번역한 것으로, 2014년 Bloomsbury Publishing Plc.에서 출간된 J.K. Rowling의 *Harry Potter and the Deathly Hallows*를 저본으로 삼았다.
- 인명 등 고유명사의 표기는 국립국어원 외래어표기법과 오디오북의 발음을 따랐으나, 이미 널리 굳어진 몇몇 명칭('호그와트', '헤르미온느', '래번클로', '후플푸프' 등등)은 기존 한국어판 번역을 그대로 따랐다.
- 역주는 본문 중에 '—옮긴이'로 표시했다.

20장
제노필리우스 러브굿

 해리는 헤르미온느의 분노가 하룻밤 사이에 가라앉을 거라고는 기대하지 않았다. 그래서 다음 날 아침 그녀가 험악한 표정과 날이 선 침묵으로만 그들을 대해도 별로 놀라지 않았다. 론은 그녀 앞에서 계속 반성하고 있다는 표시로, 부자연스러울 만큼 침울한 태도를 유지하며 대응했다. 사실, 셋 모두가 함께 있을 때면 해리는 썰렁한 장례식에서 슬퍼하지 않는 유일한 조문객이 된 듯한 기분이 들었다. 하지만 론도 해리와 단둘이 있는 몇 안 되는 순간에는 (물을 길어 오거나 버섯을 찾아 덤불을 뒤질 때는) 뻔뻔하게 쾌활해졌다.
 "누군가가 우릴 도와준 거야." 그는 계속 이렇게 말했다.

"누가 그 암사슴을 보내 준 거야. 누군가가 우리 편이라고. 호크룩스 하나를 없앴어, 친구!"

로켓을 파괴해서 기운이 난 그들은 다른 호크룩스들이 있을 만한 곳에 대해 의논하기 시작했다. 비록 전에도 이 주제에 대해 줄기차게 의논해 오긴 했지만 해리는 낙관적인 기분이 들었다. 첫 번째 돌파구에 이어 더 많은 돌파구가 이어질 거란 확신이 생겼다. 헤르미온느의 심통도 그의 자신감을 망치지 못했다. 갑작스러운 행운들, 신비스러운 암사슴의 등장이라든가 그리핀도르의 검을 되찾은 일, 그리고 무엇보다도 론이 돌아온 일이 너무나 기뻤기 때문에 해리는 계속 무표정한 얼굴을 하고 있기가 힘들었다.

늦은 오후 그와 론은 헤르미온느의 심술에서 또 한 번 벗어나, 있지도 않은 블랙베리를 찾아서 헐벗은 덤불들을 샅샅이 뒤지는 척하며 그동안 계속 나눠 왔던 소식을 주고받았다. 해리는 마침내 고드릭 골짜기에서 그 모든 일이 벌어지기 전까지 그와 헤르미온느가 이리저리 헤매고 다닌 이야기 전체를 론에게 들려주었다. 지금은 론이 해리에게 그들을 떠나 있던 몇 주 동안 바깥 마법사 세계에서 알게 된 모든 사실들을 전해 주는 중이었다.

"……그럼 그 금기에 대해서는 어떻게 알아낸 거야?" 그는 정부의 추적을 피하려는 머글 태생들의 수많은 필사적인 시도에 대해 설명한 뒤 해리에게 물었다.

"뭘 알아내?"

"너랑 헤르미온느도 이제 '그 사람' 이름을 말하지 않잖아!"

"아, 그래. 뭐, 그냥 알게 모르게 생긴 습관이야." 해리가 말했다. "하지만 아무 문제 없어. 그자를 볼……."

"**안 돼!**" 론이 소리쳤다. 그 바람에 해리는 덤불 속으로 벌렁 넘어졌고, 텐트 입구에 앉아 책에 코를 박고 있던 헤르미온느는 그들을 쏘아보았다. "미안." 론이 해리를 가시덤불에서 끌어당겨 **빼내** 주면서 말했다. "하지만 그 이름에는 저주가 걸려 있어, 해리. 놈들은 그런 식으로 사람들을 추적하는 거야! 그자의 이름을 말하면 보호 마법이 깨져. 마법적 교란 같은 게 일어나서 말이야. 놈들은 그런 식으로 토트넘 코트로드에서 우리를 찾아냈던 거야!"

"우리가 그자의 이름을 말했기 때문에?"

"바로 그거야! 그거 하난 인정해 줘야겠더라. 말이 되잖아. 감히 그 이름을 불렀던 건 덤블도어처럼 그자에게 진심을 다해 맞서 싸웠던 사람들뿐이니까. 놈들은 이제 그 이름에 금기를 걸어 놨어. 누구든 그 이름을 말하는 사람은 추적할 수 있도록. 불사조 기사단 단원들을 찾는 빠르고 쉬운 방법이지! 하마터면 킹슬리도 잡힐 뻔했어."

"진짜야?"

"그래, 죽음을 먹는 자들 한 무리가 킹슬리를 구석에 몰았다고 빌이 그랬어. 하지만 킹슬리는 겨우 빠져나왔대. 지금은 킹슬리도 우리처럼 도주 중이야." 론은 생각에 잠긴 채 마법 지팡이 끝으로 턱을 긁었다. "킹슬리가 그 암사슴을 보낸 건 아닐까?"

"킹슬리의 패트로누스는 스라소니야. 결혼식에서 봤던 거 기억하지?"

"아, 맞다……."

그들은 덤불을 따라, 텐트와 헤르미온느에게서 멀어져 갔다.

"해리…… 혹시 덤블도어는 아닐까?"

"덤블도어가 뭐?"

론은 조금 쑥스러운 표정을 지으면서도 나직한 목소리로 말했다. "덤블도어가…… 그 암사슴 말이야, 그러니까……." 론은 해리를 계속 곁눈질하고 있었다. "마지막으로 진짜 검을 갖고 있었던 사람은 덤블도어였잖아. 안 그래?"

해리는 론을 비웃지 않았다. 그 질문 뒤에 깃든 열망을 너무도 잘 알고 있었기 때문이다. 덤블도어가 어떻게든 그들 곁으로 돌아왔다는 생각, 그가 그들을 지켜보고 있다는 생각이 말로 표현할 수 없을 만큼 큰 위로가 되었을 것이다. 해리는 고개를 저었다.

"덤블도어 교수님은 죽었어." 그가 말했다. "돌아가시는 걸 내 눈으로 봤어. 시신도 봤고. 덤블도어 교수님은 확실히 돌아가셨어. 게다가 교수님의 패트로누스는 암사슴이 아니라 불사조잖아."

"하지만 패트로누스가 바뀔 수도 있잖아?" 론이 말했다. "통스의 패트로누스는 바뀌었어."

"그래, 하지만 덤블도어 교수님이 아직 살아 있다면 왜 모습을 안 드러내겠어? 왜 우리한테 그냥 검을 직접 건네주지 않겠느냐고."

"나야 모르지." 론이 말했다. "살아 있을 때 그 검을 너한테 주지 않은 거랑 같은 이유 아니겠냐? 너한테 낡은 스니치를 주고, 헤르미온느한테는 동화책을 남겨 준 거랑 같은 이유 아니겠냐고."

"그 이유가 뭔데?" 해리가 돌아서서 론의 얼굴을 똑바로 마주 보며 물었다. 그도 답을 간절히 바라고 있었다.

"모르겠어." 론이 말했다. "가끔 너무 짜증 날 때는 덤블도어가 재미있어했다거나…… 그냥 일을 더 어렵게 만들고 싶어 한 게 아닐까 하는 생각도 들었어. 하지만 이제는 그렇게 생각하지 않아. 나한테 딜루미네이터를 남길 때 덤블도어는 자기가 뭘 하는지 제대로 알고 있었던 거야. 덤블도어는…… 그러니까…….." 론의 귀가 새빨개졌다. 그는 발밑의 풀을 골똘히 내려다보며 발끝으로 쿡쿡 찔렀다. "내가 너희를 버리고 도망치리라는 걸 알고 있었던 게 틀림없어."

"아냐." 해리가 그의 말을 정정해 주었다. "네가 언제든 돌아오고 싶어 하리라는 걸 알고 계셨던 거지."

론은 그 말에 고마워하면서도 아직 어색한 표정이었다. 화제를 바꿀 겸해서 해리가 말했다. "덤블도어 교수님 얘기가 나와서 말인데, 스키터가 그분에 대해 뭐라고 썼는지 들었어?"

"아, 맞다." 론이 즉시 대꾸했다. "사람들이 그 얘기를 꽤 많이 하더라. 당연히 다른 때 같았으면 엄청난 뉴스였겠지. 덤블도어가 그린델왈드와 친구였다니. 하지만 지금은 덤블도어를 싫어했던 사람들이 그 얘기를 농담거리로 삼고 있을 뿐이야. 덤블도어가 아주 좋은 사람이라고 생각했던 사람들은 다들 뒤통수를 한 대 맞은 셈이고. 그렇지만 그게 대단한 문제라는 생각은 안 들어. 그때 덤블도어는 정말 어렸…….”

"우리 나이였어." 해리는 헤르미온느에게 반박했을 때와 똑같이 말했다. 그의 표정에 깃든 뭔가가 론에게 이 얘기를 더 밀어붙이지 말라고 신호를 보낸 듯했다.

커다란 거미 한 마리가 덤불 속 서리가 어린 거미줄 한가운데 앉아 있었다. 해리는 론이 전날 밤 그에게 준 마법 지팡이로 그 거미를 겨눴다. 헤르미온느가 생색을 내며 살펴보더니 야생 자두나무로 만들어진 거라고 판단 내린 지팡이였다.

"엔고르지오."

거미가 부르르 떨더니 거미줄에서 살짝 뛰어올랐다. 해리는 다시 시도해 보았다. 이번에 거미는 약간 커졌다.

"그만해." 론이 날카롭게 말했다. "덤블도어가 어렸다고 말해서 미안하다. 됐냐?"

해리는 론이 거미를 싫어한다는 사실을 잊고 있었다.

"미안……. *리듀시오.*"

하지만 거미는 원래 크기로 돌아가지 않았다. 해리는 야생 자두나무 지팡이를 내려다보았다. 지금까지 해리가 이 지팡이로 걸어 본 모든 소소한 주문들은 그의 불사조 지팡이로 걸었던 것보다 힘이 떨어지는 것 같았다. 새 지팡이는 거슬릴 정도로 낯설었다. 마치 팔 끝에 다른 사람의 손을 끼워 놓은 것 같았다.

"그냥 연습이 필요할 뿐이야." 어느새 등 뒤에서 소리 없이 다가와, 해리가 거미를 크게 만들었다가 줄이려고 애쓰는 모습을 걱정스럽게 지켜보던 헤르미온느가 말했다. "순전히 자신감 문제야, 해리."

해리는 그녀가 왜 이 지팡이에 아무 문제가 없기를 바라는지 알고 있었다. 그녀는 여전히 해리의 지팡이를 부러뜨린 것에 죄책감을 느끼고 있었다. 해리는 '지팡이에 아무 차이가 없다고 생각한다면 네가 이 야생 자두나무 지팡이를 갖고 대신 네 지팡이를 줘'라는 말이 목구멍까지 올라왔지만 간신히 참았다. 해리는 모두가 다시 친구가 된 이 상황이 너무나 좋아서 그냥 수긍하고 말았다. 하지만 헤르미온느는 론이 머뭇거리며 미소를 건네자 쿵쿵거리며 멀어지더니 다시 책 뒤로 얼굴을 감췄다.

어둠이 내리자 셋 모두 텐트 안으로 돌아갔고, 해리가 첫 번째로 망을 봤다. 그는 텐트 입구에 앉아서 야생 자두나무 지팡이로 발밑의 작은 돌들을 공중에 띄워 보려고 시도했다. 하지만 그의 마법은 아직도 전보다 서툴고 힘이 없어 보였다. 헤르미온느는 침대에 누워서 책을 읽고 있었고, 론은 그녀를 여러 번 초조하게 힐끔 올려다보더니 배낭에서 작은 나무 라디오를 꺼내 주파수를 맞추기 시작했다.

"프로그램이 하나 있어." 론이 해리에게 나직한 목소리로 말했다. "사실대로 뉴스를 전해 주는 프로그램 말이야. 다른 프로그램들은 전부 '그 사람' 편이라 정부 지침을 따르고 있는데, 이건…… 일단 들어 봐. 훌륭해. 다만 매일 밤 방송을 하지는 못해. 기습당할지도 모르니까 계속 장소를 옮겨야 하거든. 주파수를 맞추려면 암호도 있어야 하고……. 문제는, 내가 지난 방송을 놓쳐서 새 암호를 모른다는 건데……."

그는 마법 지팡이로 라디오 윗부분을 가볍게 두드리며 숨죽인 채 아무 단어나 무작위로 중얼거리다가 자꾸만 헤르미온느의 눈치를 살폈다. 그녀가 화를 낼까 봐 두려워하는 게 분명했다. 하지만 그녀는 론이 그곳에 없는 것처럼 굴 뿐이었다. 론은 한 10분 동안 라디오를 두드리며 중얼거렸고, 헤르미온느는 페이지를 몇 장 넘겼으며, 해리는 야생 자두나무 지팡이로 연습을 계속했다.

마침내 헤르미온느가 침대에서 내려왔다. 론은 라디오를 두드리던 행동을 즉시 멈췄다.

"이것 때문에 거슬리면 그만할게!" 그가 안절부절못하며 헤르미온느에게 말했다.

헤르미온느는 대꾸할 가치도 없다는 듯 해리에게 다가갔다.

"얘기 좀 하자." 그녀가 말했다.

해리는 여전히 그녀의 손에 들려 있는 책을 바라보았다. 《알버스 덤블도어의 삶과 사기들》이었다.

"뭔데?" 해리가 불안한 목소리로 물었다. 문득 그 책에 해리 자신에 관한 장이 있을 거라는 생각이 들었다. 그와 덤블도어의 관계에 대해 리타 스키터가 떠들어 대는 이야기는 별로 듣고 싶지 않았다. 하지만 헤르미온느의 대답은 완전히 예상 밖이었다.

"제노필리우스 러브굿을 만나러 가고 싶어."

해리는 그녀를 뚫어지게 바라보았다.

"뭐라고?"

"제노필리우스 러브굿 말이야. 루나네 아버지. 가서 그분과 얘기하고 싶어!"

"어…… 왜?"

그녀는 각오를 다지듯 심호흡을 하더니 말했다. "이건 그 상징이야, 《음유시인 비들 이야기》에 나오는 상징. 이

걸 봐!"

 그녀는 내키지 않는 듯한 해리의 눈앞에 《알버스 덤블도어의 삶과 사기들》을 들이밀었다. 해리는 덤블도어가 가느다랗고 기울어진 그 익숙한 글씨로 그린델왈드에게 쓴 편지의 원본 사진을 보았다. 해리는 덤블도어가 정말로 그런 말을 했으며 그 얘기가 리타 스키터가 지어낸 게 아니라는 확실한 증거를 두 눈으로 보고 싶지 않았다.

 "서명." 헤르미온느가 말했다. "서명을 봐, 해리!"

 그는 시키는 대로 했다. 잠깐 동안은 그녀가 무슨 말을 하는지 전혀 알 수 없었지만, 지팡이 불빛 아래서 더 자세히 살펴보자 덤블도어가 알버스의 'A'를 《음유시인 비들 이야기》에 실려 있는 것과 똑같은 삼각형 표시로 바꾸어 놓은 것이 보였다.

 "어…… 너희들 뭐 해……?" 론이 머뭇거리며 물었지만, 헤르미온느는 눈빛으로 그를 제압하고 다시 해리에게 고개를 돌렸다.

 "이게 계속 등장하잖아. 안 그래?" 그녀가 말했다. "빅토르가 이게 그린델왈드의 상징이라고 말한 건 나도 알아. 하지만 이 표시는 분명 고드릭 골짜기의 그 오래된 무덤에도 있었어. 그 묘비에 새겨진 날짜는 그린델왈드가 태어나기도 한참 전이었는데 말이야! 거기다 이젠 여기에까지! 음, 덤블도어 교수님이나 그린델왈드한테 이게 뭘 뜻하는지 물어보는 건 불가능해. 그린델왈드가 아직 살아 있는지도 모르겠고. 하지만 러브굿 씨한테는 물어볼 수 있잖아. 결혼식에서 이 상징을 목에 걸고 있었으니까. 난 이게 중요하다는 확신이 들어, 해리!"

해리는 바로 대답하지 않았다. 그는 그녀의 열정 가득한 얼굴을 들여다보다가 생각에 잠긴 채 주위를 둘러싼 어둠을 내다보았다. 잠시 침묵이 흐른 끝에 그가 말했다. "헤르미온느, 고드릭 골짜기에서 겪은 일을 한 번 더 겪을 필요는 없어. 그때도 우리 둘이 이런 식으로 얘기하다가 고드릭 골짜기에 가게 된 거잖아. 그리고……."

"하지만 계속 나타나잖아, 해리! 덤블도어 교수님은 나한테 《음유시인 비들 이야기》를 남겨 주셨어. 이 상징에 대해 뭔가 알아내야 하는 건지도 모르잖아?"

"또 시작이네!" 해리는 슬슬 짜증이 났다. "우린 계속 덤블도어 교수님이 우리한테 비밀스러운 신호와 단서들을 남겼다고 믿으려 애쓰고 있는데……."

"딜루미네이터는 꽤 유용하던걸." 론이 입을 열었다. "난 헤르미온느 말이 맞는 것 같아. 가서 러브굿을 만나 봐야 할 것 같은데."

해리는 험악한 눈으로 그를 쏘아보았다. 론이 헤르미온느 편을 드는 이유는 삼각형 룬문자의 의미를 알고 싶어서가 아닐 게 뻔했다.

"고드릭 골짜기 때랑은 다를 거야." 론이 덧붙였다. "러브굿은 네 편이잖아, 해리. 《이러쿵저러쿵》은 내내 너를 지지해 왔어. 계속 모두에게 널 도와야 한다고 말하고 있단 말이야!"

"난 이 일이 중요하다고 확신해!" 헤르미온느가 진심을 담아 말했다.

"하지만 만약 그렇다면 덤블도어 교수님이 돌아가시기 전에 나한테 그 얘기를 해 주지 않았을까?"

"어쩌면…… 어쩌면 네가 직접 알아내야 하는지도 몰라." 헤르미온느가 지푸라기라도 잡는 심정으로 말했다.

"그래." 론이 비위를 맞추듯 거들었다. "말 된다."

"아니, 말은 안 돼." 헤르미온느가 쏘아붙였다. "하지만 그렇더라도 러브굿 씨와 이야기해 봐야 한다고 생각해. 덤블도어 교수님과 그린델왈드, 고드릭 골짜기를 연결해 주는 상징이잖아. 해리, 난 우리가 반드시 이것에 대해 알아야 한다고 생각해!"

"투표로 하는 게 좋겠다." 론이 말했다. "러브굿을 만나러 가는 데 찬성하는 사람……."

그의 손이 헤르미온느보다도 먼저 공중으로 올라갔다. 손을 들어 올리는 헤르미온느의 입술이 꺼림칙하다는 듯 떨렸다.

"졌네, 해리. 어쩌냐." 론이 그의 등을 탁 치며 말했다.

"좋아." 해리가 반쯤은 우습고 반쯤은 짜증이 나서 말했다. "단, 일단 러브굿을 만나고 나면 호크룩스를 더 찾아보도록 하자. 알았지? 그나저나 러브굿 가족은 어디에 살아? 아는 사람?"

"아, 우리 집에서 별로 멀지 않아." 론이 말했다. "정확히 어딘지는 모르지만 엄마 아빠가 러브굿네 얘기를 할 때마다 언덕 쪽을 가리키셨거든. 그렇게 찾기 어렵지 않을 거야."

헤르미온느가 침대로 돌아가자 해리가 목소리를 낮추고 말했다.

"그냥 쟤한테 잘 보이려고 찬성한 거지?"

"사랑과 전쟁에서는 수단을 가리지 않는 법이지." 론이 밝은 목소리로 말했다. "그리고 이번 일은 사랑 문제기도 하고 전쟁 문제기도 하니까. 기운 차려, 크리스마스 연휴니까 루나도 집에 있을 거야!"

그들은 다음 날 아침 순간이동으로 도착한 바람 부는 언덕 위에서 오터리 세인트 캐치폴 마을의 멋진 풍경을 내려다보았다. 높은 데서 내려다본 마을은 갈라진 구름 사이로 햇빛이 비스듬하게 내리비치는 땅 위에 장난감 집들이 옹기종기 모여 있는 것처럼 보였다. 그들은 잠시 서서 손으로 눈에 그늘을 드리우고 버로 쪽을 바라보았다. 하지만 보이는 것이라고는 비뚤비뚤한 작은 집을 머글들의 눈에 띄지 않도록 가린 과수원의 높은 산울타리와 나무뿐이었다.

"이상하다, 이렇게 가까이 왔는데 집에 들르지 않는다니." 론이 말했다.

"나 참, 얼마 전에 다녀왔잖아. 크리스마스에 집에 있었으면서." 헤르미온느가 차갑게 말했다.

"난 버로에 가지 않았어!" 론은 어이가 없다는 듯 웃음을 터뜨리며 말했다. "내가 버로로 돌아가서 모두에게 너희를 버리고 왔다고 말했을 것 같냐? 그래, 그럼 프레드랑 조지가 퍽도 좋아했겠다. 지니도. 지니가 잘도 이해해 줬겠네."

"그럼 어디에 있었는데?" 헤르미온느가 놀라서 물었다.

"빌이랑 플뢰르의 신혼집에 있었어. 셸 코티지('조개껍데기 오두막'이라는 뜻─옮긴이) 말이야. 빌은 나한테 항상 잘해 줬거든. 내가 한 짓을 듣고 별로…… 별로 좋아하진 않않지만 그 얘기를 계속 꺼내진 않았어. 내가 정말 미안해하고 있다는 걸 알았으니까. 나머지 가족들은 내가 그 집에 있었다는 걸 몰라. 빌이 엄마한테 크리스마스에는 플뢰르랑 단둘이 집에 있고 싶다고 말했거든. 뭐, 결혼하고 나서 맞이하는 첫 명절이니까. 플뢰르도 싫진 않았을걸. 플뢰르가 셀레스티나 워벡을 얼마나 싫어하는지 너희도 알잖아."

론은 버로를 등지고 돌아섰다.

"이쪽부터 찾아보자." 그가 언덕 꼭대기로 앞장서 가며 말했다.

그들은 몇 시간을 걸었다. 해리는 헤르미온느가 고집을 부리는 통에 투명 망토로 몸을 감추고 있었다. 옹기종기 모여 있는 낮은 언덕들에는 작은 오두막이 한 채 있을 뿐 사람이 살지 않는 듯했고, 그나마 그 오두막에도 인기척이 없었다.

"여기가 루나네 집일까? 크리스마스 여행이라도 간 것 아냐?" 헤르미온느가 창턱에 제라늄 화분이 놓여 있는 창문 너머로 작고 깔끔한 부엌을 들여다보며 말했다. 론이 코웃음을 쳤다.

"그게 말이지, 난 러브굿네 창문을 들여다보면 그 집에 사는 사람이 누군지 바로 알 수 있을 것 같은 느낌이 들어. 다른 언덕을 찾아보자."

그래서 그들은 북쪽으로 몇 킬로미터 떨어진 곳으로 순간이동을 했다.

"아하!" 바람이 그들의 머리와 옷깃을 마구 흔드는 와중에 론이 소리쳤다. 그가 그들이 도착한 언덕 꼭대기를 가리켰다. 그곳에는 굉장히 이상하게 생긴 집 하나가 하늘을 향해 높이 솟아 있었다. 집은 엄청나게 큰 검은색 원통 모양이었고, 그 뒤로 오후의 하늘을 배경 삼아 희미한 달이 걸려 있었다. "저게 루나네 집이 틀림없어. 아니면 누가 저런 데 살겠냐? 꼭 거대한 룩(rook) 같네!"

"전혀 까마귀('룩'은 성 모양의 체스 말을 가리키지만 '까마귀'를 뜻하기도 한다—옮긴이)처럼 안 보이는데." 헤르미온느가 그 탑 같은 집을 향해 얼굴을 찌푸리며 말했다.

"나는 체스의 룩을 말하는 거야." 론이 말했다. "너한테는 성이라고 해야겠다."

다리가 가장 긴 론이 언덕 꼭대기에 맨 먼저 도착했다. 해리와 헤르미온느가 헐떡이면서 쿡쿡 쑤시는 옆구리를 부여잡고 따라잡았을 때 론은 그곳에 서서 씩 웃고 있었다.

"이 집 맞아." 론이 말했다. "봐."

손으로 쓴 팻말 세 개가 부서진 대문에 못 박혀 있었다. 첫 번째 팻말에는 이렇게 써 있었다.

《이러쿵저러쿵》의 편집장: X. 러브굿

두 번째 팻말에는,

겨우살이를 꺾어 가도 됩니다.

세 번째에는,

비행 자두를 조심하세요.

대문을 열자 삐걱거리는 소리가 났다. 현관문까지 지그재그로 이어지는 길에는 각종 희한한 식물들이 무성하게 자라 있었는데, 그중에는 루나가 귀걸이로 걸고 다니던 순무처럼 생긴 주황색 과일이 잔뜩 열린 덤불 나무도 있었다. 해리는 올가미나무를 본 것 같다는 생각에 말라비틀어진 그루터기에서 얼른 떨어졌다. 오래된 야생 능금나무 두 그루가 바람에 휘어졌다. 그 나무들은 잎은 다 떨어졌지만, 여전히 딸기만 한 빨간 열매들과 하얀 구슬 장식이 달린 북슬북슬한 겨우살이 화관을 달고 현관문 양옆에 보초병처럼 서 있었다. 약간 매처럼 생긴 납작한 머리를 가진 작은 부엉이가 나뭇가지에 앉아 그들을 내려다보았다.

"투명 망토를 벗는 게 좋겠어, 해리." 헤르미온느가 말했다. "러브굿 씨가 도와주고 싶어 하는 사람은 너지 우리가 아니니까."

해리는 그녀의 말대로 망토를 벗은 다음, 구슬가방에 넣도록 그녀에게 건네주었다. 이어 그녀가 두꺼운 검은색 문을 세 번 두드렸다. 문에는 장식용 쇠못이 박혀 있고 독수리 모양 고리가 달려 있었다.

10초도 지나지 않아서 문이 활짝 열렸다. 그곳에는 맨발에다가 얼룩이 잔뜩 묻은 잠옷 같은 것을 입은 제노필리우스 러브굿이 서 있었다. 그의 하얀 솜사탕 같은 긴 머리카락은 지저분하게 헝클어져 있었다. 이에 비하면 빌과 플뢰르의 결혼식에 왔을 때는 훨씬 말쑥한 차림새였다.

"뭐? 뭐지? 너희는 누구야? 원하는 게 뭐야?" 그는 짜증이 깃든 카랑카랑한 목소리로 소리치며 처음에는 헤르미온느를, 그다음에는 론을, 마지막으로는 해리를 보았다. 그 순간 그의 입이 딱 벌어지면서 우스꽝스럽게 완벽한

'O'를 만들었다.

"안녕하세요, 러브굿 아저씨." 해리가 손을 내밀며 말했다. "저는 해리예요, 해리 포터요."

제노필리우스는 해리의 손을 잡지 않았다. 사시인 한쪽 눈은 안쪽으로 돌아가 그 자신의 코를 향하고 있었지만, 다른 쪽 눈은 해리 이마의 흉터로 곧장 미끄러졌다.

"들어가도 괜찮을까요?" 해리가 물었다. "여쭤보고 싶은 게 있어서요."

"그…… 그게 바람직한 일인지 잘 모르겠구나." 제노필리우스가 속삭였다. 그는 침을 꿀꺽 삼키더니 정원을 재빨리 둘러보았다. "좀 놀랍구나…… 아이고…… 나는…… 미안하지만 그러지 말아야 할 것 같…….'"

"오래 걸리지는 않을 거예요." 해리는 따뜻하다고는 할 수 없는 환영 인사에 약간 실망해서 말했다.

"나는…… 아, 그래, 그럼. 들어와라, 빨리. *빨리!*"

그들이 문턱을 막 넘자마자 제노필리우스가 등 뒤에서 문을 쾅 닫았다. 그들은 해리가 이제껏 본 것 중 가장 기묘한 부엌 안에 서 있었다. 방이 완벽한 원형이어서 마치 거대한 후추통 속에 들어와 있는 것 같은 기분이 들었다. 스토브와 싱크대, 찬장 등 모든 것이 벽면에 맞도록 휘어져 있었다. 게다가 그 모든 것에는 밝은 원색으로 꽃과 곤충과 새 그림이 그려져 있었다. 해리는 그 그림들에서 루나의 손길이 느껴지는 것 같았다. 이렇게 밀폐된 공간에서 그것이 불러일으키는 효과는 약간 감당하기 힘들 정도였다.

바닥 한복판에는 연철로 된 나선형 계단이 위층으로 이어지고 있었다. 머리 위에서 철컹거리는 소리와 쿵쾅대는 시끄러운 소리가 들려왔다. 해리는 루나가 대체 뭘 하는 건지 궁금해졌다.

"올라오는 게 좋겠다." 제노필리우스는 여전히 한없이 불편한 표정으로 말하며 앞장섰다.

위층의 방은 거실 겸 작업실로 사용하는 것처럼 보였는데, 그런 만큼 부엌보다 훨씬 어질러져 있었다. 크기가 훨씬 작고 완벽한 원형이라는 것만 빼면 이 방은 몇 세기 동안 숨겨 놓은 물건들로 거대한 미로가 되어 버린, 그 잊을 수 없는 필요의 방과 왠지 비슷했다. 보이는 곳마다 책과 종이 들이 산더미처럼 쌓여 있었다. 해리로서는 정체를 알 수 없는 동물들의 정교한 모형이 하나같이 날개를 파닥거리거나 주둥이를 딱딱거리며 천장에 매달려 있었다.

루나는 보이지 않았다. 소음을 낸 것은 나무로 된 어떤 물건이었는데, 그 물건은 마법으로 작동되는 톱니바퀴들로 뒤덮여 있었다. 작업대와 낡은 선반들이 기괴하게 합쳐진 것처럼 보이기도 했다. 잠시 후 그 기계가 《이러쿵저러쿵》을 잇달아 찍어 내는 광경을 본 해리는 그것이 구식 인쇄기일 거라고 생각했다.

"잠깐 실례." 제노필리우스가 말했다. 그는 기계 쪽으로 성큼성큼 다가가더니 지저분한 식탁보를 잡아당겼다. 그 바람에 그 위에 잔뜩 놓여 있던 책과 종이 들이 바닥으로 떨어졌다. 제노필리우스는 식탁보를 인쇄기 위에 덮어씌워 쾅쾅대고 철컹거리는 시끄러운 소리를 어느 정도 막은 다음 해리를 마주 보았다.

"여긴 왜 왔니?"

하지만 해리가 뭐라고 대꾸하기도 전에 헤르미온느가 놀라서 작은 비명을 내질렀다.

"러브굿 아저씨…… 저게 뭐예요?"

그녀는 커다란 잿빛 나선형 뿔을 가리키고 있었다. 유니콘 뿔과도 비슷한 그것은 벽에 붙은 채 1미터 정도 튀어나와 있었다.

"저건 굽은뿔 스노캑의 뿔이야." 제노필리우스가 말했다.

"아뇨, 그럴 리가 없어요!" 헤르미온느가 말했다.

"헤르미온느." 해리가 당황해서 웅얼거렸다. "지금은 그

럴 때가…….'

"하지만 해리, 저건 에럼펀트 뿔이야! B등급 거래 물품인 데다가 집 안에 두기에는 특히 위험한 거라고!"

"저게 에럼펀트 뿔인 건 어떻게 알아?" 론은 방이 굉장히 어수선한 와중에도 최대한 빠르게 뿔에서 멀어지며 그렇게 물었다.

"《신비한 동물 사전》에 설명이 나와 있어! 러브굿 아저씨, 당장 없애셔야 해요. 살짝만 건드려도 터질 수 있다는 거 모르세요?"

"굽은뿔 스노캑은" 하고, 제노필리우스가 고집스러운 표정을 지으며 매우 분명하게 말했다. "수줍음을 많이 타는 고귀한 마법 생명체야. 그 뿔은…….'

"러브굿 아저씨, 아래쪽을 빙 둘러서 홈이 파인 무늬가 보이시죠? 저건 에럼펀트 뿔이 맞고, 굉장히 위험해요. 어디에서 구하셨는지 모르겠지만…….'

"샀다." 제노필리우스가 고집스럽게 말했다. "2주 전, 내가 아름다운 스노캑에 관심이 많다는 것을 아는 어느 젊은 마법사한테서 말이야. 그 친구, 정말 마음에 들더군. 우리 루나한테 줄 깜짝 크리스마스 선물이야. 자……." 그가 해리를 향해 돌아서며 말했다. "여기 온 이유가 정확히 뭐냐,

포터 군?"

"도움이 필요해서요." 헤르미온느가 다시 입을 열기 전에 해리가 말했다.

"아." 제노필리우스가 말했다. "도움이라, 흠." 그의 멀쩡한 눈이 다시 해리의 흉터로 향했다. 그는 겁에 질린 동시에 매혹당한 표정이었다. "그래. 근데…… 해리 포터를 돕는다…… 꽤 위험한 일인데……."

"사람들한테 해리를 돕는 게 첫째가는 의무라고 계속 말한 게 아저씨 아니에요?" 론이 말했다. "아저씨 잡지에서요."

제노필리우스는 등 뒤의 인쇄기를 힐끗 돌아보았다. 인쇄기는 여전히 식탁보 밑에서 쿵쾅대며 덜컹거리고 있었다.

"어…… 그래, 그런 입장을 표명해 왔지. 하지만……."

"……그건 다른 사람들이 할 일이지, 아저씨가 직접 할 일은 아니다 이거예요?" 론이 따지듯 물었다.

제노필리우스는 대답하지 않았다. 계속 침만 꿀꺽 삼켜대는 그의 눈이 세 사람 사이를 빠르게 오갔다. 해리는 그의 내면에서 어떤 고통스러운 갈등이 일어나고 있다는 느낌을 받았다.

"루나는 어디 있어요?" 헤르미온느가 물었다. "루나는 어떻게 생각하는지 들어 봐요."

제노필리우스가 침을 꿀꺽 삼켰다. 그는 마음을 다잡는 것처럼 보였다. 마침내 그가 인쇄기 소음에 묻혀 잘 들리지 않는 떨리는 목소리로 말했다. "루나는 저 밑에 있는 개울에서 민물 플림피들을 낚고 있어. 그 애는…… 그 애도 너희를 보고 싶어 할 거다. 내가 가서 불러올 테니…… 그래, 좋아. 내가 너희에게 도움이 되도록 애써 보마."

그가 나선형 계단으로 내려가 사라졌다. 현관문이 열렸다 닫히는 소리가 들렸다. 세 사람은 서로를 바라보았다.

"겁쟁이 늙다리 사마귀 같으니." 론이 말했다. "루나가 저 사람보다 열 배는 더 용감하겠다."

"내가 여기 있는 걸 죽음을 먹는 자들이 알면 자기 가족한테 무슨 일이 일어날까 봐 걱정하는 거겠지." 해리가 말했다.

"음, 난 론이랑 같은 생각이야." 헤르미온느가 말했다. "끔찍한 위선자네. 다른 사람들한테는 너를 도우라고 말하면서 자기는 꽁무니를 빼려고 하다니. 그리고 제발 부탁인데 그 뿔에서 좀 떨어져 있어."

해리는 방 저편 창가로 다가갔다. 저 아래 먼 곳, 언덕 밑에 가느다란 리본처럼 반짝이는 개울이 보였다. 그들은 아주 높은 곳에 올라와 있었다. 연이은 언덕에 가려진 버로 쪽을 바라보는데 새 한 마리가 퍼덕거리며 지나갔다. 지니가 저기 어딘가에 있었다. 오늘 그들 두 사람은 빌과 플뢰르의 결혼식 날 이후 그 어느 때보다 가까운 곳에 있었지만, 해리가 지니 생각을 하면서 그녀가 있는 쪽을 바라보고 있다는 사실을 그녀가 알 리는 없었다. 그 점을 다행스럽게 여겨야 할 것 같았다. 그와 접촉한 사람들은 모두 위험해졌다. 제노필리우스의 태도가 그 증거였다.

그는 창문에서 몸을 돌렸다. 해리의 시선이 밑으로 휘어진 어수선한 탁자 위에 놓여 있는 또 하나의 특이한 물건에 닿았다. 그것은 아름다우면서도 엄격한 얼굴을 하고 있는 한 여자 마법사의 돌 흉상이었다. 머리에는 황금빛 보청기처럼 생긴 물체 두 개가 양옆으로 곡선을 그리며 튀어나와 있는 이상한 머리 장식이 씌워져 있었다. 그녀의 정수리에 둘러진 가죽 끈에는 작디작은 반짝이는 파란색 날개 한 쌍이 붙어 있었고, 이마를 두른 또 다른 끈에는 오렌지색 순무 하나가 매달려 있었다.

"이것 좀 봐." 해리가 말했다.

"끝내준다." 론이 말했다. "결혼식에 이걸 안 쓰고 왔다니 의외네."

현관문이 닫히는 소리가 나더니 다음 순간 제노필리우스가 나선형 계단을 올라 방으로 들어왔다. 지금 그는 가느다란 두 다리를 부츠로 감싼 채, 짝이 맞지 않는 찻잔과 김이 나는 찻주전자를 쟁반에 받쳐 들고 있었다.

"아, 내가 아끼는 발명품을 발견했구나." 그가 헤르미온느에게 쟁반을 떠넘기고 흉상 앞에 있는 해리에게 다가가며 말했다. "저 머리 장식은 아름다운 로워너 래번클로의 머리를 제대로 본떠서 만든 거야. *헤아릴 수 없는 재치는 인간의 가장 위대한 보물이다!*"

그는 보청기처럼 생긴 물건들을 가리켰다.

"이것들은 랙스퍼트를 빨아들이는 관이야. 생각에 빠진 사람 주위에서 집중력을 흐트러뜨리는 모든 것을 제거하지. 여기 이건……." 그가 작은 날개들을 가리켰다. "빌리위그 프로펠러야. 맑은 정신을 유도한단다. 마지막으로……." 그는 오렌지색 순무를 가리켰다. "비행 자두는 특별한 것들을 받아들이는 능력을 강화하기 위한 거지."

제노필리우스는 헤르미온느가 어질러진 탁자 한 곳에 위태롭게 균형을 잡아 올려놓은 차 쟁반 쪽으로 성큼성큼 걸어갔다.

"너희 모두 거디루트 우린 물 한 잔씩 할래?" 제노필리우스가 말했다. "우리가 직접 만든단다." 그는 비트 즙처럼 진한 자주색 음료를 따르기 시작하며 덧붙였다. "루나는 보팀 다리 너머까지 내려가 있어. 너희가 와서 아주 신이 났다. 그렇게 오래 걸리지는 않을 거야. 우리 모두가 먹을 수프를 만들기에 충분할 만큼 플림피들을 잡았거든. 부디 앉으렴. 설탕은 얼마든지 넣고. 자." 그가 곧 쓰러질 것 같은 종이 더미를 치우고 안락의자에 앉으며 부츠 신은 다리를 꼬았다. "뭘 도와주면 될까, 포터 군?"

"그게……." 해리가 헤르미온느를 힐끗 보며 말했다. 그녀는 격려하듯 고개를 끄덕였다. "빌과 플뢰르의 결혼식에서 목에 걸고 계시던 상징에 관한 거예요, 러브굿 아저씨. 그게 무슨 의미인지 궁금했거든요."

제노필리우스가 눈썹을 치켜올렸다.

"죽음의 성물 상징을 말하는 거니?"

21장
삼형제 이야기

 해리는 고개를 돌려 론과 헤르미온느를 바라보았다. 그 두 사람도 제노필리우스가 한 말을 이해하지 못한 듯했다.
 "죽음의 성물요?"
 "그래." 제노필리우스가 말했다. "들어 본 적 없니? 별로 놀랍지는 않구나. 아주아주 적은 수의 마법사들만이 믿는 얘기니까. 네 형 결혼식에 왔던 그 얼간이 청년만 봐도 알겠지." 그가 고갯짓으로 론을 가리켰다. "유명한 어둠의 마법사의 상징을 자랑스럽게 걸고 다닌다며 날 공격했잖아! 그렇게 무식해서야. 성물은 어둠의 마법과 아무런 관련이 없어. 적어도 원래 의미대로라면 말이야. 사람들이 이 상징을 사용하는 건 그저 그 이야기를 믿는 사람들한테 자신을 드러내기 위해서일 뿐이야. 그 사람들이 성물 탐색에 도움을 줄지도 모른다고 기대하면서 말이지."

그는 거디루트 즙에 각설탕 몇 개를 넣고 저은 다음 홀짝였다.

"죄송한데……." 해리가 말했다. "여전히 무슨 말인지 모르겠는데요."

그는 예의상 자기 찻잔에 담긴 음료를 한 모금 마셨다가 하마터면 구역질을 할 뻔했다. 모든 맛이 나는 강낭콩 젤리 코딱지 맛을 녹인 것처럼 역겹기 그지없는 맛이었다.

"흠, 그게 말이지, 죽음의 성물을 믿는 사람들은 그걸 찾아다니거든." 제노필리우스는 딱 봐도 거디루트 즙을 즐기는 듯 쩝쩝 입맛을 다셨다.

"근데 대체 죽음의 성물이 뭔데요?" 헤르미온느가 물었다.

제노필리우스는 다 마신 잔을 내려놓았다.

"너희 모두 〈삼 형제 이야기〉는 잘 알고 있겠지?"

해리는 "아뇨"라고 말했지만 론과 헤르미온느는 둘 다 "네"라고 대답했다.

제노필리우스가 진지하게 고개를 끄덕였다.

"이런, 이런. 포터 군. 이 모든 일이 〈삼 형제 이야기〉로 시작한단다……. 책이 어디 있을 텐데……."

그가 방 안에 흩어져 있는 양피지와 책 더미를 막연하게 힐끗 둘러보자 헤르미온느가 말했다. "저도 한 권 가지고 있어요, 러브굿 아저씨. 저는 여기서 읽었어요."

그녀는 작은 구슬가방에서 《음유시인 비들 이야기》를 꺼냈다.

"원본인가?" 제노필리우스는 날카롭게 묻더니 그녀가 고개를 끄덕이자 말을 이었다. "뭐 그렇다면, 네가 큰 소리로 읽어 주지 그러니? 우리 모두가 확실히 이해할 수 있는 가장 좋은 방법일 테니까."

"어…… 알겠어요." 헤르미온느가 긴장한 듯 말했다. 그녀가 책을 펼치자 그들이 지금 조사하고 있는 상징이 페이지 맨 위에 그려져 있는 것이 보였다. 그녀가 작게 목청을 가다듬고 읽기 시작했다.

옛날 옛적, 삼 형제가 해 질 녘에 으슥한 꼬부랑길을 걸어가고 있었습니다.

"우리 엄마는 항상 한밤중이라고 했는데." 기지개를 켜다가 두 팔을 머리 뒤로 한 채 귀를 기울이던 론이 말했다. 헤르미온느가 짜증스러운 눈길로 그를 쏘아보았다.

"미안, 난 그냥 한밤중이면 좀 더 으스스할 것 같았어!" 론이 말했다.

"그래, 우리 삶에서 확실히 공포가 부족하긴 하지." 해리가 못 참고 말했다. 제노필리우스는 별 관심 없는 듯 창밖의 하늘을 내다보고 있었다. "계속해, 헤르미온느."

이윽고 형제들은 어느 강가에 도달했습니다. 강은 너무 깊어서 걸어서 건너갈 수 없었고, 너무 위험해서 헤엄쳐 갈 수도 없었습니다. 하지만 이 형제들은 마법을 배운 사람들이었습니다. 그들이 가볍게 지팡이를 흔들자, 사나운 강물 위로 다리가 나타났습니다. 다리를 반쯤 건넜을 때, 두건을 쓴 어떤 이가 그들의 앞을 가로막았습니다.

죽음이 그들에게 말을 걸었습니다.

"잠깐만." 해리가 끼어들었다. "죽음이 말을 걸었다고?"
"이건 동화야, 해리!"
"그렇네. 미안, 계속해."

죽음이 그들에게 말을 걸었습니다. 죽음은 세 명의 새로운 희생자들이 용케 죽음을 면하게 된 것에 몹시 화가 났습니다.

여행자들은 대개 이 강에 빠져 목숨을 잃었기 때문입니다. 하지만 죽음은 대단히 교활했습니다. 그는 세 형제의 마법을 칭찬하는 척했습니다. 그리고 자신을 피해 갈 만큼 영리했으니, 그들 각자에게 상을 주겠다고 말했습니다.

유달리 경쟁심이 강했던 첫째는 이 세상 어떤 지팡이보다도 더욱 강력한 힘을 지닌 지팡이를 달라고 했습니다. 어떤 결투에서도 항상 승리하는 지팡이, 죽음을 정복한 마법사에게 어울릴 만한 지팡이를 말입니다! 그리하여 죽음은 강둑에 서 있는 딱총나무로 다가가서 늘어진 가지를 꺾어 지팡이를 만들었습니다. 그리고 그것을 첫째에게 주었습니다.

한편 거만하기 짝이 없는 둘째는 죽음에게 더 큰 굴욕감을 안겨 줄 작정을 했습니다. 그래서 죽은 이들을 소생시킬 수 있는 능력을 달라고 요구했습니다. 죽음은 강둑에 있는 돌멩이 하나를 집어서 둘째에게 주었습니다. 그리고 이 돌은 죽은 자들을 다시 불러올 수 있는 힘을 갖게 될 것이라고 말했습니다.

이제 죽음은 막내인 셋째에게 그대는 뭘 원하느냐고 물었습니다. 막내는 형제들 중에서 가장 겸손하고, 또한 지혜로웠습니다. 그러므로 그는 죽음을 믿지 않았습니다. 그래서 그는 죽음에게 추적을 당하지 않고 그곳을 벗어날 수 있게 해 주는 뭔가를 달라고 했습니다. 죽음은 몹시 마지못해하면서, 자신의 투명 망토를 넘겨주었습니다.

"죽음이 투명 망토를 갖고 있었단 말이야?" 해리가 다시 말을 끊었다.

"그래야 사람들한테 몰래 다가가지." 론이 말했다. "가끔은 팔을 퍼덕거리고 소리 지르면서 사람들한테 달려드는 게 지겹기도 할 테니까…… 미안, 헤르미온느."

그런 다음 죽음은 옆으로 비켜서서 삼 형제가 길을 계속 가도록 허락했습니다. 그들은 방금 겪은 이 놀라운 무험과 신기한 죽음의 선물에 대해 이야기를 나누며 계속 길을 갔습니다.

머지않아 세 형제는 각자의 목적지를 향해 헤어졌습니다.

첫째는 1주일 이상 여행을 계속했습니다. 그리고 어느 마을에 도착하자, 결투를 할 마법사를 찾았습니다. 딱총나무 지팡이를 지닌 그는 당연히 결투에서 승리했습니다. 목숨을 잃고 바닥에 쓰러진 적을 남겨 둔 채, 첫째는 어느 여관으로 들어갔습니다. 그리고 큰 소리로 자신이 죽음에게서 빼앗은 강력한 지팡이를 자랑하며, 천하무적이 되었노라고 떠들어 댔습니다.

바로 그날 밤에 또 다른 마법사가 술에 흠뻑 취해서 침대에 곯아떨어진 첫째에게 살금살금 다가갔습니다. 그 도둑은 지팡이를 훔친 다음, 첫째의 목을 깊숙이 베어 버렸습니다.

그리하여 죽음은 첫째를 차지했습니다.

한편 둘째는 혼자 살던 집으로 돌아갔습니다. 그리고 죽은 자를 다시 불러올 수 있는 돌을 꺼내 손안에서 세 번 돌렸습니다. 그러자 놀랍고 기쁘게도, 예전에 그가 결혼하고 싶어 했지만 때 이른 죽음을 맞았던 아가씨의 모습이 눈앞에 나타났습니다.

하지만 그녀는 슬퍼 보이고 차가웠으며, 베일로 가로막혀 있었습니다. 비록 산 자들의 세계로 돌아왔지만, 진정으로 이 세계에 속한 것이 아니었기에 고통스러웠습니다. 마침내 둘째는 채울 수 없는 갈망에 미쳐서, 진정으로 그녀와 하나가 되기 위해 스스로 목숨을 끊었습니다.

그리하여 죽음은 둘째를 차지했습니다.

죽음은 몇 해 동안이나 셋째를 찾아다녔습니다. 하지만 그는 결코 눈에 띄지 않았습니다. 굉장히 나이를 많이 먹었을 때, 셋째는 비로소 투명 망토를 벗고 그것을 아들에게 주었습니다. 그런 다음 죽음을 오랜 친구로 맞아들였습니다. 그리고 기꺼이 죽음과 함께 갔습니다. 그리하여 둘은 나란히 이 세상을 떠났습니다.

헤르미온느는 책을 덮었다. 제노필리우스는 잠깐 시간이 흐른 뒤에야 그녀가 책 읽기를 마쳤다는 사실을 깨달은 듯 창문에서 시선을 돌리며 말했다. "뭐, 그거란다."
"네?" 헤르미온느가 혼란스러운 목소리로 물었다.
"그것들이 바로 죽음의 성물이야." 제노필리우스가 말했다.

그는 팔꿈치께의 어수선한 탁자에서 깃펜을 집어 들더니 책 더미 사이에서 찢어진 양피지를 꺼냈다.
"딱총나무 지팡이." 그는 그렇게 말하며 양피지에 세로로 선을 쭉 그었다. "부활의 돌" 하고 말한 뒤에는 세로 선 위에다 원을 그렸다. "투명 망토." 그는 선과 원을 에워싸는 삼각형을 그려서 헤르미온느가 그토록 의문을 품었던 상징을 완성시키며 말을 맺었다. "이 모든 것을 합치면……." 그가 말했다. "죽음의 성물이 완성된다."
"하지만 이 이야기에 '죽음의 성물'이라는 말은 한 번도 안 나오는데요." 헤르미온느가 말했다.
"뭐, 당연하지." 제노필리우스가 짜증 날 만큼 으스대며 말했다. "그건 동화야. 뭘 가르쳐 주기보다는 재미있으라고 하는 얘기지. 하지만 이런 문제에 대해 잘 아는 우리 같은 사람들은 이 오래된 이야기가 세 가지 물건, 혹은 성물에 관한 것임을 알고 있단다. 이 세 가지 성물이 모두 모이면 그것들을 소유하는 사람은 죽음의 지배자가 되는 거야."

짧은 침묵이 흐르는 사이 제노필리우스가 창밖을 힐끗 내다보았다. 태양은 벌써 하늘에 낮게 기울어 있었다.

"루나가 어서 플림피를 충분히 잡아 와야 할 텐데." 그가 조용히 말했다.

"'죽음의 지배자'라고 하셨는데……." 론이 입을 열었다.

"말 그대로……." 제노필리우스가 가볍게 손을 내저으며 말했다. "주인. 정복자. 승리자. 원하는 대로 부르면 돼."

"하지만 그렇다면…… 아저씨는……." 헤르미온느가 천천히 말했다. 해리는 그녀가 목소리에서 회의적인 기색을 모두 지우려 애쓰고 있다는 것을 알 수 있었다. "이 물건들이, 이 성물들이 실제로 존재한다고 믿으시는 거예요?"

제노필리우스가 다시 눈썹을 치켜들었다.

"그래, 물론이다."

"하지만……." 헤르미온느가 말했다. 그녀의 자제심이 무너지기 시작하는 소리가 들렸다. "러브굿 아저씨, 도대체 어떻게 이런 걸 믿을 수가……?"

"루나가 너에 대해 다 말해 줬다, 꼬마 아가씨." 제노필리우스가 말했다. "내 생각에 너는 머리가 나쁘진 않지만 답답할 정도로 상상력이 부족해. 편협하고 생각이 꽉 막혔더구나."

"너, 저거 머리에 써 봐야겠다, 헤르미온느." 론이 우스꽝스러운 머리 장식을 고갯짓으로 가리키며 말했다. 터져 나오려는 웃음을 참느라 그의 목소리가 떨렸다.

"러브굿 아저씨." 헤르미온느가 다시 입을 열었다. "투명 망토 같은 것들이 있다는 건 우리 모두가 알아요. 희귀하긴 하지만 존재하죠. 하지만……."

"아, 하지만 세 번째 성물은 *진정한* 투명 망토란다, 그레인저 양! 내 말은, 보호색 마법이나 눈가림 마법이 걸려 있거나, 데미가이즈 털로 짠 여행용 망토 같은 게 아니라는 거지. 그런 것들은 처음에는 모습을 감춰 주지만, 몇 년이 지나면 빛이 바래 불투명해진단다. 우리가 얘기하고 있는 건 정말로, 진정으로 입은 사람을 완벽하게 안 보이게 만들어 주고 영원히 그 효력이 변치 않는, 어떤 주문을 걸더라도 결코 꿰뚫어 볼 수 없는 은폐를 제공하는 망토야. 그런 망토를 지금껏 얼마나 봤지, 그레인저 양?"

헤르미온느는 대꾸하려고 입을 열었다가, 어느 때보다

도 혼란스러운 표정으로 다시 다물었다. 그녀와 해리, 론은 서로를 힐끗 쳐다보았다. 해리는 그들 모두 같은 생각을 하고 있다는 것을 알았다. 우연히도 제노필리우스가 방금 묘사한 것과 같은 망토가 지금 이 방 안에 그들과 함께 있었다.

"그럼 그렇지." 제노필리우스는 논리적인 주장으로 그들 모두를 무찔렀다는 투로 말했다. "너희 중에서 그런 걸 본 사람은 아무도 없을 거야. 그런 물건을 갖고 있는 사람이라면 어마어마한 부자일 거다. 안 그러니?"

그는 또다시 창밖을 힐끔 내다보았다. 이제 하늘은 아주 희미한 분홍빛으로 물들고 있었다.

"알겠어요." 헤르미온느가 당황해하며 말했다. "망토는 존재한다 치고…… 그 돌은요, 러브굿 아저씨? 아저씨가 부활의 돌이라고 부른 돌 말이에요."

"그게 왜?"

"그러니까, 그런 게 어떻게 진짜로 존재할 수가 있냐고요."

"그럼 없다는 걸 증명해 봐라." 제노필리우스가 말했다.

헤르미온느는 발끈한 표정이었다.

"하지만 그건…… 죄송해요, 그건 완전히 터무니없는 애기잖아요! 그게 존재하지 않는다는 걸 제가 대체 어떻게 증명해요? 저더러 세상의 모든…… 모든 돌멩이를 가져다가 시험해 보라는 건가요? 그러니까 제 말은, 무언가를 믿는 유일한 근거가 그것이 존재하지 않는다는 사실을 누구도 증명한 적이 없다는 거라면, 이 세상에는 무엇이든 존재할 수 있다는 거예요!"

"그래, 맞다." 제노필리우스가 말했다. "네가 조금이라도 마음을 열어 가는 게 보여서 다행이구나."

"그럼 딱총나무 지팡이는요." 해리는 헤르미온느에게 반박할 겨를을 주지 않고 입을 열었다. "그것도 존재한다고 생각하세요?"

"아, 뭐, 그 경우에는 셀 수 없이 많은 증거가 있다." 제노필리우스가 말했다. "딱총나무 지팡이는 가장 쉽게 추적할 수 있는 성물이야. 손에서 손으로 전해지는 방식 때문이지."

"어떤 방식으로 전해지길래요?" 해리가 물었다.

"딱총나무 지팡이를 가진 사람이 그 지팡이의 진정한 주인이 되려면 예전 주인에게서 마법 지팡이를 빼앗아야 한단다." 제노필리우스가 말했다. "그 지팡이가 악착스러운 에그버트에게 전달된 얘기는 너희도 당연히 들었겠지? 사악한 에머릭을 잔인하게 죽인 다음에 말이야. 아들 헤리워드에게 지팡이를 빼앗긴 고델롯이 자기 집 지하실에서 죽은 얘기는 어떠냐? 그 무시무시한 록시아스가 바너버스 데버릴을 죽이고 지팡이를 빼앗아 간 얘기는? 마법 역사의 페이지마다 딱총나무 지팡이의 핏빛 발자취가 흩어져 있단다."

해리는 헤르미온느를 힐끔 바라보았다. 그녀는 제노필리우스를 향해 얼굴을 찌푸리고 있었지만 반박하지는 않았다.

"그럼 지금은 딱총나무 지팡이가 어디 있다고 생각하세요?" 론이 물었다.

"아아, 그걸 누가 알겠니?" 제노필리우스가 창밖을 내다보며 말했다. "딱총나무 지팡이가 어디에 숨겨져 있을지 누가 알겠어? 그 흔적은 아르쿠스와 리비우스에서 끊겨 버렸어. 둘 중 어느 쪽이 실제로 록시아스를 무찌르고 지팡이를 가져갔는지 누가 알 수 있겠니? 또 그 둘을 무찌른 건 누구일지 어느 누가 말할 수 있겠어? 아아, 역사는 우리에게 말해 주지 않는단다."

잠시 침묵이 이어졌다. 마침내 헤르미온느가 딱딱한 목소리로 물었다. "러브굿 아저씨, 페버럴 가문이 죽음의 성물하고 관련이 있나요?"

제노필리우스는 깜짝 놀란 표정이었다. 해리의 기억 속에서 뭔가가 떠오르려고 했지만 그게 뭔지는 알 수 없었다. 페버럴…… 전에 들어 본 적 있는 이름이었다…….

"날 속였구나, 꼬마 아가씨!" 제노필리우스가 의자에서 허리를 꼿꼿이 세우더니 헤르미온느에게 눈을 부라렸다. "성물 탐색에는 초짜인 줄 알았는데! 우리 수많은 탐색자들은 페버럴 가문이 성물과 상당히…… 그래, *전적으로!* 관련되어 있다고 생각한다!"

"페버럴이 누구야?" 론이 물었다.

"그 상징이 그려진 무덤에 적혀 있던 이름이야. 고드릭 골짜기에서 말이야." 헤르미온느가 여전히 제노필리우스에게 눈을 떼지 않으며 말했다. "이그노투스 페버럴."

"정답!" 제노필리우스가 아는 척 검지를 들어 올리며 말했다. "이그노투스의 무덤에 있는 죽음의 성물 상징이 결정적 증거지!"

"뭐에 대한 증거라는 거예요?" 론이 물었다.

"그야, 이야기에 나오는 삼 형제가 실제로 페버럴 삼 형제였다는 것. 안티오크, 카드무스, 이그노투스 형제 말이다! 그들이 성물의 원래 주인이었다는 것 말이야!"

그는 창밖을 또 한 번 힐끗 바라보며 자리에서 일어나 쟁반을 집어 들고 나선형 계단으로 향했다.

"저녁 먹고 갈 테냐?" 그가 다시 아래층으로 사라지며 외쳤다. "다들 우리 집 민물 플림피 수프 요리법을 알려 달라고 야단이란다."

"세인트 멍고 중독 치료과에 보여 주려고 그러는 거겠지." 론이 목소리를 낮추고 말했다.

해리는 제노필리우스가 아래층 부엌에서 이리저리 오가는 소리가 들리기를 기다렸다가 입을 열었다.

"네 생각은 어때?" 그가 헤르미온느에게 물었다.

"아, 해리." 그녀가 지친 듯 말했다. "완전 헛소리야. 그 상징이 정말 그런 의미일 리는 없어. 그건 그냥, 저 사람이 상징에 갖다 붙이는 엉뚱한 해석일 뿐이야. 이게 웬 시간 낭비람."

"저 *사람*은 굽은뿔 스노캑의 존재를 주장하는 사람이잖아." 론이 말했다.

"너도 안 믿어?" 해리가 그에게 물었다.

"응, 저런 건 그냥 아이들한테 교훈을 주려고 하는 얘기일 뿐이잖아? '말썽 부리지 마라, 쌈박질하지 마라, 가만 놔두면 되는 걸 괜히 들쑤시지 마라! 그냥 고개를 숙이고 자기 일에나 신경 쓰면 다 괜찮을 거다.' 생각해 보니까……." 론이 덧붙였다. "이 이야기는 어쩌면 딱총나무 지팡이가 왜 불길한지 말해 주는지도 몰라."

"그게 무슨 말이야?"

"그런 미신 있잖아? '5월에 태어난 여자 마법사는 머글과 결혼하게 된다.' '해 질 때 건 장난 마법은 자정이면 풀린다.' '딱총나무 지팡이로 마법을 걸면 절대 성공하지 못한다.' 너도 틀림없이 들어 봤을걸. 우리 엄마는 그런 얘기들을 훤히 꿰고 있어."

"해리랑 나는 머글들 사이에서 자랐잖아." 헤르미온느가 상기시켜 주었다. "우린 다른 미신을 배웠어." 톡 쏘는 냄새가 부엌에서 흘러오자 그녀가 깊이 한숨을 쉬었다. 그녀가 제노필리우스에게 짜증이 나서 좋은 점이 한 가지 있다면, 그 덕분에 론에게 화가 나 있다는 사실을 잊었다는 것이었다. "네 말이 맞는 것 같아." 그녀가 말했다. "그건 그냥 교훈적인 이야기야. 어떤 선물이 가장 좋은지는 분명하잖아. 어떤 걸 골라야 할지도……."

세 사람이 동시에 입을 열었다. 헤르미온느는 "망토"라고 말했고, 론은 "지팡이"라고 했으며, 해리는 "돌"이라고 말했다.

그들은 반쯤은 놀라고 반쯤은 재미있어하며 서로를 쳐다보았다.

"네가 망토라고 말할 줄 알았어." 론이 헤르미온느에게 말했다. "하지만 지팡이가 있으면 눈에 안 보일 필요가 없잖아. 무적의 지팡이라고, 헤르미온느. 왜 이래!"

"투명 망토는 이미 가지고 있잖아." 해리가 말했다.

"그리고 너희가 눈치채지 못했을까 봐 하는 말인데, 그 망토는 엄청나게 도움이 됐지!" 헤르미온느가 말했다. "반면 지팡이는 말썽을 끌어들이게 되어 있……"

"그야 떠벌리고 다닐 때 얘기고." 론이 주장했다. "그걸 머리 위로 흔들어 대면서 '난 무적의 지팡이를 가졌으니, 자기가 세다고 생각하는 놈들은 어디 덤벼 봐라'라고 노래 부르면서 춤추고 돌아다닐 만큼 멍청하면 그렇게 된단 얘기야. 입만 다물고 있으면……"

"그래, 하지만 입을 닫고 있을 수가 있겠어?" 헤르미온느가 의심스럽다는 얼굴로 말했다. "들어 봐, 저 사람이 우리한테 해 준 말 중에서 유일한 진실은, 유달리 강력한 지팡이에 관한 이야기가 수백 년 동안 전해져 왔다는 거야."

"그런 이야기가 있어?" 해리가 물었다.

헤르미온느는 신경질이 나는 표정이었다. 그 표정이 너

무도 사랑스러울 만큼 익숙한지라 해리와 론은 서로 시선을 주고받으며 씩 웃었다.

"그것들은 죽음의 막대기, 운명의 지팡이 등, 수백 년에 걸쳐서 다른 이름으로 등장하곤 했어. 보통은 그 지팡이를 자랑하는 어떤 어둠의 마법사가 가지고 있었다는 식이었지. 빈스 교수님이 그중 몇 가지를 언급하셨지만…… 아, 전부 헛소리야. 지팡이의 능력은 그것을 사용하는 마법사의 능력에 좌우되니까. 그냥 자기 지팡이가 다른 사람들 것보다 크고 좋다고 자랑하고 싶은 마법사들이 일부 있는 것뿐이지."

"하지만 네가 어떻게 알아?" 해리가 말했다. "그 지팡이들, 그러니까 죽음의 막대기나 운명의 지팡이라는 서로 다른 이름으로 수백 년에 걸쳐서 등장한 것들이 같은 지팡이일 수도 있잖아?"

"뭐, 그래서 그것들이 전부 죽음이 만든 진짜 딱총나무 지팡이라는 거야?" 론이 말했다.

해리는 웃음을 터뜨렸다. 어떤 이상한 생각이 떠오르긴 했지만 어쨌거나 터무니없는 생각이었다. 그는 자신의 지팡이가 딱총나무가 아닌 호랑가시나무로 만들어진 것이고, 볼드모트가 하늘을 날아서 쫓아온 그날 밤 그 지팡이가 무슨 일을 했든 간에 올리밴더가 만든 물건이라는 사실을 떠올렸다. 게다가 그 지팡이가 무적이었다면 어떻게 부러질 수 있었겠는가?

"그럼 넌 왜 돌을 골랐어?" 론이 그에게 물었다.

"뭐, 사람들을 되살려 낼 수 있다면 시리우스를 살릴 수 있잖아……. 매드아이나…… 덤블도어나…… 우리 부모님이나……."

론도, 헤르미온느도 웃지 않았다.

"하지만 음유시인 비들 말에 따르면 그분들은 돌아오고 싶어 하지 않을 거야. 안 그래?" 해리는 방금 들은 이야기를 떠올리며 말했다. "내 생각엔 죽은 사람을 살릴 수 있는 돌에 대한 이야기는 별로 없는 것 같은데. 아니야?" 그가 헤르미온느에게 물었다.

"응." 그녀가 애처로운 듯 대답했다. "난 러브굿 씨 같은 사람이 아니면 누구도 그런 일이 가능하다고 자신을 속일 수 없을 거라 생각해. 비들은 아마 마법사의 돌에서 아이디어를 얻었을 거야. 그러니까, 불멸의 존재가 되게 해 주는 돌 대신 죽음을 되돌릴 수 있는 돌을 생각한 거지."

부엌에서 풍겨 오는 냄새가 점점 강해지고 있었다. 마치 팬티가 타고 있는 듯한 냄새였다. 해리는 제노필리우스가 뭘 만들어 오든, 과연 그의 기분을 상하게 하지 않을 만큼 먹을 수 있을지 의문이었다.

"하지만 망토는 어때?" 론이 천천히 말했다. "저 사람 말이 맞다는 생각 안 들어? 그게 얼마나 좋은지에 너무 익숙해져 있어서 한 번도 생각해 본 적 없지만, 해리가 가지고 있는 것 같은 망토 얘기는 한 번도 들어 본 적이 없어. 효과가 확실하잖아. 그걸 뒤집어쓰고 있을 때 한 번도 들킨 적……."

"당연하지. 그걸 쓰고 있으면 우리가 눈에 안 보이니까, 론!"

"하지만 러브굿 아저씨가 다른 망토들에 대해서 한 말은 전부…… 맞는 말 아니야? 그런 망토들도 딱히 1크넛에 열 장씩 파는 싸구려는 아니라고. 지금까지 생각해 보지 못했는데, 망토가 오래되면 마법의 효력이 떨어진다거나 주문에 맞아 찢어져서 구멍이 뚫렸다는 얘기를 들은 적이 있어. 해리의 망토는 해리 아빠 거였으니까 딱히 새것이라고 할 수도 없잖아? 하지만 그건 그냥…… 완벽하다고!"

"그래, 알았어. 하지만 론, 그 돌은……."

두 사람이 속삭이며 말다툼을 하는 동안 해리는 반만 귀를 기울인 채 방 안을 서성거렸다. 나선형 계단에 다다른 그는 아무 생각 없이 위층을 올려다봤다가 즉시 시선을 빼앗겼다. 그 자신의 얼굴이 천장에서 그를 내려다보고 있었던 것이다.

그는 한순간 당황했지만, 그것이 거울이 아니라 그림이라는 사실을 깨달았다. 그는 호기심을 느끼고 계단을 오르기 시작했다.

"해리, 뭐 하는 거야? 러브굿 씨가 여기 없는데 그렇게 둘러보면 안 될 것 같아!"

하지만 해리는 이미 위층에 다다라 있었다.

루나는 멋지게 그린 다섯 명의 얼굴로 침실 천장을 장식해 놓았다. 해리, 론, 헤르미온느, 지니, 네빌의 얼굴이었다. 호그와트에 있는 초상화처럼 움직이지는 않았지만 어떤 신비로운 힘이 느껴졌다. 해리가 느끼기에 그 그림들은 숨을 쉬는 것 같았다. 가느다란 황금 사슬처럼 보이는 것이 그림들 주위를 둘러져 그것들을 하나로 엮고 있었다. 잠시 살펴본 해리는 그 사슬이 황금색 잉크로 천 번쯤 반복해서 쓴 한 단어로 이루어져 있다는 것을 깨달았다. *친구들…… 친구들…… 친구들……*.

해리는 새삼 루나를 향한 엄청난 애정이 솟구치는 것을 느꼈다. 그는 방을 둘러보았다. 침대 옆에 커다란 사진이 놓여 있었다. 어린 루나와, 그녀와 무척이나 닮은 한 여자가 서로를 껴안고 있는 사진이었다. 사진 속 루나는 해리가 지금까지 보아 온 어떤 모습보다도 말끔해 보였다. 그런데 사진은 먼지로 뒤덮여 있었다. 그 점이 조금 이상하게 여겨져서 해리는 주위를 둘러보았다.

뭔가 이상했다. 옅은 파란색 카펫에도 먼지가 두껍게 쌓여 있었다. 문이 살짝 열려 있는 옷장은 텅 비어 있었다. 침대는 몇 주 동안이나 아무도 잔 적이 없는 듯 차갑고 서먹서먹했다. 가장 가까운 창문에는 피처럼 붉은 하늘을 가로질러 거미줄이 한 가닥 길게 늘어져 있었다.

"왜 그래?" 해리가 계단을 내려오자 헤르미온느가 물었다. 하지만 그가 대답할 겨를도 없이 제노필리우스가 부엌에서 나와 계단 꼭대기에 모습을 드러냈다. 이제 그는 그릇들이 가득한 쟁반을 들고 있었다.

"러브굿 아저씨." 해리가 말했다. "루나는 어디 있어요?"

"뭐라고?"

"루나는 어디 있어요?"

제노필리우스는 계단 꼭대기에 멈춰 섰다.

"이미…… 이미 말해 줬잖아. 보텀 다리에 가서 플림피 낚시를 하고 있다고."

"그럼 왜 네 사람 먹을 것만 쟁반에 담아 오셨어요?"

제노필리우스는 입을 열었지만 아무 말도 하지 못했다. 유일하게 들려오는 소리는 끊임없이 철컹철컹하는 인쇄기 소리와 제노필리우스의 손이 떨리면서 쟁반이 작게 달그락거리는 소리뿐이었다.

"제 생각에는 루나가 몇 주 동안은 여기 없었던 것 같은데요." 해리가 말했다. "옷도 없고 침대에도 잔 흔적이 없어요. 루나는 어디 있어요? 그리고 창밖은 왜 계속 쳐다보시는 거죠?"

제노필리우스가 쟁반을 떨어뜨렸다. 그릇들이 바닥에 떨어지면서 산산이 부서졌다. 해리, 론, 헤르미온느는 마법 지팡이를 뽑아 들었다. 제노필리우스는 주머니에 손을 넣으려다 말고 꼼짝없이 얼어붙었다. 그 순간, 인쇄기가 커다란 굉음을 터뜨리더니 엄청난 수의 《이러쿵저러쿵》이 식탁보 아래에서 바닥 위로 쏟아져 나왔다. 인쇄기가 마침내 조용해졌다.

헤르미온느는 지팡이로 러브굿 씨를 겨눈 채 허리를 구부려 잡지 한 부를 집었다.

"해리, 이것 좀 봐."

그는 잡동사니들 사이로 최대한 빨리 그녀에게 성큼성큼 다가갔다. 《이러쿵저러쿵》 표지에는 그의 사진이 실려 있었고, '위험인물 1호'라는 글자와 함께 포상금 액수가 적혀 있었다.

"그럼 《이러쿵저러쿵》은 새로운 관점을 갖게 된 건가요?" 해리가 차갑게 물었다. 그의 머리가 아주 빠르게 돌아갔다. "정원에 가서 하신 일이 그건가요, 러브굿 씨? 정부에 부엉이를 보내셨어요?"

제노필리우스가 입술을 핥았다.

"그놈들이 우리 루나를 데려갔어." 그가 숨죽여 말했다. "내가 그동안 써 온 글 때문에. 놈들이 우리 루나를 데려갔고 나는 루나가 어디 있는지, 놈들이 루나한테 무슨 짓을 했는지 전혀 몰라. 하지만 돌려줄지도 몰라. 만약 내가…… 내가…….."

"해리를 넘겨주면요?" 헤르미온느가 그를 대신해서 말을 마쳤다.

"어림없어요." 론이 딱 잘라 말했다. "비켜요, 우린 갈 거니까."

제노필리우스는 시체처럼 창백해 보였다. 마치 백 살은 먹은 것 같았다. 그의 입술이 씩 당겨지면서 음흉한 웃음을 띠었다.

"당장에라도 그 사람들이 여기에 올 거야. 나는 루나를 구해야 해. 루나를 잃을 수는 없어. 너희는 절대 못 가."

그는 계단 앞에 서서 두 팔을 활짝 벌렸다. 해리의 머릿속에 자신의 요람 앞에서 똑같은 행동을 하던 어머니의 모습이 갑자기 떠올랐다.

"아저씨랑 싸우고 싶지 않아요." 해리가 말했다. "비키세요, 러브굿 아저씨."

"**해리!**" 헤르미온느가 날카롭게 소리 질렀다.

빗자루를 탄 사람들이 창밖을 지나가고 있었다. 세 사람이 눈을 돌린 순간 제노필리우스가 지팡이를 뽑아 들었다. 가까스로 실수를 깨달은 해리가 옆으로 몸을 날려 론과 헤르미온느를 안전한 곳으로 밀쳤고, 그 순간 제노필리우스의 기절 마법이 방을 가로질러 날아와 에럼펀트 뿔을 맞혔다.

엄청난 폭발이 일어났다. 그 굉음이 방을 산산조각 내는 것 같았다. 나뭇조각들과 종이들과 돌들이 사방으로 날아가는 동시에, 앞이 보이지 않을 정도로 짙은 하얀색 먼지구름이 일었다. 해리는 공중으로 붕 날아가 바닥에 내동댕이쳐졌다. 파편들이 비 오듯 쏟아지자 그는 양팔로 머리를 감쌌고, 그 바람에 아무것도 보이지 않게 되었다. 헤르미온느의 비명과 론의 고함, 연달아 쿵쿵 이어지는 소름 끼치는 쇳소리가 들렸다. 그 때문에 해리는 제노필리우스가 뒤로 날아가 나선형 계단 아래로 굴러떨어졌다는 것을 알 수 있었다.

해리는 돌무더기에 반쯤 파묻힌 채 몸을 일으키려고 애썼다. 먼지 때문에 숨을 쉬는 것도, 앞을 보는 것도 어려웠다. 천장 절반이 무너져 내리면서 루나의 침대 한쪽 끝이 뻥 뚫린 구멍에 걸쳐져 있었다. 로위너 래번클로의 흉상은 얼굴 반쪽이 날아간 채 옆에 놓여 있었고, 찢어진 양피지가 공중에 둥둥 떠다녔으며, 인쇄기는 옆으로 쓰러진 채 부엌으로 이어지는 계단을 막고 있었다. 그때 근처에서 또 다른 하얀 형체가 움직였다. 헤르미온느가 또 하나의 조각상이라도 된 듯 먼지를 뒤집어쓴 채 입술에 손가락을 갖다 댔다.

아래층 문이 요란한 소리를 내면서 열렸다.

"서두를 필요 없다고 말하지 않았나, 트래버스?" 거친 목소리가 말했다. "이 미치광이가 평소처럼 미친 소리를 지껄이는 것뿐이라니까?"

쾅 하는 소리에 이어 제노필리우스가 고통에 겨워 내뱉는 비명이 들렸다.

"아니…… 아니에요…… 위층에…… 포터가!"

"내가 지난주에 말했을 텐데, 러브굿. 확실한 정보가 아니면 우리를 부르지 말라고! 지난주 기억나나? 네 딸을 그 멍청하고 끔찍한 머리 장식과 바꾸고 싶어 했을 때 말이야. 그리고 그전 주에는……." 또 한 번의 쾅 소리와 또 한 번의 비명 소리. "우리가 딸을 돌려줄 거라 생각했잖아. 네가 우리에게 굽은…… (쾅) 뿔…… (쾅) 스노캑이 있다는 증거를 보여 주면 말이야."

"아뇨…… 아니에요…… 제발 믿어 주세요!" 제노필리우스가 흐느꼈다. "진짜 포터예요! 정말입니다!"

"그런데 이번엔 우릴 날려 버리려고 부른 거였냐!" 죽음을 먹는 자가 고함을 질렀다. 쾅쾅 하는 소리가 연달아 울리는 사이사이 제노필리우스의 고통스러운 비명이 들렸다.

"집이 무너지기 일보 직전인 것 같은데, 셀윈." 부서진 계단을 통해 또 다른 싸늘한 목소리가 들려왔다. "계단이 완전히 막혔어. 치울 수 있으려나? 무너질지도 모르겠는걸."

"더러운 사기꾼 같으니." 셀윈이라는 마법사가 소리쳤다. "네놈은 여태껏 포터를 한 번도 본 적 없지? 우리를 여기로 꾀어내 죽일 작정이었어? 이런 식으로 네 딸을 되찾을 수 있을 거라고 생각했나?"

"맹세합니다…… 맹세해요……. 포터가 위층에 있어요!"

"호메눔 리벨리오." 계단 밑에서 또 다른 목소리가 들려왔다.

해리는 헤르미온느가 헉하고 숨을 들이켜는 소리를 들었다. 뭔가가 그의 위를 휙 덮치면서 그 그림자 속에 그의 몸이 잠기는 듯한 이상한 기분이 느껴졌다.

"저 위에 누가 있는 건 확실해, 셀윈." 또 다른 남자가 날카롭게 말했다.

"포터예요, 포터라고요!" 제노필리우스가 흐느꼈다. "제발…… 부탁드릴게요……. 루나를 돌려주세요, 제게 루나만 돌려주세요……."

"딸은 돌려받을 수 있을 거다, 러브굿." 셀윈이 말했다. "저 계단 위로 올라가서 해리 포터를 내게 데려올 수 있다면 말이야. 하지만 이게 어떤 수작이나 속임수라면, 저 위에서 공범이 우리를 기습할 준비를 하고 있는 거라면, 네놈이 장례를 치를 수 있게 딸내미의 일부라도 넘겨줄지 말지 생각해 봐야겠군."

제노필리우스가 두려움과 절망으로 울부짖었다. 허둥거리며 뭔가 부스럭거리는 소리가 들렸다. 제노필리우스가 건물 잔해를 헤치고 계단을 오르려 하고 있었다.

"가자." 해리가 속삭였다. "여기서 나가야 해."

그는 제노필리우스가 계단에서 온갖 소음을 내고 있는

기회를 틈타 몸을 빼내기 시작했다. 론이 가장 깊이 파묻혀 있었다. 해리와 헤르미온느는 되도록 조용히 그 온갖 잔해들을 타넘고 론이 쓰러져 있는 곳으로 다가가, 그의 다리를 짓누르는 무거운 서랍장을 들어 올리려고 애썼다. 제노필리우스가 쿵쿵대며 부스럭거리는 소리가 점점 가까워지는 가운데 헤르미온느는 공중부양 마법을 사용해 간신히 론을 빼낼 수 있었다.

"좋아." 헤르미온느가 속삭였다. 계단을 막고 있던 부서진 인쇄기가 떨리기 시작했다. 제노필리우스가 아주 가까이 다가와 있었다. 헤르미온느는 여전히 하얗게 먼지를 뒤집어쓴 모습이었다. "너 나 믿니, 해리?"

해리는 고개를 끄덕였다.

"그럼 좋아." 헤르미온느가 숨죽여 말했다. "나한테 투명 망토를 줘. 론, 네가 투명 망토를 뒤집어써."

"내가? 하지만 해리는……."

"*제발*, 론! 해리, 내 손 꽉 잡아. 론은 내 어깨를 잡고."

해리는 왼손을 내밀었다. 론은 투명 망토 아래로 사라졌다. 계단을 막고 있던 인쇄기가 움찔거렸다. 제노필리우스가 공중부양 마법으로 그것을 들어 올리려 하고 있었다. 해리는 헤르미온느가 뭘 기다리는 건지 알 수 없었다.

"꽉 잡아." 그녀가 속삭였다. "꽉 잡아…… 이제 곧……."

백지장처럼 하얗게 질린 제노필리우스의 얼굴이 탁자 너머로 나타났다.

"*오블리비아테!*" 헤르미온느가 처음에는 그의 얼굴을 가리키며 외치더니, 그다음에는 지팡이로 발아래 바닥을 가리켰다. "*디프리모!*"

그녀가 거실 바닥을 터뜨려 구멍을 뚫었다. 그들은 바위처럼 떨어져 내렸다. 해리는 죽을힘을 다해 그녀의 손을 꽉 붙잡고 있었다. 밑에서 비명이 들리고, 산산조각 난 천장에서 비처럼 쏟아져 내리는 엄청난 수의 돌무더기와 부서진 가구 잔해를 피하기 위해 허둥대는 두 남자의 모습이 잠깐 보였다. 집이 무너지는 굉음 속에서 헤르미온느는 공중에서 몸을 빙글 돌려 다시 한 번 그를 어둠 속으로 끌어당겼다.

22장
죽음의 성물

 해리는 거친 숨을 쉬며 풀밭에 넘어졌다가 곧바로 허둥지둥 일어났다. 그들은 황혼 녘의 들판 한구석에 도착한 듯했다. 헤르미온느는 이미 그들 주위를 빙 돌아 달리면서 마법 지팡이를 휘두르고 있었다.

 "프로테고 토탈룸…… 살비오 헥시아……."

 "그 의리 없는 늙다리 같으니라고!" 헐떡이며 투명 망토 밑에서 나타난 론이 해리에게 망토를 던졌다. "헤르미온느, 넌 천재야. 진짜 천재. 거기서 빠져나왔다니 믿어지지 않아!"

 "카베 이니미쿰…… 그거 에럼펀트 뿔이라고 내가 그랬지? 내가 그 아저씨한테 말했잖아. 이제는 집이 날아가 버렸네!"

"그래도 싸지." 론이 찢어진 청바지와 다리의 상처들을 살펴보며 말했다. "그놈들이 루나네 아빠를 어떻게 할까?"

"아, 죽이진 않았으면 좋겠어!" 헤르미온느가 신음했다. "그래서 우리가 떠나기 전에 죽음을 먹는 자들이 해리를 잠깐 봤으면 했던 거야. 그래야 그 아저씨가 거짓말을 한 게 아니라는 걸 알 테니까!"

"그럼 난 왜 숨겼는데?" 론이 물었다.

"너는 알알이 곰팡이에 걸려서 앓아누워 있는 걸로 되어 있잖아, 론! 그놈들은 루나의 아버지가 해리를 지지했다는 이유로 루나를 납치했어! 네가 해리랑 같이 있는 걸 알면 너희 가족이 어떻게 되겠어?"

"하지만 *너희* 엄마 아빠는?"

"우리 부모님은 오스트레일리아에 계시잖아." 헤르미온느가 말했다. "괜찮으실 거야. 두 분은 아무것도 모르셔."

"너 정말 천재다." 론이 경이롭다는 표정으로 되풀이했다.

"그래. 진짜야, 헤르미온느." 해리도 열렬히 동의했다. "너 없으면 어쩔 뻔했냐."

그녀는 활짝 웃었지만 곧바로 진지한 표정을 지었다.

"루나는 어쩌지?"

"뭐, 그놈들 말이 사실이고 루나가 아직 살아 있다면……." 론이 입을 열었다.

"그런 말 하지 마, 하지 말라고!" 헤르미온느가 소리쳤다. "살아 있어야 해, 살아 있어야만 해!"

"그럼 아마 아즈카반에 있을 거야." 론이 말했다. "그래도 루나가 거기서 살아남을지는…… 살아남지 못하는 사람이 아주 많으니까……."

"살아남을 거야." 해리가 말했다. 그 반대의 경우는 생각하는 것만으로도 견디기 힘들었다. "강한 애잖아. 루나 말이야. 네 생각보다 훨씬 더 강해. 아마 수감자들 모두에게 랙스퍼트랑 나글에 대해 가르쳐 주고 있을걸?"

"네 말이 맞았으면 좋겠다." 헤르미온느가 말했다. 그녀는 손으로 눈가를 쓸었다. "러브굿 아저씨가 가엾게 느껴졌을 거야. 만약……."

"……만약 우리를 죽음을 먹는 자들한테 팔아넘기려 하지 않았다면 말이지. 맞아." 론이 말했다.

그들은 텐트를 세우고 안으로 들어갔다. 론이 차를 끓여서 가지고 왔다. 아슬아슬한 탈출을 겪고 나자 이 싸늘하고 곰팡내 나는 낡은 텐트가 마치 집처럼 안락하고 익숙하고 친밀하게 느껴졌다.

"아, 거긴 왜 간 걸까?" 잠시 침묵이 흐른 뒤 헤르미온느가 신음했다. "해리, 네 말이 맞았어. 고드릭 골짜기에서 겪었던 일이 되풀이된 셈이야. 완전히 시간 낭비였어! 죽음의 성물이라니…… 그런 헛소리를……. 하긴……." 그녀는 뭔가가 갑작스럽게 생각난 듯했다. "사실 전부 그 아저씨가 지어낸 얘기일지도 몰라. 안 그래? 아마 죽음의 성물에 대해 전혀 믿지 않으면서 그냥 죽음을 먹는 자들이 도착할 때까지 우리가 계속 얘기하게 하려고 했던 걸 거야!"

"그건 아닌 것 같은데." 론이 말했다. "스트레스를 받고 있을 때 뭔가 지어낸다는 건 네 생각만큼 쉬운 일이 아니야. 나도 인간 사냥꾼들한테 잡히고 보니까 알겠더라. 완전히 새로운 사람을 만들어 내기보다는 스탠인 척하는 게 훨씬 쉬웠어. 스탠에 대해서는 아는 게 좀 있으니까. 러브굿 아저씨는 엄청난 압박을 받고 있었어. 우리를 계속 그곳에 머물러 있게 하려고 말이야. 난 그 아저씨가 우리한테 진실 아니면 자기가 진실이라고 생각하는 것을 말해 준 거라고 생각해. 그냥 우리가 계속 말을 하게 하려고."

"하긴, 그게 중요한 건 아니지." 헤르미온느가 한숨을 쉬었다. "그 아저씨가 정직하게 말했다고 해도 그런 엄청난 헛소리는 처음 들어 봐."

"근데 잠깐만." 론이 말했다. "비밀의 방도 다들 신화라고 하지 않았어?"

"하지만 죽음의 성물은 존재할 수가 없어, 론!"

"넌 계속 그렇게 말하지만 성물 중 하나는 존재할 수 있어." 론이 말했다. "해리의 투명 망토는……."

"〈삼 형제 이야기〉는 그냥 이야기일 뿐이야." 헤르미온느가 단호하게 말했다. "사람들이 얼마나 죽음을 두려워하는지에 대한 이야기. 살아남는 일이 그저 투명 망토 밑에 숨는 것만큼 간단한 일이었다면 우리는 이미 필요한 걸 모두 가진 거지!"

"모르겠다. 무적의 지팡이가 있으면 도움이 될 것 같긴 한데." 해리가 꼴 보기 싫은 야생 자두나무 지팡이를 손가락으로 빙글빙글 돌리며 말했다.

"그런 건 없다니까, 해리!"

"수많은 지팡이가 있었다고 네가 얘기했잖아. 죽음의 막대기인지 뭔지……."

"좋아, 네가 우기는 것처럼 딱총나무 지팡이가 진짜라고 치자. 그럼 부활의 돌은?" 그녀는 '부활의 돌'이라고 말하면서 손가락으로 따옴표 표시를 했다. 목소리에서는 냉소가 뚝뚝 묻어났다. "어떤 마법도 죽은 자를 되살릴 수는 없지. 얘기 끝!"

"내 지팡이는 '그 사람'의 지팡이랑 연결됐을 때 엄마 아빠를 나타나게 만들었어……. 세드릭도……."

"하지만 정말로 죽음에서 되살아난 건 아니었잖아?" 헤르미온느가 말했다. "그런…… 그런 허술한 모조품은 누군가를 정말로 되살려내는 것과는 달라."

"하지만 그 여자, 이야기에 나오는 여자 말이야. 그 여자도 진짜로 돌아온 건 아니었잖아? 그 이야기는 사람들이 일단 죽으면 죽은 자들의 세계에 속한다고 했어. 하지만 그래도 둘째는 그 여자를 보고 말을 걸 수 있었잖아? 심지어 잠깐 동안은 그 여자랑 같이 살기도 했어……."

그는 헤르미온느의 표정에 깃든 걱정과, 뭐라고 꼬집어 말하기 어려운 어떤 감정을 보았다. 뒤이어 그녀가 론을 힐끔 쳐다본 순간, 해리는 그 감정이 두려움이라는 사실을 깨달았다. 죽은 사람들과 함께 산다는 이야기가 그녀를 겁먹게 했던 것이다.

"그런데 고드릭 골짜기에 묻혀 있는 그 페버럴이라는 사람 말이야." 해리는 최대한 제정신인 것처럼 들리는 목소리를 내려고 애쓰며 서둘러 말했다. "그 사람에 대해서는 아무것도 모르는 거야?"

"응." 그녀는 화제가 바뀌어 마음이 놓인 듯했다. "페버럴이라는 사람 무덤에서 그 상징을 발견한 다음에 찾아봤어. 유명한 사람이거나 뭔가 중요한 업적이 있다면 우리가 가진 책 중 한 권에 틀림없이 실려 있을 테니까. 내가 '페버럴'이라는 이름을 찾을 수 있었던 유일한 곳은 《타고난 고귀함: 마법사 계보학》뿐이었어. 크리처한테 빌려 온 책이야." 론이 눈썹을 치켜올리자 그녀가 설명했다. "그 책은 부계 혈통이 끊긴 순수 혈통 가문들을 나열하고 있어. 페버럴은 가장 먼저 사라진 가문 중 하나인 것 같아."

"'부계 혈통이 끊겼다'고?" 론이 되풀이했다.

"그 성을 쓰는 사람들이 더 이상 남아 있지 않다는 뜻이야." 헤르미온느가 말했다. "페버럴 가문의 경우에는 몇 백 년 전부터. 아직 후손들이 있을 수는 있겠지. 그 성이 아닌 다른 이름으로 불리고 있겠지만."

그 순간, 페버럴이라는 이름을 듣고 동요했던 기억이 번쩍하고 해리의 머릿속에 떠올랐다. 정부 공무원의 얼굴에 대고 흉측한 반지를 흔들어 대던 추잡한 늙은이. 해리가 큰 소리로 외쳤다. "마볼로 곤트!"

"뭐라고?" 론과 헤르미온느가 동시에 물었다.

"마볼로 곤트! '그 사람'의 할아버지 말이야! 펜시브에서 봤어! 덤블도어 교수님이랑 같이! 마볼로 곤트는 본인이 페버럴 가문의 후손이라고 했어!"

론과 헤르미온느는 당황한 표정을 지었다.

"그 반지, 호크룩스가 된 그 반지 말이야. 마볼로 곤트는 그 반지에 페버럴 가문의 문장이 새겨져 있다고 말했어! 곤트가 정부에서 나온 사람 얼굴에 그 반지를 들이대는 걸 봤어. 거의 그 사람 코에 쑤셔 박을 기세였다고!"

"페버럴 가문의 문장?" 헤르미온느가 날카롭게 말했다. "어떻게 생겼는지 봤어?"

"잘 보이진 않았어." 해리가 기억을 떠올리려고 애쓰며 말했다. "화려하진 않았던 것 같은데. 아마 긁힌 자국이 몇 개 있었던 것 같아. 내가 그걸 가까이에서 제대로 본 건 반지가 깨진 다음이었어."

해리는 헤르미온느가 뭔가를 이해했다는 듯 갑자기 눈을 크게 뜨는 것을 보았다. 론은 깜짝 놀라 두 사람을 번갈아 보았다.

"제기랄…… 또 그 상징이라는 거야? 성물의 상징?"

"아닐 건 뭐야?" 해리가 흥분해서 말했다. "마볼로 곤트는 돼지처럼 살아가던 무식한 늙다리 얼간이였어. 그자의 관심은 오직 자기 조상뿐이었다고. 그 반지가 수백 년 동안 물려 내려온 거라면, 곤트는 반지의 진짜 정체를 몰랐을 수도 있어. 그 집에는 책이라곤 한 권도 없었어. 그리고 분명히 말하는데, 그자는 자기 아이들한테 동화책을 읽어 줄 만한 사람이 아니었어. 돌에 있는 긁힌 자국을 가문의 문장이라고 생각하고 싶었을 거야. 순수 혈통이면 사실상 왕족이나 마찬가지라고 생각했던 사람이니까."

"그래…… 다 아주 흥미로운 얘기긴 하다." 헤르미온느가 조심스럽게 말했다. "하지만 해리, 네가 정말 내 짐작대로 생각하는 거라면……."

"왜, 안 될 건 뭔데? *왜 안 되는데?*" 해리가 조심스러워하던 태도를 버리고 말을 계속했다. "돌이었잖아. 안 그래?" 해리는 도와 달라는 뜻으로 론을 바라보았다. "그게 부활의 돌이었다면?"

론의 입이 쩍 벌어졌다. "젠장…… 근데 덤블도어가 깨뜨렸는데도 계속 효과가 있으려나……."

"효과? 효과가 있느냐고? 론, 효과 같은 건 전혀 없어! *부활의 돌 같은 건 없다고!*" 헤르미온느가 벌떡 일어났다. 짜증스럽고 화가 난 표정이었다. "해리, 넌 모든 걸 성물 이야기에 끼워 맞추려고 하는데……."

"모든 걸 끼워 맞추려 한다고?" 그가 그녀의 말을 되풀이했다. "헤르미온느, 모든 게 저절로 딱 들어맞는 거야! 나는 그 돌에 죽음의 성물의 상징이 새겨져 있었다는 걸 알아! 곤트는 자기가 페버럴 가문의 후손이라고 했고!"

"1분 전만 해도 넌 그 돌에 어떤 문양이 새겨져 있었는지 제대로 보지 못했다고 했잖아!"

"그 반지는 지금 어디 있을까?" 론이 해리에게 물었다. "덤블도어가 그 반지를 파괴한 다음에 어떻게 했어?"

하지만 해리의 상상력은 론과 헤르미온느보다 훨씬 먼 곳까지 내달리고 있었다…….

한데 모이면 소유자를 죽음의 지배자로 만들어 주는 세 가지 물건, 혹은 성물…… 주인…… 정복자…… 승리자…… 무너뜨려야 할 마지막 적은 죽음일지니…….

그는 죽음의 성물을 손에 넣고 볼드모트와 맞서는 자신의 모습을 그려 보았다. 그자의 호크룩스 따위는 상대도 되지 않을 것이다. '한쪽이 살아 있는 한 다른 쪽은 온전히 살 수 없나니…….' 이것이 답일까? 성물 대 호크룩스? 결국 그를 확실히 승자로 만들어 줄 방법이 있는 걸까? 죽음의 성물의 주인이 된다면 무사히 살아남을 수 있을까?

"해리?"

하지만 해리는 헤르미온느가 부르는 소리를 거의 듣지

못했다. 그는 투명 망토를 꺼내 손가락으로 쓸어 보았다. 천은 물처럼 유연하고 공기처럼 가벼웠다. 마법사 세계에서 7년 가까운 시간을 보냈지만 이런 건 한 번도 본 적이 없었다. 이 망토는 제노필리우스가 묘사했던 것과 똑같았다. '정말로, 진정으로 입은 사람을 완벽하게 안 보이게 만들어 주고 영원히 그 효력이 변치 않는, 어떤 주문을 걸더라도 결코 꿰뚫어 볼 수 없는 은폐를 제공하는 망토……'

그때, 그는 헉하는 소리를 내뱉으며 뭔가를 떠올렸다.

"덤블도어 교수님이 내 투명 망토를 가지고 있었어, 우리 부모님이 돌아가신 날 밤에!"

목소리가 떨리고 얼굴이 달아오르는 것이 느껴졌지만, 그는 신경 쓰지 않았다. "우리 엄마가 시리우스한테 덤블도어 교수님이 투명 망토를 빌려 갔다고 했어! 그래서였어! 교수님은 이 망토를 살펴보고 싶었던 거야. 이게 세 번째 성물이라고 생각했기 때문에! 이그노투스 페버럴은 고드릭 골짜기에 묻혀 있고……" 해리는 무작정 텐트 안을 걸어 다니며, 새롭고 엄청난 진실이 밝혀지는 듯한 기분을 느꼈다. "페버럴이 내 조상이야! 내가 셋째의 후손이었어! 전부 말이 돼!"

그는 확신에 가득 차 성물에 대한 믿음으로 무장한 것만 같은 기분이었다. 그 성물들을 갖는다는 생각만으로도 보호를 받는 느낌이 들었다. 그는 기뻐하며 다른 두 사람을 돌아보았다.

"해리." 헤르미온느가 다시 말했지만, 그는 목에 걸고 있던 주머니를 푸느라 바빴다. 주머니를 끄르는 손가락이 격하게 떨렸다.

"읽어 봐." 해리가 헤르미온느의 손에 어머니의 편지를 쥐여 주며 말했다. "읽어! 덤블도어 교수님이 그 투명 망토를 가지고 있었어, 헤르미온! 그게 아니라면 교수님이 왜 망토를 가져갔겠어? 덤블도어 교수님한테는 투명 망토가 필요 없어. 교수님은 투명 망토 없이도 아예 눈에 안 보이도록 보호색 마법을 걸 수 있을 만큼 뛰어난 마법사란 말이야!"

뭔가가 바닥에 떨어지더니 반짝거리며 의자 밑으로 굴러갔다. 편지를 꺼낼 때 스니치도 같이 빠져나온 것이다. 그는 허리를 숙여 스니치를 집어 들었다. 바로 그때 새롭게 샘솟는 멋진 깨달음의 물줄기가 그에게 또 하나의 선물을 던져 주었다. 그는 충격과 놀라움이 몸속에서 폭발하는 것을 느끼며 소리 질렀다.

"**여기 들어 있는 거야!** 덤블도어 교수님은 나한테 반지를 남겨 주셨어. 이 스니치 안에 들어 있을 거야!"

"그, 그럴까?"

해리는 론이 왜 놀란 표정을 짓는지 이해가 되지 않았다. 해리에게는 너무도 뻔하고 너무도 분명한 일이었다. 모든 게 맞아 들어갔다. 모든 것이……. 그의 망토가 세 번째 성물이고, 스니치를 여는 방법만 찾으면 두 번째 성물도 갖게 될 것이다. 그렇다면 그가 할 일은 첫 번째 성물인 딱총나무 지팡이를 찾는 것뿐이었다. 그러고 나면…….

하지만 그 순간 불이 밝혀진 무대에 커튼이 내려진 것처럼 모든 흥분과 희망과 행복이 단숨에 사라졌다. 그는 어둠 속에 혼자 서 있었고, 멋진 마법은 깨져 버렸다.

"그자는 그걸 노리는 거야."

해리의 목소리가 변하자 론과 헤르미온느는 더욱 겁에 질린 얼굴이 되었다.

"'그 사람'은 딱총나무 지팡이를 쫓고 있는 거야."

해리는 긴장한 채 도저히 믿을 수 없다는 표정을 짓고 있는 그들의 얼굴을 외면했다. 그는 그것이 진실이라는 것을 알고 있었다. 그러면 전부 말이 된다. 볼드모트는 새 지팡이를 찾고 있는 것이 아니었다. 그는 오래된 지팡이, 정말이지 아주 오래된 지팡이를 찾고 있었다. 해리는 텐트

출입구 쪽으로 걸어갔다. 그리고 깜깜한 바깥을 내다보면서 론과 헤르미온느의 존재는 잊은 채 생각에 잠겼다…….

볼드모트는 머글 고아원에서 자랐다. 그가 어렸을 때 《음유시인 비들 이야기》를 들려 준 사람은 아무도 없었을 것이다. 해리와 마찬가지로 그 역시 그 이야기를 듣지 못했다. 죽음의 성물을 믿는 마법사들은 거의 없었다. 볼드모트가 그 성물들에 대해 알고 있을 가능성은 얼마나 될까?

해리는 어둠 속을 뚫어지게 바라보았다……. 만약 볼드모트가 죽음의 성물에 대해 알고 있었다면 그는 당연히 그것들을 찾아 나섰을 것이다. 그것을 차지하려고 무슨 짓이든 했을 것이다. 소유한 사람을 죽음의 지배자로 만들어 주는 세 가지 물건이라니? 그자가 죽음의 성물에 대해 알았다면 애초에 호크룩스는 필요도 없었을 것이다. 그가 성물을 가져다가 호크룩스로 만들었다는 사실이, 그가 마법사들의 이 위대한 최후의 비밀을 몰랐다는 증거 아닐까?

그건 볼드모트는 딱총나무 지팡이의 온전한 힘을 모르고, 그것이 세 가지 성물 중 하나라는 사실을 알지 못한 채 그 지팡이를 찾아다니고 있다는 뜻이었다……. 왜냐하면 그 지팡이는 숨길 수 없는 데다, 그것이 존재한다는 사실이 가장 잘 알려져 있는 성물이었으니까……. 마법 역사의

페이지마다 딱총나무 지팡이의 핏빛 발자취가 흩어져 있으니까…….

해리는 흐린 하늘을 바라보았다. 잿빛과 은빛의 구불구불한 구름들이 하얀 달 위로 흘러가고 있었다. 해리는 자신이 발견한 것들이 하도 놀라워 살짝 어지러울 정도였다.

해리는 다시 텐트로 들어갔다. 그는 론과 헤르미온느가 좀 전에 그가 나갈 때 서 있던 그 자리에 그대로 서 있는 것을 보고 깜짝 놀랐다. 헤르미온느는 여전히 릴리의 편지를 들고 있고, 론은 그녀 옆에서 약간 불안한 표정을 짓고 있었다. 두 사람은 지난 몇 분 동안 얼마나 멀리까지 왔는지 깨닫지 못한 걸까?

"바로 이거야." 해리가 그들을 자신의 놀라운 확신의 빛 속으로 데려오려고 애쓰며 말했다. "이걸로 모든 게 설명돼. 죽음의 성물은 진짜고, 나한테 하나가 있어. 어쩌면 두 개가……."

그는 스니치를 들어 올렸다.

"그리고 '그 사람'은 세 번째 성물을 쫓으면서도 그게 뭔지 모르고 있어……. 그냥 강력한 지팡이라고만 생각……."

"해리." 헤르미온느가 그에게 다가와 릴리의 편지를 돌려주며 말했다. "미안하지만 네 생각이 틀린 것 같아. 전부 다."

"하지만 모르겠어? 모든 게 들어맞……."

"아냐, 그렇지 않아." 그녀가 말했다. "그렇지 않아, 해리. 그냥 네가 지나치게 생각하는 거야. 제발 부탁이니까……." 해리가 입을 열려 하자 그녀가 얼른 말을 이었다. "부탁이니까 이것만 대답해 줘. 만약 죽음의 성물이 진짜로 존재하고 덤블도어 교수님이 그 성물들에 대해 알고 있었다면, 그 세 가지를 모두 가진 사람이 죽음의 지배자가 된다는 걸 알고 있었다면…… 왜 해리 너한테 말해 주지 않으셨을까? 왜?"

해리는 거기에 대한 답을 준비해 놓고 있었다.

"그건 네가 말했잖아, 헤르미온느! 직접 알아내야 하는 거야! 이건 탐색이라고!"

"하지만 그건 러브굿 씨 댁으로 가자고 널 설득하기 위해 그냥 한 말이었어!" 헤르미온느가 짜증을 내며 목소리를 높였다. "정말로 그렇게 믿은 건 아니었단 말이야!"

해리는 그 말을 무시했다.

"덤블도어 교수님은 많은 것을 나 스스로 알아내게 했어. 내 힘을 시험해 보고 위험을 감수하도록 하셨어. 내가 느끼기에 이건 교수님이 할 만한 일이야."

"해리, 이건 게임이 아니야. 연습이 아니라고! 이건 실전이고, 덤블도어 교수님은 너한테 아주 분명한 지시를 남겼어. 호크룩스를 찾아서 파괴하라고 말이야! 그 상징은 아무 의미도 없어. 죽음의 성물은 잊어버려. 우린 딴 길로 샐 여유가 없……."

해리는 그녀의 말을 거의 듣지 않고 있었다. 그는 마음 한구석에서 스니치가 갈라져 열리며 부활의 돌을 드러내 주기를, 그래서 헤르미온느에게 죽음의 성물이 진짜라는 그의 말이 맞다는 사실을 증명해 주기를 기대하면서, 손에 쥔 스니치를 계속 빙글빙글 돌렸다.

헤르미온느가 론에게 호소했다.

"넌 이 이야기 안 믿지?"

해리는 눈을 들었다. 론이 머뭇거렸다.

"난 잘 모르겠어……. 내 말은…… 몇 가지는 들어맞는 것 같긴 한데……." 론이 어색하게 말을 이었다. "하지만 모든 상황을 볼 때……." 그는 숨을 깊게 들이마셨다. "우린 호크룩스를 파괴해야 할 것 같아, 해리. 덤블도어가 우리한테 시킨 일이 그거잖아. 어쩌면…… 어쩌면 성물에 대해서는 잊어버려야 할지도 모르겠어."

"고마워, 론." 헤르미온느가 말했다. "내가 가장 먼저 망을 볼게."

그녀는 해리를 성큼성큼 지나쳐 가더니 텐트 입구에 주저앉으며 모든 상황을 단박에 정리했다.

하지만 해리는 그날 밤 거의 잠들지 못했다. 그는 죽음의 성물 생각에 사로잡혀 있었고, 그에 관한 심란한 생각들이 머릿속에서 소용돌이치는 동안에는 도저히 쉴 수가 없었다. 지팡이, 돌, 투명 망토. 그것들을 모두 가질 수만 있다면…….

나는 닫힐 때 열린다……. 그런데 닫힌다는 게 뭐지? 왜 지금 그 돌을 가질 수 없는 걸까? 그 돌만 있다면 덤블도어에게 이런 질문들을 직접 할 수 있을 텐데……. 해리는 어둠 속에서 스니치에 대고 온갖 단어들을 중얼거려 보았다. 심지어 뱀의 말까지 써 봤지만 황금색 공은 열리지 않았다…….

그리고 그 지팡이, 딱총나무 지팡이는 어디에 숨겨져 있을까? 볼드모트는 지금 어디에서 그 지팡이를 찾고 있을까? 해리는 흉터가 아파 오면서 볼드모트의 생각을 보여 주기를 바랐다. 난생처음으로 그와 볼드모트가 같은 것을 원하고 있었기 때문이다……. 물론 헤르미온느라면 이런 생각을 좋아하지 않을 것이다……. 하긴, 그녀는 믿지 않으니까……. 어느 면에서는 제노필리우스가 옳았다……. *상상력이 부족해. 편협하고 생각이 꽉 막혔어.* 사실 그녀는 죽음의 성물, 특히 부활의 돌이라는 개념 자체에 겁을 먹은 것이다……. 해리는 스니치에 입술을 갖다 댔다. 그리고 거의 삼킬 것처럼 입을 맞춰 봤지만 차가운 금속은 열리지 않았다…….

아즈카반의 감방에서 홀로 디멘터들에게 둘러싸여 있을 루나가 떠오른 것은 새벽이 다 되어서였다. 그는 문득 그런 자신이 부끄러워졌다. 성물 생각에 골몰하느라 루나를 까맣게 잊고 있었던 것이다. 그녀를 구할 수만 있다면. 하지만 그렇게 많은 수의 디멘터들을 이기는 것은 사실상 불가능했다. 생각해 보니, 야생 자두나무 지팡이로는 아직 패트로누스를 불러내 본 적이 없었다……. 아침에 한번 해 봐야지…….

더 좋은 마법 지팡이를 구할 방법만 있다면…….

그러자 딱총나무 지팡이, 죽음의 막대기, 아무도 꺾을 수 없는 천하무적의 지팡이를 갖고 싶은 욕구가 또 한 번 그를 사로잡았다…….

다음 날 아침 그들은 텐트를 챙기고 을씨년스러운 소나기를 맞으며 이동했다. 폭우는 그날 밤 그들이 텐트를 친해변까지 쫓아왔다. 1주일 내내 비가 내렸고 해리는 그 축축한 풍경을 보면서 암담함과 울적함을 느꼈다. 그의 머릿속에는 오직 죽음의 성물 생각뿐이었다. 속에서 불꽃이 타오르는 것 같았고, 헤르미온느의 단호한 불신이나 론의 끈질긴 의심을 포함한 그 무엇도 그 불을 끄지 못했다. 하지만 그의 마음속에서 성물에 대한 열망이 더욱 사납게 불타오를수록 기쁨은 점점 작아졌다. 그는 론과 헤르미온느를 탓했다. 그들의 작정한 듯한 무관심은 무자비하게 쏟아지는 비만큼이나 그의 기분을 처지게 만들었다. 하지만 둘 다 그의 확신을 무너뜨리지는 못했다. 그는 여전히 절대적으로 확신했다. 성물에 대한 믿음과 열망에 심하게 사로잡힌 나머지 해리는 호크룩스에 집착하는 두 사람 사이에서 소외감을 느꼈다.

"집착?" 어느 날 저녁, 헤르미온느에게서 나머지 호크룩스를 찾는 데 관심을 보이지 않는다며 나무라는 소리를 들은 해리가 무심코 그 단어를 내뱉자 그녀가 사나운 어조로 나직하게 말했다. "집착하는 건 우리가 아냐, 해리! 덤블도어 교수님이 시키신 일을 하려고 애쓰는 건 바로 우리라고!"

하지만 해리는 그 말 뒤에 감춰진 비난에 휘둘리지 않았다. 덤블도어는 헤르미온느가 해독하도록 성물의 상징을 남겼고, 또한 해리가 여전히 확신하고 있듯 황금색 스니치 안에 부활의 돌을 숨겨서 그에게 전해 주었다. 한쪽이 살아 있는 한 다른 쪽은 온전히 살 수 없나니……. 죽음의 지배자……. 왜 론과 헤르미온느는 이해하지 못하는 걸까?

"무너뜨려야 할 마지막 적은 죽음일지니.'" 해리는 담담하게 그 말을 인용했다.

"우리가 싸워야 할 대상은 '그 사람'인 줄 알았는데?" 헤르미온느가 반박하자 해리는 그만 포기했다.

다른 두 사람이 끈질기게 논의했던 은빛 암사슴의 수수께끼조차 지금 해리에게는 덜 중요하고 그저 막연하게만 관심을 갖고 있는 부차적인 일이었다. 그에게 중요한 또 한 가지 일은 흉터가 다시 욱신거리기 시작했다는 사실이었다. 그는 이 사실을 다른 두 사람에게 숨기려고 최선을 다했다. 그는 그런 일이 일어날 때마다 혼자 있을 곳을 찾았지만 뭔가가 보여도 그저 실망스럽기만 했다. 그와 볼드모트가 공유하는 환각의 질이 달라졌던 것이다. 그 장면들은 초점이 맞았다 안 맞았다 하는 상태에서 재생되는 것처럼 매우 흐렸다. 해리는 해골처럼 보이는 어떤 물건과, 실체라기보다는 그림자에 가까운 산 같은 것의 불분명한 모습만 알아볼 수 있었다. 현실처럼 선명한 이미지에 익숙해져 있던 해리는 이런 변화가 당황스러웠다. 그는 두려운 한편 헤르미온느한테 한 말과는 별개로 소중하게 여기기도 했던 볼드모트와의 연결이 망가졌을까 봐 걱정스러웠다. 어째서인지 이런 불만족스럽고 흐릿한 이미지들은 지팡이가 파괴된 일과 상관이 있는 것처럼 느껴졌다. 더 이상 예전만큼 볼드모트의 마음속을 잘 들여다볼 수 없는 것이 야생 자두나무 지팡이 탓인 것만 같았다.

몇 주가 천천히 흐르면서, 자기 생각에만 빠져 있던 해리의 눈에도 론이 책임을 떠맡으려는 모습이 보였다. 아마도 그들을 버리고 떠났던 일을 보상하려고 작정한 것 같았다. 해리가 무기력 상태에 빠져 있는 상황이 충격요법이 되어 론 안에 잠들어 있던 리더의 자질을 일깨운 것일지도 몰랐다. 이제는 론이 두 사람을 격려하고 기운을 북돋아 행동하게 만들었다.

"호크룩스는 세 개 남아 있어." 론은 계속해서 그렇게 말했다. "행동 계획을 짜야 해. 어서! 안 찾아본 데가 어딜까? 다시 잘 살펴보자. 고아원……."

다이애건 앨리, 호그와트, 리들 저택, 보긴 앤 버크, 알바니아, 톰 리들이 살았거나 근무했거나 방문했거나 살인을 저질렀다고 알려진 모든 곳. 론과 헤르미온느는 그 모든 곳을 다시 샅샅이 뒤졌고, 해리는 헤르미온느에게서 잔소리를 듣지 않을 만큼만 거기에 동참했다. 그는 조용한 곳에 혼자 앉아 볼드모트의 생각을 읽으며 딱총나무 지팡이에 대해 더 많은 것을 알아내고 싶었지만, 론은 점점 더 가망이 없어 보이는 장소들에 가야 한다고 고집했다. 해리는 그것이 단지 움직이는 힘을 잃지 않기 위해서라는 것을 알았다.

"누가 알아?" 론이 지속적으로 되풀이한 말이 그것이었다. "어퍼 플래글리는 마법사 마을이야. 그자가 거기 살고 싶어 했을지도 몰라. 가서 한번 둘러보자."

마법사들이 사는 지역에 자주 들르다 보면 이따금씩 인간 사냥꾼들이 보였다.

"그중엔 죽음을 먹는 자들만큼 나쁜 놈들도 있대." 론이 말했다. "날 잡은 놈들은 조금 한심했지만, 빌이 보기에 몇몇 놈들은 정말 위험하대. 〈포터워치〉에서 말하기로는……."

"뭐라고?" 해리가 물었다.

"〈포터워치〉 말이야. 내가 계속 들으려고 애쓰는 라디오 프로그램 이름 말 안 해 줬나? 지금 벌어지는 일에 대해서 진실을 전해 주는 유일한 프로그램이야! 대부분의 프로그램들은 '그 사람'의 노선을 따르고 있어. 〈포터워치〉만 빼고. 진짜 네가 꼭 들어 보면 좋겠는데 주파수 찾기가 까다로워서……."

론은 밤이면 밤마다 다양한 리듬에 맞춰 마법 지팡이로 라디오 윗부분을 두드리며 다이얼을 돌리고 있었다. 가끔씩 용 천연두 치료법에 관한 조언이 들려왔고, 한 번은 '뜨겁고 강렬한 사랑으로 가득한 솥단지' 몇 소절이 들리기도 했다. 론은 마법 지팡이를 두드리는 동안 계속해서 숨죽인 채 무작위로 단어들을 중얼거리며 정확한 암호를 입력하려고 애썼다.

"암호는 보통 기사단히고 관련된 단어들이야." 그가 말했다. "빌이 진짜 암호 알아맞히기 선수였는데. 나도 결국엔 하나 얻어걸리겠지……."

하지만 론에게 행운이 따라 준 것은 3월이 되어서였다. 해리는 텐트 입구에 앉아 망을 보면서 차가운 땅을 뚫고 올라온 무스카리 덤불을 멍하니 바라보고 있었는데, 그때 텐트 안에서 론이 흥분한 목소리로 외쳤다.

"맞혔어, 내가 맞혔어! 암호는 '알버스'였어! 빨리 들어와, 해리!"

해리는 며칠 만에 처음으로 죽음의 성물에 대한 생각에

서 벗어나 서둘러 텐트 안으로 들어갔다. 론과 헤르미온느가 작은 라디오 앞에 무릎을 꿇고 앉아 있는 모습이 보였다. 그냥 뭐라도 할 일을 찾아 그리핀도르의 검을 광이 나도록 닦고 있던 헤르미온느는 입을 쩍 벌린 채 작은 스피커를 바라보고 있었다. 라디오에서 대단히 익숙한 목소리가 흘러나왔다.

"……일시적으로 방송을 못 한 데 대해 사과 말씀을 드립니다. 저 깜찍한 죽음을 먹는 자들이 저희가 있는 구역을 아주 여러 번 방문했거든요."

"리 조던이잖아!" 헤르미온느가 말했다.

"그러니까!" 론이 활짝 웃었다. "멋지지?"

"……이제 또 다른 안전한 장소를 찾았습니다." 리가 말했다. "오늘 저녁에는 우리의 고정 출연자들 중 두 분이 함께하게 되었다는 말씀을 전해 드리게 되어 기쁘군요. 안녕하세요!"

"안녕하세요."

"안녕하세요, 리버."

"'리버'가 리야." 론이 설명했다. "모두 암호명을 쓰고 있지만, 그래도 보통은 알 수 있……."

"쉿!" 헤르미온느가 말했다.

"하지만 로열과 로물루스의 소식을 듣기 전에……." 리가 말을 이었다. "잠시 〈마법사 라디오 네트워크 뉴스〉와 《예언자일보》에서는 언급할 가치가 없다고 생각하는 사망 소식을 전해 드리겠습니다. 청취자 여러분께 테드 통스와 더크 크레스웰이 살해당했다는 소식을 전하게 되어 대단히 유감스럽습니다."

해리는 속에서 메스꺼움이 치밀어 오르는 것을 느꼈다. 그와 론, 헤르미온느는 충격에 빠진 얼굴로 서로를 바라보았다.

"고르눅이라는 이름의 고블린도 살해당했습니다. 통스, 크레스웰, 고르눅과 함께 다녔을 것으로 추정되는 머글 태생 딘 토머스와 또 다른 고블린은 도망친 것으로 보입니다. 딘이 듣고 있다면, 또는 딘의 소재와 관련해서 조금이라도 아는 분이 계신다면, 딘의 부모님과 누나들이 소식을 기다리고 있다는 말씀 전해 드립니다. 한편, 개들리에서는 머글 일가족 다섯 명이 집 안에서 사망한 채 발견되었습니다. 머글 당국은 이 사망 사건을 가스 누출 사고 탓으로 돌리고 있으나 불사조 기사단 단원들은 이 사건이 살해 저주에 의한 것이라고 알려 왔습니다. 이는 새로운 체제 아래서 머글 살육이 오락 거리로 전락해 가고 있다는 사실을 증명하는 또 다른 사건입니다. 증거가 더 필요한지는 모르겠지만요. 마지막으로, 안타깝게도 바틸다 백숏의 유해가 고드릭 골짜기에서 발견되었다는 소식을 청취자 여러분께 전해 드립니다. 증거로 보아 백숏은 이미 몇 달 전에 사망한 것 같습니다. 불사조 기사단이 알려 온 바에 따르면 백숏의 시신에서는 확실히 어둠의 마법에 의한 것으로 보이는 부상의 흔적이 발견됐다고 합니다. 청취자 여러분, 테드 통스, 더크 크레스웰, 바틸다 백숏, 고르눅, 그리고 이름은 알려지지 않았지만 마찬가지로 죽음을 먹는 자들에 의해 안타깝게 살해당한 머글들을 기억하며 잠시 묵념에 동참해 주시기 바랍니다."

침묵이 내려앉았고 해리, 론, 헤르미온느도 입을 열지 않았다. 해리는 더 많은 소식을 듣고 싶었지만 동시에 또 어떤 소식이 들려올지 두렵기도 했다. 바깥 세계와 완전히 연결되었다는 느낌이 드는 건 참으로 오랜만이었다.

"고맙습니다." 리의 목소리가 말했다. "이제는 고정 출연자 로열에게 마이크를 넘겨, 새로운 마법사 세계의 질서가 머글 세계에 어떤 영향을 주고 있는지 최신 소식을 들어 보겠습니다."

"고맙습니다, 리버." 누구 것인지 명백히 알 수 있는, 깊고 신중하고 안심을 주는 목소리가 들려왔다.

"킹슬리야!" 론이 불쑥 말했다.

"우리도 알아!" 헤르미온느가 그를 조용히 시켰다.

"계속해서 수많은 사상자가 발생하고 있지만 머글들은 여전히 이런 재앙의 원인을 모르고 있습니다." 킹슬리가 말했다. "하지만 매우 고무적이게도 머글 친구와 이웃을 지키기 위해서 종종 머글들 모르게 신변의 위험을 무릅쓰는 마법사들의 이야기는 계속 들려오고 있는데요. 모든 청취자 여러분께 그분들의 모범을 따라 주십사 부탁드리고 싶습니다. 아마 여러분이 거주하는 거리의 머글 주거지에 보호 마법을 걸어 줄 수도 있을 겁니다. 이런 간단한 조치만 취해도 수많은 생명을 지킬 수 있습니다."

"그런데 로열, 이렇게 위험한 시기에는 '마법사가 우선'이어야 한다고 응답할 청취자들에게는 뭐라고 말씀하시겠어요?" 리가 물었다.

"저는 '마법사 우선'이란 '순수 혈통 우선', 그리고 더 나아가 '죽음을 먹는 자'와 종이 한 장 차이라고 말씀드리고 싶습니다." 킹슬리가 대답했다. "우리는 모두 인간입니다. 그렇지 않나요? 모든 사람의 생명은 똑같은 가치를 지니고 있고, 지킬 가치가 있습니다."

"훌륭한 말씀 해 주셨습니다, 로열. 이 난장판에서 벗어나게 된다면 저는 마법 정부 총리 선거에서 로열에게 표를 던지겠습니다." 리가 말했다. "이제는 로물루스에게 마이크를 돌려 인기 코너인 '포터의 친구들'을 진행하도록 하죠."

"고맙습니다, 리버." 아주 익숙한 또 다른 목소리가 말했다. 론이 입을 열려고 했지만 헤르미온느의 속삭임이 그의 말을 미리 차단했다.

"루핀인 거 우리도 알아!"

"로물루스, 우리 프로그램에 출연하실 때마다 말씀하신 것처럼 해리 포터가 아직 살아 있다는 입장을 고수하고 계신가요?"

"네." 루핀이 단호하게 말했다. "제 생각에 해리 포터가 사망했다면 죽음을 먹는 자들이 대대적으로 알렸을 게 분명합니다. 그 소식은 새로운 체제에 저항하는 사람들의 사기에 치명적인 타격을 입힐 테니까요. '살아남은 아이'는 여전히 우리가 지키려고 싸우는 모든 것의 상징입니다. 선한 자들의 승리, 순수함의 힘, 앞으로도 계속 저항해야 할 필요성의 상징 말이죠."

해리의 마음속에서 고마움과 부끄러움이 뒤섞인 감정이 북받쳐 올랐다. 그렇다면 루핀은 지난번에 해리가 내뱉었던 끔찍한 말들을 이미 용서했다는 건가?

"해리가 듣고 있다면 뭐라고 말해 주고 싶으신가요, 로물루스?"

"우리 모두가 온 마음으로 그와 함께한다고 말해 주고 싶습니다." 루핀이 말하더니 잠깐 머뭇거렸다. "그리고 본능을 따르라고, 선량할 뿐만 아니라 항상 옳은 답을 내주는 그의 본능을 따르라고 말하겠습니다."

해리는 헤르미온느를 바라보았다. 그녀의 눈에는 눈물이 가득 고여 있었다.

"항상 옳은 답을 내준대." 그녀가 되풀이했다.

"아, 내가 얘기 안 했나?" 론이 놀라서 말했다. "빌이 그러는데, 루핀이 다시 통스랑 살고 있대! 통스는 배가 많이 불러 오고 있나 보더라."

"……그리고 해리 포터 편에 서느라 고통받고 있는 친구들에 대해 평소처럼 최신 소식을 전해 주신다면요?" 리가 말했다.

"네, 우리 방송을 자주 듣는 청취자 여러분이라면 아시겠지만, 현재 해리 포터에 대한 지지를 누구보다 노골적으로 표현한 몇 분이 수감되어 있습니다. 《이러쿵저러쿵》의 전 편집장인 제노필리우스 러브굿과……." 루핀이 말했다.

"적어도 아직 살아 있긴 하네." 론이 웅얼거렸다.

"저희가 몇 시간 전에 입수한 소식에 따르면 루비우스 해그리드⋯⋯." 셋 모두 큰 소리로 숨을 들이켜는 바람에 하마터면 뒤의 말을 놓칠 뻔했다. "⋯⋯호그와트의 숲지기로 잘 알려진 해그리드는 호그와트 교정에서 체포될 뻔했지만 아슬아슬하게 탈출했다고 합니다. 해그리드는 그동안 본인의 집에서 '해리 포터를 응원합니다'라는 이름의 파티를 주최했다는 소문이 돌고 있는데요. 아무튼 해그리드는 붙잡히지 않았습니다. 우리는 그가 도주 중일 거라 믿고 있습니다."

"죽음을 먹는 자들에게서 도망칠 때, 키가 5미터나 되는 동생이 있다면 도움이 될 것 같은데요?" 리가 물었다.

"약간 유리한 점은 있겠죠." 루핀이 진지하게 동의했다. "우리 〈포터워치〉는 해그리드의 용기에 박수를 보냅니다. 하지만 덧붙이자면, 해리를 아무리 헌신적으로 응원하는 분들이라도 해그리드를 따라 하지는 마시길 권합니다. 현 상황에서 해리 포터를 응원한다는 취지의 파티를 여는 건 현명하지 못한 일입니다."

"정말 그렇네요, 로물루스." 리가 말했다. "그래서 우리는 〈포터워치〉를 청취함으로써, 번개 모양 흉터를 가진 그 친구에 대한 성원을 계속 보내 주실 것을 제안합니다! 그럼 이제 해리 포터만큼이나 요리조리 잘 빠져나가고 있는 마법사 소식으로 넘어가 보죠. 죽음을 먹는 자 두목이라고 해야 할까요? 이제 그자에 대해 돌고 있는 더욱 정신 나간 소문 몇 가지에 대한 의견을 밝혀 줄 새로운 특파원을 소개하겠습니다. 로덴트, 나와 주세요."

"'로덴트'('설치류'라는 뜻—옮긴이)?" 또 다른 익숙한 목소리가 들려오자 해리, 론, 헤르미온느가 일제히 소리쳤다. "프레드!"

"아니, 조지인가?"

"프레드 같은데." 론이 라디오 가까이 허리를 숙이며 말했다. 누군지는 몰라도 쌍둥이 중 한 명이 말하고 있었다. "난 '로덴트' 안 해, 절대 안 해. '레이피어' 하고 싶댔잖아!"

"아, 알았어요, 그럼. '레이피어', 죽음을 먹는 자 두목과 관련해서 들려오는 다양한 이야기들에 대해 어떤 의견을 갖고 계신지 말씀해 주시겠습니까?"

"네, 리버. 그러죠." 프레드가 말했다. "연못 밑바닥 같은 곳으로 피난을 간 게 아니라면 청취자 여러분도 잘 아시겠지만, 그림자 속에 남아 있겠다는 '그 사람'의 전략은 나름대로 공포 분위기를 만들어 내고 있습니다. 잘 들으세요, 그자를 봤다는 목격담이 모두 사실이라면, 분명 족히 열아홉 명은 되는 '그 사람'이 이 동네를 돌아다니고 있는 겁니다."

"물론 그자에게는 좋은 일이지요." 킹슬리가 말했다. "신비로운 분위기를 조성하는 것이 실제로 모습을 드러내는 것보다 더 큰 공포를 만들어 내니까요."

"저도 같은 생각입니다." 프레드가 말했다. "그러니까 여러분, 좀 진정하세요. 굳이 뭘 지어내지 않더라도 사태는 충분히 나쁘다고요. 예를 들어서 '그 사람'이 눈으로 한 번 째려보기만 해도 사람을 죽일 수 있다는 이 새로운 소문 같은 것 말이죠. 그건 *바실리스크*입니다, 청취자 여러분. 간단한 확인법이 한 가지 있어요. 여러분을 노려보는 그 존재에게 다리가 달려 있는지 살펴보세요. 만약 다리가 있다면 그놈의 눈을 들여다봐도 안전합니다. 물론 그게 진짜 '그 사람'이라면, 눈을 마주치는 게 여러분의 마지막 행동이 될 가능성이 여전히 높지만 말이죠."

해리는 몇 주 만에 처음으로 웃음을 터뜨렸다. 묵직한 긴장감이 몸에서 빠져나가는 게 느껴졌다.

"그자가 해외에서 계속 목격되고 있다는 소문은 어떤가요?" 리가 물었다.

"뭐, 그렇게 열심히 살았는데 근사한 휴가를 보내고 싶지 않은 사람이 어디 있겠어요?" 프레드가 되물었다. "요점은 말이죠, 여러분, 그자가 해외에 있다고 안전할 거라는 착각은 금물이라는 거예요. 해외에 있을 수도 있고 없을 수도 있지만, 그자가 마음만 먹으면 샴푸 앞에서 도망치는 세베루스 스네이프보다 **빠르게** 움직일 수 있다는 사실엔 여전히 변함이 없습니다. 그러니까 어떤 위험을 무릅쓸 계획이라면 그자가 멀리 떨어져 있다는 생각에 너무 기대지는 마세요. 제가 이런 말을 하게 될 줄은 몰랐지만, 안전이 우선입니다!"

"현명한 말씀 정말 고맙습니다, 레이피어." 리가 말했다. "청취자 여러분, 이걸로 〈포터워치〉 한 회가 또 마무리되었습니다. 언제 다시 방송할 수 있을지 모르겠지만 꼭 돌아올게요. 다이얼을 계속 돌려 주세요. 다음번 암호는 '매드아이'가 될 겁니다. 서로를 안전하게 지켜 주세요. 믿음을 지키세요. 안녕히 계세요."

라디오 다이얼이 빙글빙글 돌아가더니 주파수가 표시되는 화면의 불이 꺼졌다. 해리, 론, 헤르미온느는 여전히 활짝 웃고 있었다. 익숙하고 친근한 목소리들을 듣자 유난히 기운이 났다. 해리는 고립된 생활에 너무 익숙해진 나머지 다른 사람들도 볼드모트에게 저항하고 있다는 사실을 거의 잊고 있었다. 마치 오랜 잠에서 깨어나는 것 같았다.

"좋지?" 론이 기분 좋은 목소리로 말했다.

"끝내준다." 해리가 말했다.

"정말 용감하네." 헤르미온느가 감탄하며 한숨을 쉬었다. "들키기라도 하면……."

"뭐, 계속 옮겨 다니잖아?" 론이 말했다. "우리처럼."

"근데 프레드가 한 말 들었어?" 해리가 흥분해서 물었다. 방송이 끝나자, 머릿속을 온통 사로잡고 있는 문제로 관심이 다시 돌아간 것이다. "그자가 해외에 있대! 여전히 그 지팡이를 찾고 있는 거야. 그럴 줄 알았어!"

"해리……."

"왜 이래, 헤르미온느. 왜 그렇게까지 인정하지 않으려는 거야? 볼……."

"해리, 안 돼!"

"……드모트가 딱총나무 지팡이를 쫓고 있다고!"

"그 이름은 금기야!" 론이 소리치며 벌떡 일어난 순간 텐트 바깥에서 요란한 '펑' 소리가 들렸다. "내가 말했지, 해리. 말했잖아. 이제 그 이름을 말할 수 없어. 주위에 보호 마법을 다시 걸어야 해. 빨리. 그놈들은 그런 방법으로 우리를 찾아낸……."

하지만 론은 갑자기 말을 멈췄고 해리는 그 이유를 알아 차렸다. 탁자 위의 스니코스코프가 번쩍 빛을 내더니 빙글빙글 돌아가기 시작했다. 목소리들이 점점 가까워지고 있었다. 거칠고 흥분한 목소리들. 론이 주머니에서 딜루미네이터를 꺼내 찰칵 눌렀다. 텐트 안의 불이 꺼졌다.
 "두 손 들고 나와!" 어둠 속에서 거친 목소리가 들려왔다. "그 안에 있는 거 알아! 여섯 개의 지팡이가 너희를 겨누고 있다. 우린 누가 저주에 맞든 상관하지 않아!"

23장
말포이 저택

 해리는 이제 어둠 속에서 그저 윤곽만 보이는 다른 두 사람을 돌아보았다. 헤르미온느가 바깥이 아닌 그의 얼굴에 지팡이를 겨누고 있는 모습이 보였다. 펑 소리와 함께 하얀빛이 폭발했다. 그는 고통 속에서 다리 힘이 풀리는 것을 느꼈다. 아무것도 보이지 않았다. 두 손으로 가린 얼굴이 빠르게 부풀어 오르는 것이 느껴졌다. 그때 묵직한 발소리가 주위를 에워쌌다.
 "일어나, 이 벌레 같은 것들아."
 정체를 알 수 없는 손들이 해리를 거칠게 잡아끌어 땅바닥에서 일으켰다. 해리가 막을 겨를도 없이 누군가가 그의 주머니를 뒤져 야생 자두나무 지팡이를 가져갔다. 해리는 참기 힘든 고통이 느껴지는 얼굴을 감싸 쥐었다. 손가락으로 더듬어 보니 얼굴은 심각한 알레르기 반응이라도 일어난 것처럼 팽팽하게 부풀어 오르고 땡땡 부어서 알아볼 수 없게 변한 것 같았다. 두 눈은 실금처럼 가늘어져서 앞을 보기 힘들었다. 텐트에서 끌려 나가는 와중에 안경마저 벗겨졌다. 보이는 것은 옥신각신하며 론과 헤르미온느를 밖으로 끌고 나가는 네다섯 명의 흐릿한 형체뿐이었다.

"그 애한테서…… 손…… 떼!" 론이 소리쳤다. 분명 주먹으로 몸을 때리는 소리가 들렸다. 론은 고통스러운 신음을 내뱉었고 헤르미온느는 비명을 질렀다. "안 돼! 때리지 마. 때리지 말라고!"

"내 명단에 올라와 있다면 네 남자 친구는 이것보다 더 심한 꼴을 당하게 될 거다!" 끔찍할 만큼 익숙한 쉰 목소리가 말했다. "먹음직스러운 여자애로군……. 이런 별미가……. 나는 부드러운 살을 좋아하지……."

해리의 속이 뒤집혔다. 그자는 해리가 아는 사람이었다. 펜리르 그레이백, 청부를 받아 잔혹한 짓을 저지르고 그 대가로 죽음을 먹는 자들의 로브를 입을 수 있게 된 늑대인간이었다.

"텐트를 수색해!" 또 다른 목소리가 말했다.

해리는 바닥에 얼굴이 처박힌 채 팽개쳐졌다. 쿵 소리가 들려와 론이 그의 옆에 내동댕이쳐졌다는 사실을 알 수 있었다. 발소리와 우당탕하는 소리가 들렸다. 남자들이 텐트를 뒤지면서 그 안에 있는 의자를 밀어 넘어뜨리는 소리였다.

"자, 누굴 잡았는지 볼까." 머리 위에서 그레이백의 흡족해하는 목소리가 들리는가 싶더니, 해리는 몸이 굴려져 바로 누운 자세가 되었다. 지팡이 불빛 한 줄기가 그의 얼굴에 떨어지자 그레이백이 큭큭 웃음을 터뜨렸다.

"이놈을 먹으려면 곁들일 버터맥주가 필요하겠는데. 무슨 일을 당한 거냐, 이 못생긴 놈아?"

해리는 바로 대답하지 않았다.

"내가 묻잖아." 그레이백이 다시 말했다. 해리는 명치를 얻어맞고 고통에 겨워 몸을 한껏 구부렸다. "어쩌다 이렇게 됐냐니까?"

"쏘였어요." 해리가 중얼거렸다. "쏘였다고요."

"그래, 그런 것 같군." 또 다른 목소리가 말했다.

"이름이 뭐지?" 그레이백이 으르렁거렸다.

"더들리요." 해리가 대답했다.

"그게 성인가?"

"버넌…… 버넌 더들리예요."

"명단 확인해 봐, 스캐비어." 그레이백이 말했다. 그가 론을 내려다보기 위해 옆으로 움직이는 소리가 들렸다. "그럼 넌, 빨간 머리?"

"스탠 션파이크." 론이 말했다.

"어디서 수작질이야." 스캐비어라는 남자가 말했다. "우리는 스탠 션파이크를 알아. 우리 쪽 일을 좀 한 놈이니까."

또 한 번 퍽 하는 소리가 났다.

"바디." 론이 말했다. 해리는 그의 입이 피로 가득 차 있다는 것을 알 수 있었다. "바디 위들리."

"위즐리?" 그레이백이 귀에 거슬리는 목소리로 말했다. "그러니까 머드블러드는 아니지만 혈통 배신자들의 친척이라는 거군. 그럼 마지막으로, 네 예쁜 친구는……." 그의 목소리에 깃든 즐거워하는 기색에 해리는 온몸에 소름이 쫙 끼쳤다.

"진정해, 그레이백." 스캐비어가 다른 이들의 조롱 섞인 함성을 누르고 말했다.

"아니, 아직은 물지 않을 거야. 어디 바니보다는 이름을 좀 더 빨리 떠올릴지 한번 볼까. 이름이 뭐지, 아가씨?"

"페넬러피 클리어워터." 헤르미온느가 말했다. 겁에 질린 목소리였지만 꾸며 낸 말처럼 들리지는 않았다.

"혈통은?"

"혼혈이에요." 헤르미온느가 말했다.

"그건 금방 확인할 수 있지." 스캐비어가 말했다. "하지만 이놈들 전부 아직 호그와트에 다닐 만한 나이로 보이는데……."

"그만뒀더요." 론이 말했다.

"그만뒀다고, 빨간 머리?" 스캐비어가 말했다. "학교를 그만두고 캠핑을 다니기로 했다? 그리고 그러다 그냥 웃음거리 삼아 어둠의 왕의 이름을 불러 보기로 했다는 거냐?"

"웃음거리 삼아 말한 게 아니었더요." 론이 말했다. "싯수지."

"실수?" 조롱하는 웃음소리가 더 커졌다.

"어떤 놈들이 어둠의 왕의 이름을 즐겨 불렀는지 아나, 위즐리?" 그레이백이 위협조로 말했다. "불사조 기사단이다. 그게 너한테 무슨 의미가 있으려나?"

"없더요."

"그놈들은 어둠의 왕에게 제대로 된 존경을 표하는 법이 없지. 그래서 그 이름에 금기가 걸린 거다. 기사단원 몇 명이 그런 식으로 추적을 당했다. 어디 두고 보자고. 다른 포로 두 명이랑 같이 묶어!"

 누군가가 머리채를 잡아 해리를 일으켜 세우더니 조금 떨어진 곳으로 끌고 가서 주저앉힌 다음 다른 사람들과 등을 맞댄 자세로 꽁꽁 묶기 시작했다. 해리는 아직도 눈이 퉁퉁 부어서 앞이 거의 보이지 않는 상태였다. 그들을 묶어 놓던 남자가 마침내 멀어지자 해리는 다른 포로들에게 속삭였다.

 "아직 지팡이 갖고 있는 사람?"

 "없어." 그의 양옆에서 론과 헤르미온느가 말했다.

 "다 내 잘못이야. 내가 그 이름을 말해서. 미안해……."

 "해리?"

 새로운 목소리가 들려왔다. 그런데 어딘지 익숙한 목소리였다. 그 소리는 해리의 바로 등 뒤, 헤르미온느의 왼쪽에 묶여 있는 사람에게서 들려왔다.

 "딘?"

 "*진짜* 너였구나! 저자들이 누굴 잡았는지 알면……! 저자들은 인간 사냥꾼이야. 그저 돈을 받고 팔아넘길 무단결석생을 찾고 있는 거야."

 "하룻밤 사냥치곤 나쁘지 않은데." 그레이백이 말했다. 징이 박힌 부츠가 해리 옆으로 지나갔다. 텐트 안에서는 부서지는 소리가 계속 들려왔다. "머드블러드 하나, 도망친 고블린 하나, 무단결석생 셋. 명단에서 이놈들 이름 아직 확인 못 했나, 스캐비어?" 그가 고함을 질렀다.

"응. 버넌 더들리는 여기 없어, 그레이백."

"재미있는걸." 그레이백이 말했다. "그것 참 재밌어."

그가 해리 옆에 웅크렸다. 해리는 부푼 눈꺼풀의 아주 가느다란 틈으로, 잔뜩 엉킨 잿빛 머리카락과 구레나룻으로 뒤덮인 얼굴을 보았다. 날카로운 누런 이빨과 입가에 난 상처도 보였다. 그레이백에게서 어떤 냄새가 났다. 덤블도어가 죽은 천문탑 꼭대기에서 풍기던 것과 같은 냄새였다. 흙과 땀과 피 냄새.

"그러니까 수배 중은 아니라는 거지, 버넌? 아니면 다른 이름으로 명단에 올라 있는 건가? 호그와트에서는 어느 기숙사 소속이었지?"

"슬리데린요." 해리가 자동적으로 말했다.

"다들 우리가 그 말을 듣고 싶어 한다고 생각하다니 참 웃기는 일이야." 어둠 속에서 모습을 드러낸 스캐비어가 빈정거렸다. "하지만 휴게실 위치를 물으니 아무도 대답 못 하던걸."

"지하 감옥에 있어요." 해리가 또박또박 말했다. "벽을 통과해서 들어가야 해요. 해골 같은 물건들로 가득 차 있고 호수 밑에 있어서 조명이 전부 초록색이에요."

짧은 침묵이 이어졌다.

"이런, 이런. 우리가 진짜 슬리데린 꼬마를 잡은 모양인데." 스캐비어가 말했다. "다행인 줄 알아라, 버넌. 슬리데린에는 머드블러드가 별로 없거든. 네 아버지는 누구지?"

"정부에서 일하세요." 해리는 거짓말을 했다. 조금만 조사해도 들통 날 이야기라는 건 알고 있었지만, 어차피 얼굴이 원래대로 돌아가면 끝날 게임이었다. "마법 사고 및 재난부에서요."

"이봐, 그레이백." 스캐비어가 말했다. "거기에 *진짜로* 더들리란 자가 있었던 것 같아."

해리는 거의 숨을 쉴 수 없을 지경이었다. 행운만으로, 순전히 행운만으로 이 상황에서 안전하게 빠져나갈 수 있을까?

"이런. 이런." 그레이백이 말했다. 냉담한 목소리에 아주 희미하게 동요하는 기색이 깃들어 있었다. 해리는 그레이백이 자신이 정말 정부 관료의 아들을 공격하고 묶어 버린 건지 고민하고 있다는 사실을 알아차렸다. 갈비뼈 둘레를 꽉 묶은 밧줄 아래서 심장이 쿵쾅쿵쾅 뛰었다. 그레이백이 그의 심장이 벌렁거리는 것을 볼 수 있다 해도 놀랍지 않을 것 같았다. "이 못생긴 놈아, 네 말이 사실이라면 정부에 잠깐 들른다고 해도 전혀 무서울 게 없겠지. 너를 데려다주면 너희 아버지가 우리한테 보상을 해 줄 것 같은데."

"하지만……." 해리는 입이 바싹 마른 채 말했다. "우리를 그냥 풀어……."

"어이!" 텐트 안에서 고함 소리가 들렸다. "이것 좀 봐, 그레이백!"

어두운 형체가 허겁지겁 다가왔다. 그자들의 마법 지팡이 불빛을 받아 은빛을 띤 뭔가가 반짝거렸다. 놈들이 그리핀도르의 검을 찾은 것이다.

"아아주 좋군." 그레이백이 동료에게서 검을 받아 들며 감탄하듯 말했다. "아, 정말이지 아주 좋아. 고블린이 만든 것 같은데. 이건 어디서 났지?"

"아버지 거예요." 해리는 사방이 너무 어두워 그레이백이 검 손잡이 바로 아래 새겨진 이름을 보지 못하기를 바라며 거짓말을 했다. "장작 패는 데 쓰려고 빌렸……."

"잠깐만, 그레이백! 이《예언자일보》좀 봐!"

스캐비어가 말하는 순간, 부어오른 이마에 팽팽하게 당겨져 있던 흉터가 맹렬하게 타올랐다. 하늘로 우뚝 솟은

한 건물이 주위 무엇보다 더 선명하게 그의 눈앞에 떠올랐다. 그것은 칠흑같이 검고 으스스한 분위기를 풍기는 음침한 요새였다. 문득 볼드모트의 생각들이 다시 또렷하게 전해졌다. 그자는 행복에 겨우면서도 침착하게, 목적의식을 갖고 그 거대한 건물을 향해 미끄러지듯 나아가고 있었다…….

아주 가까워……. 아주 가까워…….

해리는 엄청난 의지를 발휘해 볼드모트의 생각을 차단했다. 그리고 론, 헤르미온느, 딘, 그립훅과 함께 묶인 채 앉아 있는 어둠 속에 스스로를 다시 끌어다 놓고 그레이백과 스캐비어의 목소리에 귀를 기울였다.

"'*헤르미온느 그레인저.*'" 스캐비어가 말하고 있었다. "'*해리 포터와 함께 다니고 있는 것으로 알려진 머드블러드.*'"

침묵 속에서 해리의 흉터가 고통스럽게 타올랐다. 하지만 그는 볼드모트의 정신 속으로 빨려 들어가지 않고 지금 이 자리에 자신을 붙잡아 두고자 죽을힘을 다했다. 그레이백이 헤르미온느 앞에 쭈그리고 앉자 그의 부츠에서 삐걱거리는 소리가 들렸다.

"그거 알아, 꼬마 아가씨? 이 사진 속 인물이 너하고 많이 닮았는데."

"아니에요! 저 아니에요!"

헤르미온느의 겁에 질린 비명 소리는 고백이나 다름없었다.

"……'해리 포터와 함께 다니고 있는 것으로 알려졌다.'" 그레이백이 조용히 되풀이했다.

그곳에는 정적만이 감돌았다. 흉터에서 격렬한 고통이 치솟았지만 해리는 볼드모트의 생각 속으로 끌려들어 가지 않으려고 온 힘을 다해 저항했다. 그 자신의 정신 속에 온전히 머무는 것이 이토록 중요했던 적은 없었다.

"글쎄, 이러면 얘기가 달라지는데?" 그레이백이 속삭였다.

아무도 입을 열지 않았다. 해리는 꼼짝 않고 서서 그를 지켜보는 인간 사냥꾼 패거리의 시선을 느꼈다. 팔에 닿은 헤르미온느의 팔이 바들바들 떨리는 것도 느껴졌다. 몸을 일으킨 그레이백이 해리가 앉아 있는 곳으로 몇 발짝 다가오더니 다시 쭈그리고 앉아 흉측하게 부어오른 그의 얼굴을 가까이서 들여다봤다.

"네 이마에 있는 그건 뭐지, 버넌?" 그가 나직이 묻자, 그자의 고약한 숨결이 해리의 콧구멍으로 흘러들어 왔다. 그자가 더러운 손가락으로 땡땡 부어오른 흉터를 꽉 눌렀다.

"만지지 마!" 해리가 소리쳤다. 그는 도저히 참을 수가 없었다. 흉터에서 느껴지는 통증 탓에 토할 것 같았다.

"난 네가 안경을 쓰는 줄 알았는데, 포터!" 그레이백이 숨죽여 말했다.

"안경 찾았어!" 저 뒤에서 어슬렁대던 인간 사냥꾼 하나가 소리쳤다. "텐트 안에 안경이 있었어, 그레이백. 잠깐만……."

잠시 뒤 해리의 얼굴에 안경이 억지로 씌워졌다. 인간 사냥꾼들은 이제 가까이 다가와서 그를 찬찬히 살피고 있었다.

"맞네!" 그레이백이 거친 목소리로 소리쳤다. "우리가 포터를 잡았어!"

그자들은 자신들이 한 일에 충격을 받고 일제히 뒤로 몇 걸음 물러났다. 여전히 쪼개질 것 같은 자신의 머릿속에 남아 있으려고 발버둥 치던 해리는 무슨 말을 해야 할지 떠올릴 수 없었다. 잘게 쪼개진 환각들이 의식의 표면을 가로질렀다.

……그자는 검은 요새의 높은 벽 주위를 미끄러지듯 돌고 있었다.

아니, 그는 해리였다. 마법 지팡이도 없이 꽁꽁 묶인 채 심각한 위험에 처해 있는…….

저 위, 가장 높은 탑의 가장 높은 창문을 올려다보는…….

그는 해리였고, 그자들이 나직한 목소리로 그의 운명을 논의하고 있었다.

……날아갈 시간이군.

"……정부로?"

"정부 같은 소리 하고 있네." 그레이백이 으르렁거렸다. "그놈들이 우리 공을 다 차지할 거다. 우리한테는 국물도 없을걸? '그 사람'에게 곧장 갖다 바치는 게 좋을 것 같은데."

"그분을 부른다고? 여기로?" 스캐비어가 충격을 받고 경외감에 사로잡힌 목소리로 말했다.

"아니." 그레이백이 으르렁거리듯 말했다. "나한텐 그게 없…… 사람들 말로는 그가 말포이의 집을 본부로 사용하고 있다던데. 그리로 데려가지."

해리는 그레이백이 왜 볼드모트를 부르지 않는지 알 것 같았다. 그자들은 그레이백을 이용하고 싶어서 죽음을 먹는 자의 로브를 입게 해 주었지만, 어둠의 징표는 오직 볼드모트의 핵심 추종자들만 받을 수 있었다. 그레이백은 그런 최고의 영광을 받지 못했던 것이다.

해리의 흉터가 다시 화끈거렸다.

그리고 밤하늘로 떠올라, 곧장 탑 꼭대기 창문으로 날아가서……

"……이 녀석이 그놈인 게 확실하지? 만약 아니라면 우린 죽은 목숨이야, 그레이백."

"여기 책임자가 누군지 잊은 거냐?" 그레이백은 순간적으로 드러난 약한 모습을 감추며 고함을 질렀다. "분명히 말하는데 이놈이 포터다. 그리고 이놈과 이놈의 지팡이면 그 즉시 20만 갈레온을 손에 쥐는 거야! 하지만 네놈들이 배짱이 없어서 못 가겠다면 그 돈은 전부 내 차지가 된다. 운이 따라 준다면 저 계집애도 덤으로 내 차지가 되겠지!"

창문은 검은 바위에 가늘게 난 틈에 불과했다. 성인 남자가 들어갈 수 있는 크기가 아니었다……. 그 사이로 담요 아래 몸을 웅크린 해골 같은 형상이 간신히 보였다……. 죽은 걸까, 아니면 자는 걸까……?

"알았어!" 스캐비어가 말했다. "알았다고. 우리도 동참할게! 그럼 나머지는 어쩌지, 그레이백? 이놈들은 어떻게 할까?"

"전부 데려가는 게 좋겠지. 머드블러드 둘이 있으니 추가로 10갈레온이야. 그 검도 내놔. 루비가 맞다면 그것만으로도 꽤 돈이 되겠지."

포로들은 붙들린 채 자리에서 일어섰다. 헤르미온느의 겁에 질리고 가쁜 숨소리가 들렸다.

"꽉 붙잡아. 단단히 붙들어라. 포터는 내가 맡겠다!" 그레이백이 해리의 머리카락을 움켜잡으며 말했다. 해리는 그의 길고 노란 손톱이 두피를 할퀴는 것을 느꼈다. "셋을 센다! 하나…… 둘…… 셋……."

그들은 포로들을 붙들고 순간이동 했다. 해리는 그레이백의 손을 떨쳐 버리려고 몸부림쳤지만 부질없는 짓이었다. 론과 헤르미온느가 양옆에 바짝 붙어 있어서 해리는 일행에게서 떨어질 수 없었다. 몸을 쥐어짠 듯 숨이 내뱉어지면서 흉터는 더더욱 고통스럽게 화끈거렸다.

뱀처럼 억지로 몸을 밀어 넣고 감방 같은 그 방 안에 수증기처럼 가볍게 내려섰을 때…….

포로들은 어느 시골길에 내려서면서 서로 마구 부딪쳤다. 아직도 퉁퉁 부어 있던 해리의 눈이 주위 풍경에 익숙해지기까지는 조금 시간이 걸렸다. 이어서 긴 진입로처럼 보이는 길 맨 끝에 연철 대문이 보였다. 그는 작디작은 안도감을 느꼈다. 아직 최악의 사태는 벌어지지 않았다. 볼드모트는 여기에 없었다. 힘겹게 그 환각에 맞서 싸우면서 알게 된 바에 따르면 그자는 요새처럼 생긴 어떤 이상한 탑 꼭대기에 있었다. 해리가 여기에 있다는 사실을 알고 이곳에 도착하기까지 시간이 얼마나 걸릴까 하는 것은 또 다른 문제였지만…….

인간 사냥꾼 하나가 대문 앞으로 성큼성큼 다가가 문을 흔들었다.

"어떻게 들어가지? 잠겨 있어, 그레이백. 열 수가 없…… 제기랄!"

그는 놀라서 손을 황급히 거뒀다. 철문이 일그러지면서 그 추상적인 곡선과 돌돌 말린 문양들이 한데 뒤얽히며 무시무시한 얼굴을 만들어 냈다. 그 얼굴이 쩌렁쩌렁 울리는 목소리로 말했다. "방문한 목적을 말하라!"

"포터를 잡았다!" 그레이백이 승리감에 차서 소리쳤다. "우리가 해리 포터를 잡았다!"

대문이 활짝 열렸다.

"가자!" 그레이백이 부하들에게 말했다. 포로들은 대문을 지나 진입로를 따라 떠밀려 갔다. 양쪽의 높은 산울타리가 그들의 발소리가 새어 나가지 않게 막았다. 해리는 머리 위의 유령처럼 하얀 형체를 보고 그것이 백색증에 걸린 공작이라는 사실을 알아차렸다. 그는 발을 헛디뎌 넘어졌지만 그레이백의 손에 다시 일으켜 세워졌다. 지금 그는 다른 네 명의 포로와 등을 맞대고 묶인 채 옆걸음으로 비틀비틀 걸어가고 있었다. 그는 퉁퉁 부은 눈을 감으며 잠시 흉터의 통증이 자신을 집어삼키도록 내버려 두었다. 볼드모트가 뭘 하고 있는지, 해리가 잡혔다는 사실을 아직 모르는 건지 알고 싶었다…….

그 말라비틀어진 형체는 얇은 담요 밑에서 꿈틀거리더니 그가 있는 방향으로 몸을 돌렸다. 해골 같은 얼굴의 두 눈이 뜨이고…… 쇠약한 남자가 일어나 앉았다. 그는 움푹 꺼진 커다란 두 눈을 볼드모트에게 고정한 채 미소 지었다. 이가 거의 다 빠지고 없었다…….

"그래, 네가 왔군. 올 줄 알았어……. 언젠가는 말이야. 하지만 헛걸음한 거야. 난 결코 그걸 가져 본 적이 없거든."

"거짓말하지 마라!"

볼드모트의 분노가 몸속에서 요동치자 해리 이마의 흉터가 고통으로 터질 듯했다. 그는 정신을 억지로 자신의 몸에 되돌려 놨다. 포로들이 자갈길 위에서 떠밀려 가고 있었다. 그는 현실감각을 잃지 않으려고 애썼다.

빛이 쏟아져 나와 그들 모두를 비췄다.

"이게 무슨 일이지?" 어떤 여자가 싸늘한 목소리로 말했다.

"이름을 말해서는 안 되는 그분을 만나러 왔다!" 그레이백이 거친 목소리로 외쳤다.

"넌 누구냐?"

"내가 누군지 알 텐데." 늑대인간의 목소리에는 분노가 배어 있었다. "펜리르 그레이백! 우리가 해리 포터를 잡았다!"

그레이백이 해리를 붙잡고 빛에 얼굴이 드러나는 곳으로 끌고 가자 다른 포로들도 어쩔 수 없이 질질 끌려갔다.

"퉁퉁 부어 있긴 하지만 그놈 맞습니다, 부인!" 스캐비어가 입을 열었다. "가까이서 보면 흉터가 보일 겁니다. 그리고 여기, 이 여자애 보이시죠? 해리 포터랑 같이 떠돌던 머드블러드입니다, 부인. 이놈이 해리 포터라는 건 의심할 필요도 없습니다. 놈의 지팡이도 가져왔어요! 여기 있습니다, 부인."

해리는 나르시사 말포이가 그의 부은 얼굴을 꼼꼼히 살펴보는 모습을 보았다. 스캐비어가 야생 자두나무 지팡이를 그녀에게 내밀었다. 그녀는 눈썹을 치켜올렸다.

"데리고 들어와." 그녀가 말했다.

해리 일행은 떠밀리고 발길질을 당하면서 넓은 돌계단을 올라 양옆에 초상화들이 늘어서 있는 복도로 들어갔다.

"따라와." 나르시사가 앞장서서 복도를 걸어가며 말했다. "내 아들 드레이코가 부활절 연휴를 맞아 집에 와 있어. 저 아이가 해리 포터라면 드레이코가 알아보겠지."

깜깜한 바깥에 있다가 거실로 들어서니 눈이 부셨다. 눈을 거의 감은 상태나 마찬가지였는데도 방이 얼마나 넓은지 가늠할 수 있었다. 크리스털 샹들리에가 천장에 매달려 있고 어두운 보라색 벽에는 더 많은 초상화가 걸려 있었다. 포로들이 인간 사냥꾼들의 손에 질질 끌려 방에 들어서자, 정교하게 장식된 대리석 난로 앞 의자에 앉아 있던 두 사람이 몸을 꼿꼿이 세웠다.

"무슨 일이지?"

끔찍할 만큼 익숙한, 질질 끄는 말투의 루시우스 말포이의 목소리가 해리의 귀에 닿았다. 이제 그는 어떻게 해야 할지 도무지 알 수가 없었다. 빠져나갈 방법이 보이지 않고 공포가 치솟자 볼드모트의 생각을 차단하기는 더 쉬워졌다. 물론 흉터는 여전히 타는 듯이 고통스러웠다.

"포터를 잡았다네요." 나르시사가 차가운 목소리로 말했다. "드레이코, 이리 오렴."

해리는 차마 드레이코를 똑바로 바라보지 못하고 시선을 비스듬히 했다. 그보다 약간 더 키가 큰 누군가가 안락의자에서 일어났다. 흰빛이 도는 금발 아래 허여멀겋고 갸름한 얼굴이 흐릿하게 보였다.

그레이백은 포로들을 다시 돌려서 해리를 샹들리에 바로 밑에 세워 놓았다.

"자, 어떠냐?" 늑대인간이 거친 목소리로 물었다.

해리는 벽난로 위에 있는 거울을 마주 보고 있었다. 테두리에 정교한 소용돌이무늬가 새겨지고 도금이 된 커다란 거울이었다. 그는 가늘게 뜬 눈꺼풀 사이로 그리몰드가를 떠난 뒤 처음으로 어딘가에 비친 자신의 모습을 보았다.

그의 얼굴은 퉁퉁 붓고 빨갛게 번들거렸으며 이목구비는 헤르미온느가 건 저주 마법으로 온통 일그러져 있었다. 검은 머리카락은 어깨까지 내려와 있고 턱은 수염으로 거무스름했다. 거기 서 있는 사람이 자신이라는 걸 몰랐다면 해리는 누가 자기 안경을 쓰고 있는 건지 의아해했을 것이다. 목소리를 내면 정체를 들킬 게 뻔했기에 그는 말을 하지 않기로 결심했다. 그러면서도 드레이코가 다가오자 그는 계속 시선을 피했다.

"자, 드레이코?" 루시우스 말포이가 말했다. 잔뜩 들뜬 목소리였다. "맞아? 해리 포터냐?"

"저는…… 확신은 못 하겠어요." 드레이코가 말했다. 그는 그레이백과 멀찍이 떨어져 있으려 애쓰고 있었다. 해리는 말포이를 보기가 두려웠지만, 말포이 역시 해리를 보는 게 두려운 듯했다.

"그래도 주의 깊게 살펴봐라. 보라니까! 가까이에서 봐봐!"

해리는 그토록 흥분한 루시우스 말포이의 목소리는 한 번도 들어 본 적이 없었다.

"드레이코, 우리가 어둠의 왕께 포터를 넘기는 사람이 된다면 모든 것을 용서……."

"글쎄, 실제로 이놈을 잡은 게 누군지는 잊지 않았겠지, 말포이 선생?" 그레이백이 위협적인 말투로 말했다.

"물론이지. 물론이고말고!" 루시우스가 조바심을 내며 말했다. 그는 직접 해리에게 다가갔다. 거리가 워낙 가까웠기에 해리의 퉁퉁 부은 눈으로도 여느 때처럼 나른하고 허여멀건 그의 얼굴을 또렷하게 볼 수 있었다. 얼굴이 잔뜩 부어 있어서 마치 새장 속에서 창살 사이를 내다보는 듯한 기분이 들었다.

"이 녀석에게 뭘 한 건가?" 루시우스가 그레이백에게 물었다. "어쩌다가 이 지경이 됐지?"

"우리가 그런 게 아니야."

"내가 보기에는 쏘기 마법에 맞은 것 같은데." 루시우스가 말했다.

그의 잿빛 눈동자가 해리의 이마를 자세히 살폈다.

"여기 뭐가 있군." 그가 나직이 중얼거렸다. "흉터가 팽팽하게 펴진 것일 수도 있겠어……. 드레이코, 이리 와서 제대로 봐라! 네 생각은 어떠냐?"

해리는 이제 가까이 다가와 아버지 바로 옆에 서 있는 드레이코의 얼굴을 봤다. 루시우스가 흥분해서 약간 정신이 나간 것 같은 표정인 반면 드레이코의 표정은 꺼림칙함과 심지어 두려움으로 가득했다. 하지만 그 점만 제외하면 두 사람은 엄청나게 닮은 모습이었다.

"모르겠어요." 드레이코는 그렇게 말하더니 어머니가 지켜보고 서 있는 난로를 향해 멀어져 갔다.

"확실하게 하는 게 좋겠어요, 루시우스." 나르시사가 싸늘하고 또렷한 목소리로 남편에게 소리쳤다. "저 아이가 포터라는 사실을 확인한 다음에 어둠의 왕께 연락을 드려야죠……. 저들은 이게 그 아이 것이라고 하지만……." 그녀는 야생 자두나무 지팡이를 자세히 살펴보고 있었다. "올리밴더가 설명한 거랑은 달라요……. 혹시 우리가 잘못 안 거라면 어둠의 왕이 헛걸음하시게 되는 셈인데…… 그분이 롤과 돌로호프에게 어떻게 하셨는지 기억하죠?"

"그럼 머드블러드는 어때?" 그레이백이 으르렁거렸다.

인간 사냥꾼들이 헤르미온느에게 빛이 비치도록 포로들을 다시 돌려세우는 바람에 해리는 하마터면 바닥에 내팽개쳐질 뻔했다.

"잠깐." 나르시사가 날카롭게 말했다. "그래…… 맞아, 포터와 함께 말킨 부인의 가게에 있던 애야! 《예언자일보》에서 얘 사진도 봤고! 봐라, 드레이코. 얘가 그 그레인저라는 계집애 아니니?"

"저는…… 아마…… 네."

"그러면 저 녀석은 그 위즐리 꼬마잖아!" 루시우스가 묶여 있는 포로들 주위를 성큼성큼 돌다가 론을 보고 소리쳤다. "그 녀석들이 맞아, 포터의 친구들. 드레이코, 이 녀석을 봐라. 아서 위즐리의 아들 아니냐? 이름이 뭐더라……?"

"네." 드레이코가 포로들을 등진 채 다시 말했다. "그런 것 같아요."

해리의 등 뒤에서 거실 문이 열렸다. 어떤 여자의 목소리가 들리자 해리를 사로잡고 있던 두려움이 절정으로 치솟았다.

"무슨 일이야? 왜 그래, 씨시?"

벨라트릭스 레스트레인지가 포로들을 천천히 돌아서 걸

어오더니 해리 오른쪽에 멈춰 서서 눈꺼풀이 두꺼운 눈을 내려뜨고 헤르미온느를 바라보았다.

"아니, 설마……." 그녀가 조용히 말했다. "이 애가 그 머드블러드 계집애야? 그레인저라고?"

"그래, 맞아. 얘가 그레인저야!" 루시우스가 소리쳤다. "그리고 그 옆에 있는 녀석은 포터인 것 같고! 드디어 포터와 놈의 친구들을 잡은 거야!"

"포터?" 벨라트릭스가 날카롭게 소리 지르더니 해리를 더 잘 살펴보기 위해 뒤로 물러섰다. "확실해? 그럼, 어둠의 왕께 당장 알려 드려야지!"

그녀는 왼팔 소매를 끌어 올렸다. 그녀의 팔에 낙인 찍힌 어둠의 징표를 본 해리는 그녀가 그 징표를 만져 사랑하는 주인을 불러들이려 한다는 것을 알아차렸다.

"내가 연락드리려고 했어!" 루시우스가 말했다. 그는 실제로 벨라트릭스의 손목을 붙잡고 그녀가 징표를 만지지 못하도록 막고 있었다. "내가 그분께 알릴 거야, 벨라. 포터는 내 집으로 끌려왔고, 따라서 이 일은 내 권한……."

"당신 권한이라고!" 그녀는 루시우스의 손아귀에서 손을 빼내려 하면서 비웃었다. "당신 권한은 지팡이를 잃어버리면서 같이 잃어버린 거야, 루시우스! 어디서 감히! 나한테서 손 떼!"

"당신이랑은 아무 상관 없는 일이야. 당신이 아이를 잡은 것도 아니고……."

"미안하지만, 말포이 선생." 그레이백이 끼어들었다. "포터를 잡은 건 우리고, 금화를 요구할 사람도 우리……."

"금화라!" 벨라트릭스는 끊임없이 제부의 손을 떨치려고 애쓰면서 웃음을 터뜨렸다. 그녀는 잡히지 않은 손으로 마법 지팡이를 찾아 주머니를 뒤적거렸다. "금화는 얼마든지 가져가, 더러운 하이에나 같으니. 내가 금화 따위를 바랄 것 같아? 나는 그저 그분의 영광만을……."

그녀는 몸부림을 멈췄다. 그녀의 검은 눈이 해리에게는 보이지 않는 무언가에 붙박여 있었다. 루시우스는 벨라트릭스가 마침내 항복했다는 생각에 기뻐하며 그녀의 손을 놓고 자기 소매를 걷어 올렸다. 그때……

"잠깐!" 벨라트릭스가 소리쳤다. "만지지 마, 어둠의 왕께서 지금 오시면 우리 모두 죽어!"

루시우스는 자신의 징표 위로 검지를 가져가다가 얼어붙었다. 벨라트릭스가 해리의 제한된 시야 밖으로 성큼성큼 사라졌다.

"그게 뭐지?" 그녀가 말하는 소리가 들렸다.

"검인데요." 보이지 않는 곳에 있는 인간 사냥꾼이 툴툴거렸다.

"이리 내놔."

"이건 내 거예요. 당신 게 아니라고요. 내가 찾은 물건이에요."

쾅 하는 소리와 함께 붉은빛이 번뜩였다. 해리는 그 인간 사냥꾼이 기절 마법에 맞았다는 사실을 알아차렸다. 그의 동료들에게서 분노의 고함이 터져 나왔다. 스캐비어가 마법 지팡이를 뽑아 들었다.

"대체 어디다 대고 장난질이야, 이 여자가?"

"스튜페파이." 벨라트릭스가 소리쳤다. "*스튜페파이!*"

한 명이서 네 명을 상대하는데도 그들은 그녀의 맞수가 되지 못했다. 해리가 아는 그녀는 굉장한 실력을 갖춘 데다 손을 쓸 때 전혀 인정을 두지 않는 마법사였다. 마법에 의해 강제로 무릎을 꿇고 두 팔을 뻗은 그레이백을 제외한 모두가 서 있던 자리에서 그대로 쓰러졌다. 해리는 벨라트릭스가 하얗게 질린 얼굴로 그리핀도르의 검을 움켜쥐고 늑대인간에게 달려드는 모습을 곁눈으로 바라보았다.

"이 검은 어디서 났지?" 그녀는 반항조차 못 하는 그레이백의 손에서 지팡이를 빼내며 나직이 물었다.

"감히 이런 짓을!" 그레이백이 으르렁거렸다. 그는 억지로 그녀를 올려다볼 수밖에 없는 상황에서 오직 입만 움직일 수 있었다. 그가 날카로운 이빨을 드러냈다. "날 풀어 줘, 이 여자야!"

"이 검을 어디서 찾았느냐니까?" 그녀가 다시 물으며 그의 얼굴에 대고 검을 휘둘렀다. "스네이프가 그린고츠의 내 금고로 이 검을 보냈는데!"

"저놈들 텐트에 있었어." 그레이백이 쉰 목소리로 말했다. "날 풀어 달라니까!"

그녀가 마법 지팡이를 휘두르자 늑대인간은 벌떡 일어났다. 하지만 그녀에게 다가가기는 조심스러운 듯했다. 그는 안락의자 뒤로 어슬렁거리며 걸어가더니 더럽고 구부러진 손톱으로 의자 등받이를 움켜쥐었다.

"드레이코, 이 쓰레기들을 밖으로 치워." 벨라트릭스가 의식을 잃은 남자들을 가리키며 말했다. "이놈들을 처치할 배짱도 없다면 내가 대신 할 테니 마당에 그냥 놔두고."

"드레이코한테 그런 식으로 말하지······." 나르시사가 머리 끝까지 화가 나서 입을 열었지만 벨라트릭스가 소리쳤다. "조용히 해! 넌 상상조차 못 할 정도로 심각한 상황이니까, 씨시! 아주 심각한 문제가 생겼단 말이야!"

그녀는 숨을 살짝 헐떡거리며 서서 검을 내려다보고 손잡이를 살펴보았다. 그런 다음 침묵을 지키고 있는 포로들을 돌아보았다.

"이 녀석이 정말 포터라면 다치게 해서는 안 돼." 그녀는 다른 사람들에게 말한다기보다 혼잣말처럼 중얼거렸다. "어둠의 왕께서는 포터를 직접 처리하고 싶어 하시니까……. 하지만 그분께서 알게 되신다면…… 나는…… 나는 반드시 알아야만 해……."

그녀는 다시 동생을 향해 돌아섰다.

"어떻게 해야 할지 생각하는 동안 포로들은 지하실에 가둬 놔야겠어!"

"여긴 내 집이야, 벨라. 내 집에서 나한테 명령을 내릴 수는……."

"시키는 대로 해! 넌 우리가 지금 어떤 위험에 처했는지 전혀 몰라!" 벨라트릭스가 소리쳤다. 그녀는 제정신이 아닌 듯 두려움에 떨고 있었다. 그녀의 마법 지팡이에서 가느다란 불길 한 줄기가 튀어나와 카펫에 구멍을 냈다.

나르시사는 잠시 망설이더니 늑대인간에게 말했다.

"포로들을 지하실로 데려가, 그레이백."

"잠깐." 벨라트릭스가 날카로운 목소리로 말했다. "잠깐…… 이 머드블러드는 두고 가."

그레이백은 기뻐하며 그르렁거렸다.

"안 돼!" 론이 소리쳤다. "나를 데려가면 되잖아, 날 데려가!"

벨라트릭스가 그의 얼굴을 후려치자 그 소리가 방 안에 울려 퍼졌다.

"심문 중에 얘가 죽으면, 그다음엔 널 데리고 오도록 하지." 그녀가 말했다. "내 원칙에 따르면 혈통 배신자들은 머드블러드 다음이야. 아래층으로 데려가, 그레이백. 이놈들을 확실하게 가둬 놓고 그 이상은 아무것도 하지 마. 아직은."

그녀는 그레이백의 지팡이를 그에게 도로 던져 준 뒤 로브 밑에서 은으로 만든 단도를 꺼내 밧줄을 자르고 헤르미온느를 다른 포로들에게서 떼어 냈다. 그런 다음 헤르미온느의 머리채를 잡고 방 한가운데로 끌고 갔다. 그러는 동안 그레이백은 마법 지팡이를 꺼내 들고 보이지 않지만 저항할 수 없는 힘을 써서, 아까와는 다른 문을 통해 나머지 포로들을 질질 끌고 갔다.

"볼일이 끝나면 나한테도 저 여자애를 조금 맛보게 해 주겠지?" 그레이백은 복도를 따라 그들을 끌고 가며 흥얼거렸다. "한두 입쯤은 먹을 수 있을 것 같은데. 안 그러냐, 빨간 머리?"

해리는 론의 몸이 부들부들 떨리는 것을 느꼈다. 그들은 가파른 계단으로 떠밀려 내려갔다. 여전히 등을 맞댄 채 묶여 있었기에 당장이라도 계단에서 미끄러져 목이 부러질 수 있는 상황이었다. 계단 밑에는 육중한 문이 있었다. 그레이백은 마법 지팡이를 한 번 두드려 문의 자물쇠를 열더니 그들을 축축하고 퀴퀴한 방에 억지로 밀어 넣은 뒤 칠흑 같은 어둠 속에 남겨 둔 채 가 버렸다. 지하실 문이 쾅 닫히고 그 울림이 사라지기도 전에 머리 바로 위에서 길게 이어지는 끔찍한 비명 소리가 들려왔다.

"**헤르미온느!**" 론이 절규했다. 그는 포로들을 한데 묶어 놓은 밧줄을 풀려고 발버둥치기 시작했다. 그 바람에 해리는 비틀거렸다. "**헤르미온느!**"

"조용히 해!" 해리가 말했다. "입 다물어, 론. 무슨 방법을 생각해 내야……."

"**헤르미온느! 헤르미온느!**"

"계획을 세워야 해. 소리 그만 질러. 이 밧줄을 풀어야……."

"해리?" 어둠 속에서 속삭이는 소리가 들려왔다. "론? 너희야?"

론은 고함지르기를 멈췄다. 가까운 곳에서 움직이는 소리가 들리더니, 잠시 후 해리의 눈에 그들 쪽으로 다가오는 그림자가 보였다.

"해리? 론?"

"루나?"

"그래, 나야! 아, 이런, 너희들이 잡히지 않기를 바랐는데!"

"루나, 이 밧줄 푸는 것 좀 도와줄 수 있어?" 해리가 말했다.

"아, 그래. 할 수 있을 것 같아……. 뭔가를 망가뜨려야 할 때마다 쓰는 낡은 못이 있거든……. 잠깐만……."

머리 위에서 다시 헤르미온느의 비명이 들려왔다. 벨라트릭스가 악쓰는 소리도 들렸지만 론이 다시 "**헤르미온느! 헤르미온느!**" 하고 고함을 지르는 통에 뭐라고 하는지 알아들을 수가 없었다.

"올리밴더 씨?" 해리는 루나가 말하는 소리를 들었다. "올리밴더 씨, 그 못 가지고 계세요? 조금만 비켜 주시면…… 물주전자 옆에 있었던 것 같은데……."

잠시 뒤 그녀가 돌아왔다.

"가만히 있어야 돼." 그녀가 말했다.

해리는 그녀가 매듭을 풀기 위해 단단한 밧줄 가닥을 못으로 후벼 파는 것을 느꼈다. 위층에서 벨라트릭스의 목소리가 들렸다.

"다시 묻는다! 이 검, 어디서 났지? 어디서 났느냐고?"

"우리도 우연히 찾은 거예요…… 우연찮게 발견한…… **제발!**" 헤르미온느가 다시 비명을 질렀다. 론은 조금 전보다 더 거세게 몸부림을 쳤다. 그 바람에 녹슨 못이 해리의 손목 위로 미끄러졌다.

"론, 부탁이니까 가만히 있어 줘!" 루나가 힘주어 속삭였다. "내가 뭘 하는지 잘 안 보인단 말이야……."

"내 주머니!" 론이 내뱉었다. "내 주머니에 딜루미네이터가 있어. 거기에 빛이 잔뜩 들어 있어!"

잠시 뒤, 찰칵 소리가 나면서 딜루미네이터가 텐트에서 흡수했던 빛 덩어리들이 지하실 안으로 흘러나왔다. 원래 자리로 돌아갈 수 없게 된 그 빛들은 여러 개의 작은 태양처럼 그 자리에 둥둥 떠서 지하실을 빛으로 가득 채웠다. 하얀 얼굴로 열중하고 있는 루나와 구석 바닥에 몸을 웅크린 채 꼼짝하지 않는 지팡이 제작자 올리밴더의 모습이 보였다. 고개를 쭉 빼고 주위를 둘러보던 그는 같은 처지의 포로들을 발견했다. 딘과, 의식을 거의 잃은 듯 보이는 고블린 그립훅이었다. 키가 작은 그립훅은 인간들과 밧줄로 묶인 탓에 계속 서 있는 상태였다.

"아, 훨씬 쉬워졌다. 고마워, 론." 루나가 말하더니 다시 매듭을 난도질하기 시작했다. "안녕, 딘!"

머리 위에서 벨라트릭스의 목소리가 들렸다.

"거짓말이지, 이 더러운 머드블러드 같으니라고. 난 알고 있어! 네가 그린고츠에 있는 내 금고에 침입했던 거야! 사실을 말해, *사실을 말하라고!*"

또 한 번의 끔찍한 비명 소리……

"헤르미온느!"

"또 뭘 가져갔지? 또 뭘 가지고 있어? 사실대로 말해. 그러지 않으면, 맹세하는데 이 검으로 찔러 버릴 테니까!"

"됐다!"

해리는 밧줄이 풀리는 것을 느끼고 손목을 문지르며 뒤를 돌아보았다. 뚜껑문을 찾아 낮은 천장을 올려다보며 지하실 안을 분주히 돌아다니고 있는 론의 모습이 보였다. 얼굴에 멍이 들고 피투성이가 된 딘이 루나에게 "고마워"라고 말하더니 그 자리에 서서 몸을 부르르 떨었다. 그립훅은 몸을 가누지 못하고 정신이 혼미한 모습으로 지하실 바닥에 무너져 내렸다. 그의 거무스름한 얼굴은 얻어맞아 부어 오른 상처로 가득했다.

론은 이제 마법 지팡이도 없이 순간이동을 시도하고 있었다.

"나가는 길은 없어, 론." 루나가 그의 헛된 발버둥을 지켜보며 말했다. "이 지하실은 탈출할 길이 완전히 막혀 있어. 처음엔 나도 시도해 봤어. 올리밴더 씨도 여기 오랫동안 계셨는데 별걸 다 해 보셨대."

헤르미온느가 다시 비명을 질렀다. 그 소리는 마치 육체적 고통처럼 해리의 몸을 관통했다. 해리도 사납게 욱신거리는 흉터의 통증을 거의 의식하지 못한 채 지하실 안을 뛰어다니기 시작했다. 다른 방법은 생각나지 않았기에, 그는 마음속 깊은 곳에서는 아무 소용 없다는 것을 잘 알면서도 벽을 더듬거렸다.

"또 뭘 가져갔어? 또 뭘 가져갔냐고! **대답해! 크루시오!**"

헤르미온느의 비명이 위층 벽에 부딪쳐 울리자, 론은 주먹으로 벽을 세차게 두드리며 반쯤 흐느꼈다. 해리는 목에 걸고 있던 해그리드가 준 주머니를 붙잡고 필사적으로 안을 더듬었다. 대체 뭘 바라는지도 모른 채 덤블도어가 남긴 스니치를 꺼내 흔들어 보기도 했다. 하지만 아무 일도 일어나지 않았다. 두 동강 난 불사조 지팡이를 휘둘러 봤지만 지팡이는 꿈쩍도 하지 않았다. 깨진 거울 조각이 번뜩이며 바닥에 떨어졌고, 그는 순간 어른거리는 밝은 파란 빛을 보았다.

덤블도어의 눈이 거울에서 그를 응시하고 있었다.

"도와주세요!" 그는 미친 듯한 절망감 속에서 거울을 향해 소리쳤다. "우린 말포이 저택 지하실에 있어요. 도와주세요!"

눈은 깜빡거리더니 사라졌다.

해리는 그 눈이 정말 나타났었는지도 확신할 수 없었다. 그는 거울 조각을 이리저리 기울여 봤지만, 그들이 갇혀 있는 지하실 벽과 천장 말고는 아무것도 비치지 않았다. 위층에서는 헤르미온느가 더욱 처절하게 비명을 지르고 있었고, 그의 앞에서는 론이 울부짖고 있었다. "**헤르미온느! 헤르미온느!**"

"내 금고에 어떻게 들어갔느냐까?" 벨라트릭스가 윽박지르는 소리가 들렸다. "지하실에 있는 저 더러운 고블린이 너희를 도와준 건가?"

"그 고블린은 오늘 밤에 처음 만났어요!" 헤르미온느가 흐느꼈다. "당신 금고에 들어간 적 없어요……. 저 검은 진짜가 아니에요! 복제품이에요, 그냥 복제품이라고요!"

"복제품?" 벨라트릭스가 꽥 소리 질렀다. "아, 그렇게 나오시겠다 이거지!"

"하지만 그건 쉽게 알아낼 수 있어." 루시우스의 목소리가 들렸다. "드레이코, 그 고블린을 데려와라. 그놈한테서 검이 진짜인지 아닌지 들을 수 있을 테니!"

해리는 지하실을 가로질러 그립훅이 바닥에 웅크리고 있는 곳으로 뛰어갔다.

"그립훅." 그가 고블린의 뾰족한 귀에 대고 속삭였다. "저 검이 가짜라고 말해 주셔야 해요. 저자들이 저 검이 진짜라는 걸 알아서는 안 돼요. 그립훅, 부탁이에요……."

누군가가 지하실 계단을 허둥지둥 내려오는 소리가 들렸다. 다음 순간, 드레이코의 떨리는 목소리가 문 뒤에서 들려왔다.

"물러서. 뒤쪽 벽에 기대고 일렬로 서. 아무 짓도 하지 마, 안 그럼 죽일 테니까!"

그들은 시키는 대로 했다. 자물쇠가 돌아가는 순간 론이 딜루미네이터를 찰각 눌렀다. 빛이 다시 그의 주머니 속으로 들어가면서 지하실의 어둠을 되돌려 놓았다. 문이 벌컥 열리더니 말포이가 마법 지팡이를 들고 들어왔다. 허여멀건 얼굴에는 결연함이 가득했다. 그는 조그만 고블린의 팔을 잡아끌고 지하실을 나갔다. 문이 쾅 닫히고 그와 동시에 '펑' 하는 요란한 소리가 지하실에 울려 퍼졌다.

론이 딜루미네이터를 눌렀다. 동그란 빛 덩어리 세 개가 그의 주머니에서 다시 공중으로 날아가자 집요정 도비의 모습이 보였다. 도비가 방금 순간이동을 해 온 것이다.

"도……!"

론이 소리치려 하자 해리는 그의 팔을 툭 쳤다. 론은 자기가 저지른 실수에 당황한 표정이었다. 발소리가 머리 위 천장을 가로질렀다. 드레이코가 그립훅을 벨라트릭스에게 데려가는 소리였다.

도비는 테니스공처럼 생긴 커다란 두 눈을 휘둥그레 뜬 채 발끝부터 뾰족한 귀 끝까지 부들부들 떨고 있었다. 옛 주인들의 집에 돌아와서 무척 겁에 질린 게 분명했다.

"해리 포터." 그가 아주 작은 떨리는 목소리로 꽥꽥댔다. "도비가 구하러 왔어요."

"하지만 네가 어떻게……?"

끔찍한 비명이 해리의 말을 끊었다. 헤르미온느가 다시 고문당하고 있었다. 그는 본론부터 말하기로 했다.

"이 지하실에서 순간이동으로 나갈 수 있어?" 그가 도비에게 물었다. 도비는 귀를 펄럭이며 고개를 끄덕였다.

"다른 사람들도 데려갈 수 있어?"

도비가 다시 고개를 끄덕였다.

"좋아. 도비, 네가 루나랑 딘이랑 올리밴더 씨를 데리고…… 데리고……."

"빌이랑 플뢰르네 집으로 가." 론이 말했다. "틴워스 외곽에 있는 셸 코티지야!"

집요정이 세 번째로 고개를 끄덕였다.

"그런 다음 여기로 다시 돌아오는 거야." 해리가 말했다. "그렇게 할 수 있어, 도비?"

"물론이에요, 해리 포터." 작은 집요정이 속삭였다. 도비는 서둘러 올리밴더 씨에게 다가갔다. 올리밴더 씨는 거의 의식이 없는 것처럼 보였다. 도비는 한 손으로 그 지팡이 제작자의 손을 잡고, 다른 손을 루나와 딘에게 내밀었다. 둘 중 누구도 꼼짝하지 않았다.

"해리, 우린 널 돕고 싶어." 루나가 속삭였다.

"널 여기 두고 갈 수는 없어." 딘이 말했다.

"가, 둘 다! 빌이랑 플뢰르네 집에서 만나자."

그렇게 말한 순간, 흉터가 어느 때보다 심하게 불타오르듯 아팠다. 그는 잠시 아래를 내려다보았다. 똑같이 늙고 말랐지만, 지팡이 제작자가 아니라 비웃는 듯한 표정을 짓고 있는 또 다른 남자가 보였다.

"그럼 날 죽여, 볼드모트. 나는 기꺼이 죽음을 맞이할 테니까! 하지만 내가 죽는다고 해서 네가 찾던 걸 얻지는 못할 거다……. 네가 모르는 게 아주 많아……."

그는 볼드모트의 격한 분노를 느꼈지만, 또다시 헤르미온느의 비명이 들리자 감정을 닫아걸고 끔찍한 현실 속 지하실로 돌아왔다.

"가!" 해리는 루나와 딘에게 애원하듯 말했다. "어서 가! 우리도 뒤따라갈게. 그냥 가!"

그들은 집요정이 내민 손가락을 잡았다. 다시 한 번 '펑' 하는 큰 소리가 나더니 도비와 루나와 딘과 올리밴더가 사라졌다.

"무슨 소리지?" 머리 위에서 루시우스 말포이가 소리쳤다. "저 소리 들었어? 지하실에서 들렸는데?"

해리와 론은 서로를 바라보았다.

"드레이코…… 아니, 웜테일을 불러! 그자한테 가서 확인해 보라고 해!"

머리 위를 가로지르는 발소리가 들리더니 침묵이 이어졌다. 거실에 있는 사람들이 지하실에서 또 다른 소리가 들리는지 귀를 기울이는 게 틀림없었다.

"한판 붙어야 할 거야." 그가 론에게 속삭였다. 선택의 여지가 없었다. 누구든 지하실에 들어와 세 명의 포로가 사라진 사실을 알게 되면 그 순간 그들은 끝장이었다. "불은 켜 놔." 해리가 덧붙였다. 누군가가 문밖 계단을 내려오는 소리가 들리자 그들은 문 양옆의 벽에 등을 바짝 기댔다.

"물러나." 웜테일의 목소리가 들렸다. "문에서 떨어져. 들어간다."

문이 확 열렸다. 잠깐 동안, 웜테일은 공중에 떠 있는 세 개의 작디작은 태양이 뿜어내는 빛으로 환하게 밝혀진 텅 빈 지하실을 바라보았다. 그때 해리와 론이 그에게 달려들었다. 론은 마법 지팡이를 들고 있는 웜테일의 팔을 잡아 억지로 들어 올렸고, 해리는 소리를 내지 못하도록 손으로 그의 입을 막았다. 그들은 침묵 속에서 몸싸움을 벌였다. 웜테일의 지팡이에서 불꽃이 튀어나왔다. 그의 은빛 손이 해리의 목을 움켜쥐었다.

"무슨 일이지, 웜테일?" 루시우스 말포이가 위에서 소리쳤다.

"아무것도 아냐!" 론이 마주 소리쳤다. 그는 웜테일의 쌕쌕거리는 목소리를 그럭저럭 잘 흉내 냈다. "문제없어!"

해리는 거의 숨을 쉴 수 없을 지경이었다.

"날 죽일 거야?" 해리는 그의 목을 조르는 금속 손가락을 떼어 내려 애쓰며 말했다. "내가 당신을 살려 줬는데? 당신은 나한테 빚이 있잖아, 웜테일!"

은색 손가락들이 느슨해졌다. 해리는 그런 일이 일어날 거라고는 결코 예상하지 못했다. 그는 깜짝 놀라 몸을 비틀어 빼내면서도 계속 웜테일의 입을 손으로 막고 있었다. 그 쥐처럼 생긴 남자의 작고 물기 어린 눈이 두려움과 놀라움으로 커지는 것이 보였다. 웜테일은 자신의 손이 저지른 일을 보고 그 손이 무심코 눈곱만 한 연민을 충동적으로 드러냈다는 사실에 해리만큼이나 충격을 받은 듯 끊임없이 더욱 거세게 몸부림쳤다. 마치 나약함을 드러낸 그 순간을 되돌리려는 듯.

"이건 우리가 가져갈게." 론이 웜테일의 손에서 마법 지팡이를 잡아채며 속삭였다.

지팡이를 빼앗기고 무력해진 페티그루의 눈동자가 공포로 휘둥그레졌다. 그의 눈이 해리의 얼굴에서 다른 어딘가로 미끄러졌다. 그의 은빛 손가락들이 주인의 목을 향해 가차 없이 뻗어 갔다.

"안 돼……."

해리는 뭔가 생각할 겨를도 없이 웜테일의 손을 끌어당

기려 했지만 그것을 멈출 방법은 없었다. 볼드모트가 그의 가장 비겁한 부하에게 준 그 은빛 도구는 무장해제당한 쓸모없는 주인을 배신했다. 페티그루는 망설이고 동정심을 드러낸 대가를 치르고 있는 것이었다. 그는 그들의 눈앞에서 목이 졸려 죽어 가고 있었다.

"안 돼!"

론도 웜테일을 붙잡고 있던 팔을 놓았다. 그는 해리와 함께 웜테일의 목을 꽉 조르는 금속 손가락들을 당겨 보려 했지만 아무 소용 없었다. 페티그루의 얼굴이 점점 퍼렇게 변해 갔다.

"릴라시오!" 론이 마법 지팡이로 그 은제 손을 겨누고 소리쳤지만 아무 일도 일어나지 않았다. 페티그루는 털썩 무릎을 꿇었고, 그와 동시에 헤르미온느가 머리 위에서 끔찍한 비명을 내질렀다. 웜테일의 퍼렇게 질린 얼굴에서 눈동자가 획 뒤집혔다. 그는 마지막으로 움찔하더니 더 이상 움직이지 않았다.

해리와 론은 서로를 바라본 다음, 바닥에 쓰러진 웜테일의 시체를 뒤로한 채 계단을 뛰어올라 거실로 이어지는 그늘진 통로로 다시 접어들었다. 그들은 조심스럽게 통로를 따라 걷다가 살짝 열려 있는 거실 문 앞에 도착했다. 그립훅을 내려다보는 벨라트릭스의 모습이 똑똑히 보였다. 그립훅은 긴 손가락이 달린 두 손으로 그리핀도르의 검을 들고 있었다. 헤르미온느는 벨라트릭스의 발밑에 쓰러진 채 아무런 움직임도 보이지 않았다.

"그래서?" 벨라트릭스가 그립훅에게 말했다. "진짜야?"

해리는 날카롭게 쿡쿡 찌르는 흉터의 고통에 맞서 싸우며 숨죽인 채 기다렸다.

"아뇨." 그립훅이 말했다. "가짜입니다."

"확실해?" 벨라트릭스가 헐떡이며 물었다. "확실한 거지?"

"네." 고블린이 대답했다.

그녀의 얼굴에 안도의 빛이 번지면서 모든 긴장이 사라졌다.

"좋아." 그녀는 그렇게 말하고는, 아무렇지도 않게 지팡이를 휙 휘둘러 고블린의 얼굴을 깊숙이 베어 버렸다. 고블린이 비명을 지르며 그녀의 발밑에 쓰러졌다. 벨라트릭스는 그립훅을 옆으로 걷어찼다. "그럼 이제……." 그녀가 의기양양한 목소리로 말했다. "어둠의 왕께 연락하지!"

그녀는 소매를 걷어 올리고 검지로 어둠의 징표를 만졌다.

그 순간, 해리의 흉터가 다시 쪼개지는 듯 느껴졌다. 그를 둘러싼 진짜 풍경이 사라졌다. 그는 볼드모트가 되었다. 그의 눈앞에서 해골 같은 몰골의 남자 마법사가 이 빠진 얼굴로 웃음을 터뜨리고 있었다. 그는 자신을 부르는 신호를 느끼고 분노했다. 포터와 관련된 일이 아니면 부르지 말라고 분명 경고했는데. 뭔가 착오가 있었던 거라면…….

"그럼 날 죽여!" 나이 든 남자가 다그쳤다. "너는 이기지 못할 거다. 넌 이길 수 없어! 그 지팡이는 절대, 절대 네 것이 되지 않을……."

볼드모트의 분노가 폭발했다. 녹색 빛줄기가 폭발하며 감방을 가득 채우자 늙고 쇠약한 몸이 딱딱한 침대에서 튀어오르더니 생명을 잃고 뒤로 넘어갔다. 볼드모트는 다시 창문으로 향했다. 분노를 다스리기가 어려웠다……. 별 이유도 없이 그를 불러들인 거라면 그들은 벌을 받게 될 것이다…….

"그리고 내 생각엔……." 벨라트릭스의 목소리가 들렸다. "저 머드블러드는 치워 버려도 될 것 같군. 그레이백, 원한다면 데려가."

"안 돼애애애애애애!"

론이 거실로 벌컥 들어섰다. 벨라트릭스가 깜짝 놀라 돌아보았다. 그녀가 마법 지팡이를 론 쪽으로 돌렸다.

"엑스펠리아르무스!" 론이 웜테일의 지팡이를 벨라트릭스에게 겨누며 외쳤다. 그녀의 지팡이는 공중으로 날아오르더니 론을 따라 전력 질주하던 해리의 손에 잡혔다. 루시우스, 나르시사, 드레이코, 그레이백이 홱 돌아섰다. 해리가 소리쳤다. "스튜페파이!" 루시우스 말포이가 난로 앞에 쓰러졌다. 드레이코, 나르시사, 그레이백의 마법 지팡이에서 빛줄기가 날아들었다. 해리는 그것들을 피하려고 바닥으로 몸을 던져 소파 뒤로 몸을 굴렸다.

"그만두지 않으면 얜 죽는다!"

해리는 헐떡이며 소파 가장자리로 고개를 내밀고 주위를 둘러보았다. 벨라트릭스가 정신을 잃은 것처럼 보이는 헤르미온느의 몸을 받치고 서서 그녀의 목에 은빛 단도를 들이대고 있었다.

"지팡이 버려." 그녀가 작은 소리로 내뱉었다. "버리지 않으면 이 아이의 피가 얼마나 더러운지 똑똑히 보게 될 테니까!"

론은 웜테일의 마법 지팡이를 움켜쥐고 경직된 채 서 있었다. 해리는 여전히 벨라트릭스의 지팡이를 쥔 채 몸을 꼿꼿이 세웠다.

"버리라고 했어!" 그녀가 헤르미온느의 목에 칼날을 대고 누르며 꽥 소리 질렀다. 해리는 헤르미온느의 목에 핏방울이 맺히는 것을 보았다.

"알았어!" 해리가 소리치며 벨라트릭스의 지팡이를 발밑에 떨어뜨렸다. 론도 마찬가지로 웜테일의 지팡이를 내려놓았다. 두 사람 모두 어깨높이로 손을 들어 올렸다.

"좋아!" 벨라트릭스가 음흉하게 웃었다. "드레이코, 저것들을 가져와! 어둠의 왕께서 오고 계신다, 해리 포터! 네 죽음이 다가오고 있어!"

해리도 알고 있었다. 흉터가 고통으로 터질 듯했다. 그는 저 멀리서 볼드모트가 폭풍우 치는 어두운 바다 위를 날아오는 것을 느낄 수 있었다. 머잖아 그자는 순간이동을 할 수 있을 만큼 가까운 곳에 다다를 것이다. 해리는 빠져나갈 길을 찾을 수 없었다.

"자." 드레이코가 마법 지팡이들을 챙기고 서둘러 물러서자 벨라트릭스가 부드럽게 말했다. "씨시, 그레이백이 머드블러드 여자애를 처리하는 동안 이 꼬마 영웅들을 다시 묶어야 할 것 같은데. 그레이백, 어둠의 왕께서는 아마 내가 너한테 이 여자애를 줘도 아까워하지 않으실 거야. 네가 오늘 밤 한 일이 있으니까."

그녀의 말이 끝나자마자 위에서 뭔가가 갈리는 듯한 이상한 소리가 들렸다. 그들 모두 위를 올려다본 순간, 크리스털 샹들리에가 흔들리더니 삐걱거리고 불길하게 절그렁거리는 소리를 내며 떨어지기 시작했다. 바로 그 밑에 벨라트릭스가 있었다. 그녀는 헤르미온느를 놓고 비명을 지르며 옆으로 몸을 날렸다. 샹들리에가 바닥에 떨어져 산산조각 났다. 크리스털과 사슬들이 폭발한 듯 튀어 올라, 그때까지도 그리핀도르의 검을 쥐고 있던 고블린 위로 떨어졌다. 반짝이는 크리스털 파편들이 사방으로 흩날렸다. 드레이코는 피가 흐르는 얼굴을 두 손으로 가리며 몸을 구부렸다.

론이 얼른 달려가 헤르미온느를 그 잔해에서 빼내 온 순간 해리는 기회를 잡았다. 그는 안락의자를 뛰어넘어 가서 드레이코의 손아귀에 쥐여 있던 지팡이 세 개를 억지로 빼앗은 뒤 그것 모두를 그레이백에게 겨누며 소리쳤다. "*스튜페파이!*" 늑대인간은 지팡이 세 개에서 동시에 발사된 마법에 맞아 천장까지 붕 날아갔다가 바닥에 털썩 떨어졌다.

나르시사는 드레이코가 더는 해를 입지 않도록 그를 끌고 나갔다. 벨라트릭스가 바닥에서 벌떡 일어서더니, 머리카락을 휘날리며 은제 단도를 휘둘렀다. 하지만 나르시사는 마법 지팡이를 문 쪽으로 돌렸다.

"도비!" 그녀가 소리를 지르자 벨라트릭스조차 우뚝 움직임을 멈췄다. "네가! *네가* 샹들리에를 떨어뜨렸어?"

작디작은 집요정이 종종걸음으로 거실에 들어왔다. 도비의 떨리는 손가락이 옛 주인을 가리키고 있었다.

"해리 포터를 해쳐선 안 돼요." 도비가 꽥꽥거렸다.

"죽여, 씨시!" 벨라트릭스가 소리를 질렀지만, 또 한 번 요란한 '펑' 소리가 나더니 나르시사의 지팡이도 공중으로 날아가 거실 반대편에 떨어졌다.

"이 더러운 원숭이가!" 벨라트릭스가 고함을 질렀다. "감히 마법사의 지팡이를 빼앗아? 네놈이 감히 주인들을 거역해?"

"도비에게는 주인이 없어요!" 집요정이 새된 목소리로 소리쳤다. "도비는 자유로운 집요정이에요, 도비는 해리 포터와 해리 포터의 친구들을 구하러 왔어요!"

흉터에서 전해지는 고통 탓에 해리는 앞을 볼 수가 없었다. 그는 볼드모트가 이곳에 도착할 때까지 아주 잠깐, 겨우 몇 초의 시간밖에 남지 않았다는 사실을 어렴풋이 알고 있었다.

"론, 잡아…… *가*!" 그는 마법 지팡이 하나를 론에게 던

지며 소리친 다음, 허리를 구부려 샹들리에 밑에서 그립훅을 끌어냈다. 그러고는 그때까지도 검을 쥔 채 신음하던 고블린을 한쪽 어깨에 둘러업고 도비의 손을 잡은 뒤 순간이동을 하기 위해 그 자리에서 빙글 돌았다.

그는 어둠 속으로 접어드는 순간 거실의 마지막 광경을 흘끗 보았다. 얼굴이 하얗게 질린 채 굳어 버린 나르시사와 드레이코, 붉은 선처럼 보이는 론의 머리카락이 보였다. 벨라트릭스가 거실 맞은편 그가 사라진 곳으로 칼을 던지면서, 은빛 물체가 날아오는 모습도 흐릿하게 보였다.

빌이랑 플뢰르의 집으로…… 셸 코티지로…… 빌이랑 플뢰르의…….

그는 알 수 없는 곳으로 사라졌다. 그가 할 수 있는 일이라고는 목적지의 이름을 되풀이하면서, 그렇게만 해도 그곳에 다다를 수 있기를 바라는 것뿐이었다. 이마의 통증이 그를 꿰뚫었고 고블린의 무게가 그를 짓눌렀다. 그리핀도르의 검날이 등에 부딪치는 것이 느껴졌다. 도비의 손이 그의 손안에서 움찔거렸다. 그는 집요정이 그들을 올바른 방향으로 이끌어야 한다는 책임감을 느끼며 저 혼자서 애쓰고 있는 건 아닐까 하는 생각이 들었다. 해리는 도비의 손가락들을 꽉 잡아 그가 같이 있으니 괜찮다고 알려 주려 애썼다…….

그런 다음 그들은 단단한 땅 위에 내려섰다. 공기에는 소금기가 어려 있었다. 해리는 털썩 무릎을 꿇고 도비의 손을 놓은 다음 그립훅을 조심스럽게 땅바닥에 내려놓으려 했다.

"괜찮으세요?" 해리가 움찔거리는 고블린에게 물었지만 그립훅은 끙끙거리는 소리만 낼 뿐이었다.

해리는 눈을 가늘게 뜨고 어둠 속을 둘러보았다. 별이 총총한 드넓은 하늘 아래 조금 떨어진 곳에 오두막이 있는 것 같았다. 해리는 그 앞에서 뭔가 움직이는 것을 본 듯했다.

"도비, 여기가 셸 코티지야?" 해리가 속삭였다. 그는 말포이네 집에서 가지고 온 두 개의 마법 지팡이를 움켜쥐고 만일에 대비해 싸울 태세를 갖췄다. "제대로 온 거야? 도비?"

그는 고개를 돌렸다. 조그만 집요정은 그에게서 조금 떨어진 곳에 서 있었다.

"도비!"

집요정이 살짝 비틀거렸다. 그의 큼직하고 반짝이는 두 눈에 별들이 비쳤다. 도비와 해리는 집요정의 헐떡거리는 가슴에서 튀어나온 은빛 칼자루를 동시에 내려다보았다.

"도비…… 안 돼…… **도와주세요!**" 해리는 오두막을 향해, 그곳에서 왔다 갔다 하고 있는 사람들을 향해 소리쳤다. "**도와줘요!**"

그 사람들이 마법사인지 머글인지, 친구인지 적인지는 알 수 없었지만 아무래도 상관없었다. 해리에게 중요한 일은 도비의 앞자락에 검은 얼룩이 번져 가고 있다는 것, 도비가 가느다란 두 팔을 해리에게 뻗으며 애원하는 듯한 표정을 지었다는 것뿐이었다. 해리는 도비를 붙잡고 서늘한 풀 위에 옆으로 뉘었다.

"도비, 안 돼, 죽지 마, 죽지 마……."

이리저리 헤매던 집요정의 눈이 그를 찾았다. 도비의 입술이 뭔가 말하려는 듯 떨렸다.

"해리…… 포터……."

집요정은 가늘게 몸을 떨다가 이내 고요해졌다. 도비의 두 눈은 별빛으로 반짝이고 있었지만 더 이상 그 빛을 보지는 못했다. 그 눈은 이제 큼직한 유리구슬에 지나지 않게 되었다.

24장
지팡이 제작자

 오래된 악몽 속으로 가라앉는 것 같았다. 잠시 동안은 호그와트의 가장 높은 탑 아래 놓인 덤블도어의 시신 옆에 다시 무릎을 꿇고 앉아 있는 것만 같은 기분이었다. 그렇지만 지금 그가 바라보고 있는 것은, 벨라트릭스의 은제 단도에 꿰뚫린 채 풀밭 위에 웅크리고 있는 조그만 몸이었다. 집요정이 다시는 불러올 수 없는 어딘가로 떠나 버렸다는 사실을 알면서도 해리는 여전히 "도비…… 도비……" 하고 부르고 있었다.
 잠시 뒤 그는 어쨌거나 목적지에 제대로 도착했다는 사실을 깨달았다. 빌과 플뢰르, 딘과 루나가 집요정을 바라보며 무릎 꿇고 앉아 있는 그를 둘러싸고 있었던 것이다.

"헤르미온느는?" 그가 문득 입을 열었다. "헤르미온느는 어디 있어?"

"론이 집 안으로 데려갔어." 빌이 말했다. "괜찮을 거야."

해리는 다시 도비를 내려다보았다. 그는 한 손을 뻗어 집요정의 몸에서 날카로운 칼날을 뽑은 뒤 재킷을 벗어서 담요처럼 덮어 주었다.

근처 어디선가 파도가 몰려와 바위에 부딪쳤다. 다른 사람들이 의견을 나누며 결정을 내리는 동안, 해리는 파도 소리를 가만히 듣고 있었다. 그는 그들이 하는 이야기에 조금도 관심이 가지 않았다. 딘이 부상당한 그립훅을 집 안으로 데려갔고 플뢰르가 황급히 그들을 따라갔다. 지금은 빌이 집요정을 묻어 주자는 제안을 하고 있었다. 해리는 자기가 무슨 말을 하는지도 잘 모르는 상태에서 그러겠다고 대답했다. 그러면서 그 작은 몸을 내려다보았다. 흉터가 욱신거리면서 타는 듯한 통증이 느껴졌다. 머릿속 한편에서, 마치 긴 망원경을 거꾸로 들여다보는 것처럼, 볼드모트가 말포이 저택에 있는 사람들을 벌하는 광경이 떠올랐다. 그자의 분노는 끔찍할 정도였지만 도비의 죽음에 대한 해리의 슬픔이 그 분노를 압도하는 듯했다. 해리에게 그것은 드넓고 고요한 바다 저편에서 불고 있는 폭풍 같은 것이었다.

"제대로 하고 싶어." 해리가 생각 끝에 뱉은 첫 마디는 그것이었다. "마법을 쓰지 않고. 여기 삽 있어?"

그리고 잠시 후 그는 혼자서 정원 끝, 빌이 보여 준 덤불 사이 공간에 무덤을 파는 작업을 시작했다. 그는 분노를 담아 땅을 팠다. 그렇게 직접 손으로 작업하는 것이 좋았고 여기에 어떠한 마법도 사용하지 않은 것이 기뻤다. 그가 흘리는 땀방울 하나하나, 손에 잡히는 물집 하나하나가 그의 목숨을 구해 준 집요정에게 바치는 선물처럼 느껴졌다.

흉터가 타오르듯 아팠지만, 그는 그 고통을 다스렸다. 고통이 느껴졌지만, 그 고통과 거리를 두었다. 이제야 그는 볼드모트와 연결되는 정신을 통제하고 마음을 닫아거는 법을 깨우쳤다. 덤블도어가 해리에게 스네이프한테서 배우라고 말했던 바로 그것을. 해리가 시리우스를 잃은 슬픔에 사로잡혀 있는 동안에는 볼드모트가 그를 지배할 수 없었다. 마찬가지로, 해리가 도비를 애도하고 있는 지금은 그자의 생각이 해리의 머릿속에 침투할 수 없었다. 슬픔이 볼드모트를 몰아낸 것 같았다……. 물론 덤블도어라면 그게 바로 사랑이라고 말했겠지만…….

해리는 흐르는 땀방울에 슬픔을 실어 보내며, 흉터의 통증을 무시한 채, 차갑고 단단한 땅을 점점 더 깊이 파 내려갔다. 그 자신의 숨소리와 몰아치는 파도 소리밖에는 함께할 것이 아무것도 없는 어둠 속에 있자니, 말포이의 집에서 일어났던 일들이 다시 떠오르고 들었던 이야기들이 다시 생각났다. 문득, 암흑 속에서 깨달음이 밀려왔다.

두 팔의 꾸준한 움직임이 그의 생각과 박자를 맞췄다. 성물…… 호크룩스…… 성물…… 호크룩스……. 하지만 그는 더 이상 집착에 가까운 그 이상한 열망으로 타오르지 않았다. 상실과 두려움이 그 불길을 꺼뜨렸다. 마치 따귀를 맞고 다시 정신을 차린 듯한 기분이었다.

해리는 무덤 속으로 점점 더 깊이 들어갔다. 그는 볼드모트가 오늘 밤 어디에 있었는지, 그자가 누멘가드의 가장 높은 곳에 있는 감방에서 누구를 죽였는지, 그리고 왜 죽였는지 깨달았다…….

이어서 그는 자기도 모르게 단 한 번 충동적으로 보인 작은 연민 탓에 목숨을 잃은 웜테일에 대해 생각했다……. 덤블도어는 그런 일이 일어날 줄 미리 알고 있었다……. 그는 얼마나 더 많은 것을 알고 있었을까?

해리는 시간의 흐름마저 잊었다. 론과 딘이 그에게 왔을 때 주위가 조금씩 밝아 오고 있다는 사실을 알아차렸을 뿐이었다.

"헤르미온느는 어때?"

"훨씬 나아졌어." 론이 말했다. "플뢰르가 돌봐주고 있어."

해리는 그 두 사람이 간단하게 마법 지팡이를 써서 완벽한 무덤을 만들 수 있는데 왜 그러고 있느냐고 물어보면 대꾸할 말을 준비해 놓았지만, 그럴 필요는 없었다. 그들은 각각 삽을 들고 해리가 파 놓은 구덩이 속으로 뛰어내렸다. 셋 모두 구덩이가 충분히 깊어질 때까지 말없이 함께 땅을 팠다.

해리는 재킷으로 집요정을 좀 더 포근하게 감싸 주었다. 론은 무덤 가장자리에 앉아 자신의 신발과 양말을 벗어서 집요정의 맨발 위에 놓았다. 딘이 털모자를 내놓았고, 해리는 그것을 도비의 머리에 조심스럽게 씌워 그의 박쥐 같은 귀를 덮어 주었다.

"눈을 감겨 줘야지."

해리는 다른 사람들이 어둠을 뚫고 다가오는 소리를 듣지 못했다. 빌은 여행용 망토를 입고 있었다. 플뢰르가 걸친 큼직한 하얀색 앞치마 주머니에서 병 하나가 삐죽 튀어나와 있었는데, 해리는 그것이 뼈가쑥쑥 병이라는 것을 알아보았다. 헤르미온느는 빌린 가운으로 몸을 감싼 채 하얗게 질린 얼굴로 위태롭게 서 있었다. 헤르미온느가 다가오자 론이 한 팔로 그녀의 어깨를 감싸 주었다. 플뢰르의 코트 한 벌을 걸친 루나가 몸을 웅크리더니 집요정의 양쪽 눈꺼풀 위에 부드럽게 손가락을 올려놓았다. 그 유리알 같은 눈동자 위로 눈꺼풀이 스르르 미끄러졌다.

"됐어." 루나가 조용히 말했다. "이젠 잠들 수 있을 거야."

해리는 집요정을 무덤 속에 내려놓고 조그만 팔다리를 편안한 자세로 가다듬어 준 다음 구덩이에서 나와 마지막으로 그 작은 몸을 바라보았다. 덤블도어의 장례식이 떠올랐다. 줄지어 놓인 황금색 의자들, 맨 앞자리에 앉아 있던 마법 정부 총리, 덤블도어의 업적을 늘어놓던 추도사, 하얀 대리석 무덤의 장엄함. 해리는 무너져 내리지 않으려고 애썼다. 도비한테도 그처럼 웅대한 장례식을 치러 줘야 마땅하다는 생각이 들었다. 하지만 집요정은 덤불 사이에 어설프게 파 놓은 구덩이 속에 누워 있었다.

"우리 모두 뭔가 말해야 할 것 같아." 루나가 입을 열었다. "내가 먼저 할게. 괜찮아?"

모두가 루나를 바라봤고, 그녀는 무덤 밑바닥에 누워 있는 죽은 집요정에게 말을 건넸다.

"정말 고마워, 도비. 그 지하실에서 날 구해 줘서. 그렇게 착하고 용감한 네가 목숨을 잃다니 너무나 부당한 일이야. 네가 우리에게 해 준 일을 언제까지나 기억할게. 이제 부디 행복해졌으면 좋겠어."

그녀가 돌아서서 기대감에 찬 얼굴로 론을 바라보자, 론은 목을 가다듬고 잠긴 목소리로 말했다. "그래…… 고마워, 도비."

"고마워." 딘이 중얼거렸다.

해리는 무겁게 침을 삼켰다.

"잘 가, 도비." 그가 말했다. 해리가 할 수 있는 말은 그것뿐이었지만, 루나가 이미 그 대신 모든 말을 해 주었다. 빌이 마법 지팡이를 들어 올리자 옆에 쌓여 있던 흙이 공중으로 떠올라 무덤 위로 가지런하게 떨어져 내렸다. 작고 붉은 봉분이 만들어졌다.

"나 여기 잠깐 있다 가도 될까?" 해리가 다른 사람들에게 물었다.

그들이 뭐라 웅얼거렸지만 뭐라고 하는지 알아들을 수 없었다. 그의 등을 두드리는 부드러운 손길들이 느껴졌다. 뒤이어 그들은 해리를 집요정 곁에 두고 오두막을 향해 터벅터벅 걸어갔다.

해리는 주위를 둘러보았다. 파도에 매끄럽게 깎인 큼직한 흰 돌들이 꽃밭의 경계를 표시하고 있었다. 그는 가장 큰 돌 하나를 집어 들고 도비의 머리가 놓여 있을 곳 위에 베개처럼 내려놓았다. 그런 다음 마법 지팡이를 찾아 주머니를 뒤적거렸다.

주머니 속에는 두 자루의 지팡이가 들어 있었다. 어떻게 된 일인지 기억이 나지 않았다. 이것들이 원래 누구 것이었는지도 잊어버렸다. 누군가의 손에서 억지로 빼낸 일만 기억나는 듯했다. 그는 둘 중 손에 더 익숙하게 느껴지는 짧은 것을 골라 바위를 겨눴다.

그의 주문에 따라 천천히 돌 표면에 깊게 팬 자국이 나타났다. 그는 헤르미온느라면 이 일을 더 깔끔하게, 더 빨리 해낼 수 있으리라는 것을 알고 있었다. 하지만 무덤을 직접 파고 싶었던 것처럼 묘비명도 직접 남기고 싶었다. 해리가 다시 일어섰을 때 돌에는 이렇게 새겨져 있었다.

자유로운 집요정 도비, 이곳에 잠들다

그는 자신이 새긴 문구를 잠깐 동안 더 바라본 뒤 자리를 떠났다. 흉터는 아직도 조금씩 욱신거렸고, 마음은 조금 전 무덤을 파면서 떠올렸던 생각들로 가득했다. 어둠 속에서 형체를 갖춰 가던, 매혹적이면서도 끔찍한 생각들로.

해리가 작은 복도에 들어섰을 때는 모두가 거실에 앉아 있었다. 뭔가 이야기하고 있는 빌에게 모두의 관심이 집중되어 있었다. 환한 색깔의 거실은 아기자기하게 꾸며져 있었고, 벽난로에서는 물에서 건져 올린 나뭇가지들이 밝게 타오르고 있었다. 해리는 카펫에 진흙을 떨어뜨리고 싶지 않아 문가에 서서 귀를 기울였다.

"……연휴라 지니가 호그와트에 없었으니 망정이지, 만약 그랬다면 우리가 데리러 가기도 전에 놈들이 지니를 잡아갔을 거야. 이제는 지니도 확실히 안전해."

빌은 주위를 둘러보다가 문가에 서 있는 해리를 발견했다.

"내가 모두를 버로 밖으로 피신시켜 왔거든." 그가 설명했다. "모두를 뮤리엘 고모할머니 댁에 데려다 놨어. 이제는 죽음을 먹는 자들도 론이 너와 함께 있다는 사실을 아니까 분명 우리 가족을 표적으로 삼을 거야. ……미안해할 것 없어." 그는 해리의 표정을 보고 덧붙였다. "언제고 벌어졌을 일이었어. 아빠도 몇 달 전부터 그런 말씀을 하셨고. 우리는 악명 높은 혈통 배신자 가족이니까."

"어떻게 보호받고 있는데?" 해리가 물었다.

"피델리우스 마법으로. 아빠가 비밀 수호자야. 이 오두막에도 같은 마법을 걸어 놨는데 여기 비밀 수호자는 나고. 우리 둘 다 출근하지 못하고 있지만 지금은 그게 중요하다고 보기 어렵지. 올리밴더와 그립훅이 좀 회복되면 그 두 사람도 뮤리엘 고모할머니 댁으로 옮길 거야. 여긴 방이 몇 개 없지만 할머니 댁에는 많거든. 그립훅의 다리는 낫는 중이야. 플뢰르가 뼈가쑥쑥을 줬거든. 한 시간 정도만 있으면 아마 옮길 수 있을……."

"안 돼." 해리의 말에 빌은 놀란 표정을 지었다. "둘 다 여기 있어야 해. 얘기할 게 있거든. 중요한 일이야."

해리는 자신의 목소리에 깃든 힘과 확신, 조금 전 도비의 무덤을 파는 동안 깨달은 목적의식을 느꼈다. 모두가 어리둥절한 얼굴로 그에게 고개를 돌렸다.

"좀 씻을게." 해리는 여전히 진흙과 도비의 피로 범벅되어 있는 양손을 내려다보며 빌에게 말했다. "그런 다음에 곧바로 그 둘을 만나 봐야겠어."

그는 작은 부엌으로 들어가 바다가 내다보이는 창문 밑 싱크대로 걸어갔다. 연한 분홍빛과 은은한 금빛이 수평선을 물들이며 날이 밝아 오고 있었다. 해리가 손을 씻는데, 어두운 정원에서 그를 찾아들었던 생각이 다시 한 번 꼬리를 물고 이어졌다…….

도비는 누가 그를 그 지하실로 보냈는지 결코 말해 줄 수 없겠지만, 해리는 자기가 무엇을 봤는지 알고 있었다. 깨진 거울 조각 속 꿰뚫어 보는 듯한 파란 눈이 바깥을 내다봤고, 그다음에 도움의 손길이 찾아왔다. 호그와트에서는 도움을 요청하는 사람에게 언제나 도움이 주어질 것이다.

해리는 창밖의 아름다운 풍경에도, 거실에서 다른 사람들이 웅성거리는 소리에도 관심을 두지 않은 채 수건으로 손을 닦았다. 그는 바다를 내다보았다. 어느 때보다도 지금 이 새벽에 그 모든 일의 중심에 더 가까워진 것처럼 느껴졌다.

흉터가 계속 쿡쿡 쑤셨다. 해리는 볼드모트도 그 핵심에 다가가고 있다는 것을 알았다. 그는 이해하면서도 이해할 수 없었다. 본능과 머리가 서로 다른 것을 말하고 있었다. 해리의 머릿속에서 덤블도어가 기도하듯 모은 손가락 끝 너머로 해리를 바라보며 미소 지었다.

교수님은 론에게 딜루미네이터를 주셨죠. 론을 이해하신 거예요……. 론에게 돌아갈 길을 마련해 주셨죠…….

그리고 웜테일도 이해하고 계셨어요……. 웜테일의 마음속 어딘가에 후회가 조금은 남아 있다는 걸 알고 계셨던 거예요…….

 그들에 대해 이해하고 계셨다면…… 저에 대해서는 뭘 이해하셨나요, 덤블도어 교수님?

 저는 알려 주시는 것만 알고 직접 답을 찾아다녀선 안 됐던 건가요? 제가 얼마나 어렵게 그 사실을 깨닫게 될지는 아셨어요? 그래서 일을 이렇게 꼬아 놓으신 건가요? 저한테 그 사실을 알 만한 시간을 주시려고?

 해리는 가만히 서서 피곤해진 눈으로 눈부신 태양의 밝은 황금색 테두리가 수평선 너머로 떠오르는 지점을 바라보고 있었다. 그런 다음 깨끗해진 두 손을 내려다본 그는 자기가 들고 있던 수건을 보고 잠깐 놀랐다. 그는 수건을 내려놓고 복도로 돌아갔다. 흉터가 성난 듯 욱신거리는 것이 느껴졌다. 물 위를 날아가는 잠자리의 그림자가 수면에 비치듯, 그가 아주 잘 아는 건물의 윤곽이 머릿속을 스치고 지나갔다.

 빌과 플뢰르가 계단 아래 서 있었다.

 "그립훅이랑 올리밴더와 이야기해야 해." 해리가 말했다.

 "안 돼." 플뢰르가 말했다. "기다려야 돼, 애리. 둘 다 아프고 피곤해해."

 "미안해." 그가 담담하게 말했다. "근데 기다릴 수 없는 문제야. 지금 얘기해야 돼. 조용히, 따로따로. 급한 일이야."

"해리, 대체 무슨 일이야?" 빌이 물었다. "넌 죽은 집요정과 반쯤 의식을 잃은 고블린을 데리고 나타났지, 헤르미온느는 고문이라도 당한 것 같은 모습이지, 론은 나한테 아무 말도 해 주지 않으려 들지……."

"우리가 뭘 하는 건지는 말해 줄 수가 없어." 해리가 딱 잘라 말했다. "형도 기사단이잖아, 빌. 덤블도어 교수님이 우리한테 임무를 맡겼다는 것도 알고. 다른 사람한테는 그것에 대해 말하지 못하게 되어 있어."

플뢰르가 짜증스럽다는 소리를 내뱉었지만, 빌은 그런 그녀는 아랑곳 않고 해리를 뚫어지게 바라봤다. 깊은 흉터가 남은 그의 얼굴에서는 표정을 읽어 내기가 어려웠다. 마침내 빌이 입을 열었다. "알았어. 누구랑 먼저 얘기하고 싶어?"

해리는 잠시 망설였다. 그는 이 결정에 무엇이 달려 있는지 알고 있었다. 남은 시간이 거의 없었다. 지금은 결정을 내려야 할 순간이었다. 호크룩스냐, 성물이냐?

"그립훅." 해리가 말했다. "그립훅하고 먼저 얘기할게."

전력 질주를 하다가 막 거대한 장애물을 뛰어넘은 것처럼 그의 심장이 마구 뛰었다.

"그럼 이쪽으로 올라와." 빌이 앞장서며 말했다.

해리는 계단 몇 개를 올라가다가 멈춰 서서 뒤를 돌아보았다.

"너희 둘도 있어야 해!" 그가 거실 문 뒤에 몸을 반쯤 감춘 채 엿듣고 있던 론과 헤르미온느에게 소리쳤다.

그들이 불빛이 비치는 곳으로 나왔다. 둘 다 묘하게 안심한 표정이었다.

"좀 어때?" 해리가 헤르미온느에게 물었다. "너 정말 대단하더라. 그 여자가 널 그렇게 고문하는데 그런 이야기를 떠올리다니……."

론이 한 팔로 그녀를 꽉 안아 주자 헤르미온느는 희미하게 미소를 머금었다.

"우리 이제 뭐 해, 해리?" 론이 물었다.

"보면 알아. 가자."

해리, 론, 헤르미온느는 빌을 따라 가파른 계단을 올라 작은 층계참에 도착했다. 그곳에는 문이 세 개 있었다.

"여기야." 빌이 그와 플뢰르가 쓰는 방 문을 열며 말했다. 그 방에서도 바다가 내다보였는데, 바다는 이제 떠오르는 햇빛을 받아 황금빛으로 일렁이고 있었다. 해리는 흉터가 쿡쿡 쑤시는 것을 느끼며 창가로 걸어가 멋진 풍경을 등진 채 팔짱을 끼고 기다렸다. 헤르미온느가 화장대 옆 의자에 앉자 론은 그 팔걸이에 앉았다.

빌이 작은 고블린을 데리고 다시 나타나 그를 침대 위에 조심스럽게 앉혔다. 그립훅이 거친 목소리로 고맙다고 중얼거리자 빌은 모두를 뒤로하고 문을 닫았다.

"침대에서 나오게 해서 죄송해요." 해리가 말했다. "다리는 좀 어때요?"

"아파." 고블린이 대답했다. "하지만 낫고 있어."

그립훅은 여전히 그리핀도르의 검을 쥐고 있었는데, 표정이 조금 이상했다. 반쯤은 적대적이고, 또 반쯤은 흥미를 느끼는 듯한 기색이었다. 해리는 고블린의 누르께한 피부와 길고 가느다란 손가락, 검은색 눈동자에 주목했다. 플뢰르가 신발을 벗겨 둔 기다란 두 발은 지저분했다. 그는 집요정보다 컸지만 그렇게 많이 크진 않았고, 동그란 머리는 인간의 머리보다 훨씬 컸다.

"아마 기억 못 하시겠지만……." 해리가 입을 열었다.

"네가 그린고츠를 처음 방문했을 때 네 금고를 보여 준 고블린이 나라는 것 말이냐?" 그립훅이 말했다. "기억하고 있다, 해리 포터. 너는 고블린들 사이에서도 아주 유명하니까."

해리와 고블린은 서로를 탐색했다. 해리는 흉터가 계속 쿡쿡 쑤시는 것을 느꼈다. 그는 그립훅과의 만남을 빨리 마무리 짓고 싶었지만 한편으로는 실수를 저지를까 봐 두려웠다. 어떤 식으로 부탁해야 가장 좋을지 생각하고 있는데 고블린이 먼저 침묵을 깼다.

"그 집요정을 묻어 줬더군." 그가 뜻밖에 심술궂은 목소리로 말했다. "옆방 창문을 통해 봤다."

"네." 해리가 말했다.

그립훅은 검은 눈을 비스듬하게 돌리고 곁눈으로 그를 바라봤다.

"너는 희한한 마법사야, 해리 포터."

"어떤 면에서요?" 해리는 무심코 흉터를 문지르며 물었다.

"너는 무덤을 팠지."

"그런데요?"

그립훅은 대답하지 않았다. 해리는 자기가 머글처럼 굴어서 조롱당하고 있는 게 아닐까 하는 생각이 들었지만, 그립훅이 도비의 무덤을 마음에 들어 하든 말든 그건 아무래도 상관없었다. 그는 하려던 말을 꺼내려고 용기를 냈다.

"그립훅, 물어볼 게 있는……."

"너는 고블린을 구해 주기도 했어."

"네?"

"나를 여기로 데려왔지. 내 목숨을 구해 줬어."

"뭐, 그래서 불만이라는 건 아니죠?" 해리가 살짝 조바심을 내며 말했다.

"물론이지, 해리 포터." 그립훅이 말했다. 그는 한 손가락으로 턱에 난 가느다란 검은색 수염을 배배 꼬았다. "하지만 너는 아주 이상한 마법사야."

"알았어요." 해리가 말했다. "아무튼, 도움이 좀 필요해요, 그립훅. 당신이 도와줄 수 있어요."

고블린은 별다른 반응을 보이지 않았다. 다만 계속 얼굴을 찌푸린 채 해리 같은 사람은 처음 본다는 듯이 그를 바라보았다.

"그린고츠 금고에 침입해야 하거든요."

이렇게까지 노골적으로 말할 생각은 아니었는데, 날카로운 고통이 번개 모양 흉터를 훑고 지나가는 바람에 말이 툭 튀어나와 버렸다. 이번에도 호그와트의 윤곽이 보였다. 해리는 마음을 굳게 닫아걸었다. 일단은 그립훅을 상대해야 했다. 론과 헤르미온느는 해리를 미친 사람 보듯 바라보고 있었다.

"해리……." 헤르미온느가 입을 열었지만 그립훅이 끼어

들었다.

"그린고츠 금고에 침입한다고?" 고블린이 해리의 말을 되풀이했다. 그는 침대 위에서 자세를 바꾸다가 움찔했다. "그건 불가능해."

"아뇨, 그렇지 않아요." 론이 반박했다. "전에도 그런 적 있잖아요."

"맞아요." 해리가 말했다. "제가 당신을 처음 만난 날에요, 그립훅. 7년 전 제 생일이었죠."

"문제의 금고는 당시 비어 있었어." 고블린이 쏘아붙였다. 해리는 그립훅이 그린고츠를 떠난 지금도 누군가에 의해 그곳의 보안이 뚫린다는 생각에 불쾌감을 느낀다는 사실을 알아차렸다. "그래서 최소한의 보안만 걸려 있었지."

"저희가 들어가야 하는 금고는 빈 금고가 아니에요. 아마 보안도 훨씬 강력할 거고요." 해리가 말했다. "레스트레인지 가문의 금고거든요."

헤르미온느와 론이 깜짝 놀라 서로를 마주 보는 모습이 해리의 눈에 보였다. 하지만 그립훅에게 대답을 들은 뒤에도 설명할 시간은 있을 터였다.

"절대 불가능해." 그립훅이 딱 잘라 말했다. "전혀 가망 없다고. '단 한 번도 그대 것이 아니었던 보물을 우리의 발밑에서 찾으려 든다면……'."

"'경고하노니 도적이여, 명심하라…….' 네, 저도 알아요. 기억나요." 해리가 말했다. "하지만 저는 보물을 얻으려는 게 아니에요. 제 개인적인 이득을 위해 그러는 것도 아니고요. 믿어 주실 수 있나요?"

고블린은 삐딱하게 해리를 바라보았다. 해리는 이마의 흉터가 욱신거렸지만 무시했다. 통증도, 그 유혹도 의식하지 않으려 했다.

"개인적인 이득을 위해서 행동하는 게 아니라고 말하는 마법사 중에서 믿을 만한 사람이 있다면……." 그립훅이 마침내 입을 열었다. "그건 너겠지, 해리 포터. 고블린들과 집요정들은 네가 오늘 밤에 보여 준 보호나 존중에는 익숙하지 않아. 지팡이잡이들한테서 그런 대접을 받아 본 적이 없으니까."

"지팡이잡이들……." 해리가 되풀이했다. 그 말이 귀에 어색하게 들렸다. 그 순간 흉터가 욱신거렸다. 볼드모트가 생각을 북쪽으로 돌렸기 때문이었다. 해리의 마음속에서 옆방에 있는 올리밴더에게 질문을 던지고 싶은 욕구가 끓어올랐다.

고블린이 조용히 말했다. "지팡이를 가지고 다닐 권리는 오랫동안 마법사들과 고블린들 사이에서 다툼거리였다."

"뭐, 고블린들은 지팡이 없이도 마법을 쓸 수 있잖아요." 론이 말했다.

"그건 중요하지 않아! 마법사들은 마법을 쓸 줄 아는 다른 존재들과 지팡이학의 비밀을 공유하기를 거부했다! 우리가 힘을 확장할 가능성을 차단한 거야!"

"뭐, 고블린들도 자기들 마법을 나누려 하진 않잖아요." 론이 말했다. "고블린 방식의 검이나 갑옷 제조법을 알려 주지도 않을 거면서. 고블린들은 마법사들이 상상도 못 할 방식으로 금속을 다루는 법을 아는데……."

"그건 중요하지 않아." 그립훅의 얼굴색이 붉어지는 것을 알아챈 해리가 말했다. "하지만 이건 마법사 대 고블린 혹은 다른 어떤 종류의 마법 생명체에 관한 문제도 아닌……."

그립훅이 심술궂게 웃음을 터뜨렸다.

"아니, 맞아. 바로 그 문제야! 어둠의 왕이 힘을 얻을수록 너희 종족은 우리 종족에 대한 우위를 더욱 굳히게 되니까! 그린고츠는 마법사들의 지배하에 들어가고 집요정들은 살육당하겠지. 하지만 지팡이잡이들 중 저항하는 자가 있나?"

"우리요!" 헤르미온느가 말했다. 허리를 꼿꼿이 세우고 앉은 그녀의 눈이 반짝반짝 빛났다. "우리가 저항해요! 그리고 저는 고블린이나 집요정만큼 혹독하게 사냥당하는 처지예요, 그립훅! 저는 머드블러드거든요!"

"너 자신을 그런 식으로 부르지······." 론이 웅얼거렸다.

"그러면 안 될 이유가 뭔데?" 헤르미온느가 말했다. "나는 머드블러드고, 그 사실이 자랑스러워! 이 새로운 질서에서는 저나 당신이나 비슷한 처지예요, 그립훅! 아까 말포이네 집에서 그자들이 고문하려고 고른 건 저였다고요!"

헤르미온느는 그렇게 말하면서 가운 목깃을 옆으로 당겨 벨라트릭스가 그녀의 목에 새빨갛게 새겨 놓은 가느다란 칼자국을 드러냈다.

"도비를 자유롭게 해 준 게 해리라는 거 아셨어요?" 그녀가 물었다. "우리가 몇 년 동안 집요정들을 해방시키고 싶어 했다는 걸 아시냐고요. (론은 헤르미온느의 의자 팔걸이에 앉은 채 불편한 듯 안절부절못했다.) '그 사람'이 패배하기를 누구보다도 바라는 게 우리란 말이에요, 그립훅!"

고블린은 해리에게 보인 것과 같은 호기심을 띠고 헤르미온느를 바라보았다.

"레스트레인지 가문의 금고에서 뭘 찾으려는 거지?" 그가 불쑥 물었다. "그 안에 있는 검은 가짜다. 이게 진짜야." 그립훅은 그들을 번갈아 바라보았다. "너희도 이미 알고 있을 텐데. 아까 거기에서 너희를 위해 거짓말을 해 달라고 부탁했잖아."

"하지만 금고에 그 가짜 검만 들어 있는 건 아니잖아요. 그렇죠?" 해리가 물었다. "그 안에 들어 있는 다른 물건들도 보셨잖아요."

심장이 그 어느 때보다 격렬하게 두근거렸다. 그는 욱신거리는 흉터의 통증을 무시하려고 더욱 노력을 기울였다.

고블린은 다시 손가락으로 수염을 배배 꼬았다.

"그린고츠의 비밀을 누설하는 건 규정 위반이야. 우리는 굉장한 보물들의 수호자다. 우리 손에 맡겨진 물건들에 대한 의무가 있어. 아주 많은 경우 우리 종족의 손으로 만들어진 물건들이지."

고블린은 검을 쓰다듬었다. 그의 검은 눈이 해리에게서 헤르미온느에게로, 론에게로 향했다가 다시 돌아왔다.

"너무 어려." 그가 마침내 입을 열었다. "그렇게 많은 상대와 싸우기에는."

"도와주실 건가요?" 해리가 물었다. "고블린의 도움이 없으면 들어갈 수가 없어요. 우리한테는 당신이 유일한 희망이에요."

"나는…… 생각을 좀 해 봐야겠다." 그립훅이 짜증을 돋우는 말투로 말했다.

"하지만……." 론이 버럭 하며 입을 열었지만 헤르미온느가 그의 옆구리를 팔꿈치로 꾹 찔렀다.

"고맙습니다." 해리가 말했다.

고블린은 알았다는 뜻으로 그 커다랗고 동그란 머리를 숙이더니 짧은 두 다리를 쭉 폈다.

"내 생각엔……." 그는 빌과 플뢰르의 침대 위에 여봐란 듯이 드러누우며 말했다. "뼈가쑥쑥이 제 할 일을 마친 것 같은데. 이제야 잘 수 있겠군. 실례하마……."

"네, 그럼요." 해리는 그렇게 말하면서도, 방을 나서기 전에 허리를 구부려 고블린 옆에 놓여 있던 그리핀도르의 검을 가져갔다. 그립훅은 저항하진 않았지만, 문을 닫고 나갈 때 보니 그 눈에 언뜻 분노가 비친 것 같았다.

"재수 없는 자식." 론이 속삭였다. "우리가 매달리는 걸 즐기는 거야."

"해리." 헤르미온느가 두 사람을 문에서 멀리, 아직도 어두운 층계참 한가운데를 향해 끌고 가면서 속삭였다. "내가 생각하는 그 말을 하려는 거야? 레스트레인지의 금고에 호크룩스가 있다고?"

"응." 해리가 대답했다. "벨라트릭스는 우리가 거기에 들어간 줄 알고 겁에 질렸어. 제정신이 아니었지. 왜일까? 우리가 무엇을 봤다고 생각한 거지? 우리가 또 뭘 가져갔을 거라고 생각한 걸까? '그 사람'이 알게 될까 봐 두려워서 혼이 빠질 만한 무언가였을 거야."

"하지만 우리는 '그 사람'이 있었던 곳을 찾아보고 있는 거 아니었어? 그자가 뭔가 중요한 일을 했던 곳 말이야." 론이 난처한 표정으로 말했다. "그자가 레스트레인지의 금고에 들어간 적이 있을까?"

"그자가 그린고츠에 들어간 적이 있는지는 잘 모르겠어." 해리가 말했다. "어릴 때는 거기에 맡겨 둘 돈이 없었겠지. 왜냐하면 누구도 그자에게 뭔가를 남겨 주지 않았으니까. 하지만 밖에서 은행을 본 적은 있을 거야. 처음으로 다이애건 앨리에 갔을 때 말이야."

흉터가 욱신거렸지만 해리는 그 통증을 무시했다. 올리밴더와 이야기를 나누기 전에 론과 헤르미온느가 그린고츠에 대해 이해하기를 바라는 마음에서였다.

"내 생각에 그자는 그린고츠 금고 열쇠를 가진 사람들을 부러워했을 거야. 그린고츠 열쇠를 마법사 세계에 속해 있다는 진정한 상징으로 봤겠지. 그리고 잊지 마. 그자는 벨라트릭스 부부를 믿었어. 그자가 몰락하기 전에 그 둘은 '그 사람'의 가장 헌신적인 부하였고, 그자가 사라진 뒤에도 그자를 찾으러 다녔으니까. 그자가 돌아온 날 밤에 그렇게 말하는 걸 들었어."

해리는 흉터를 문질렀다.

"그렇지만 벨라트릭스한테 그게 호크룩스라고 말해 줬을 것 같지는 않아. 루시우스 말포이한테도 결코 일기장의 진실을 얘기해 주지 않았으니까. 아마 벨라트릭스한테는 아주 소중한 보물이라고 하면서 그걸 그린고츠 금고에 넣어 두라고 했을 거야. 해그리드 말대로, 뭔가를 숨기고 싶다면 그린고츠야말로 세상에서 가장 안전한 곳이니까. ······호그와트를 제외하면 말이야."

해리가 말을 마치자 론이 고개를 설레설레 흔들었다.

"너 정말 '그 사람'을 잘 아는구나."

"일부일 뿐이야." 해리가 말했다. "파편적인 것들······. 덤블도어 교수님을 이만큼이라도 이해할 수 있으면 소원이 없겠다. 어쨌든, 일단 두고 보자. 가자, 이번엔 올리밴더야."

론과 헤르미온느는 어리둥절해하면서도 깊은 인상을 받

은 표정이었다. 그들은 해리를 따라 작은 층계참을 가로질러 빌과 플뢰르의 방 맞은편 문을 두드렸다. "들어오세요" 하고 힘없이 대답하는 소리가 들려왔다.

지팡이 제작자는 두 개의 침대 가운데 창문에서 멀리 떨어진 쪽에 누워 있었다. 그는 지하실에 1년 넘게 갇혀 있었고, 해리가 아는 한 적어도 한 번은 고문을 당했다. 몸은 야위었으며 누르께한 얼굴에는 뼈가 선명하게 도드라져 있었다. 그의 큼직한 은색 눈이 푹 꺼진 눈구멍 속에서 유난히 더 커 보였다. 이불 위에 놓인 두 손은 뼈만 남았다고 해도 과언이 아니었다. 해리는 론, 헤르미온느와 나란히 빈 침대에 앉았다. 이 방에서는 떠오르는 태양을 볼 수 없었다. 방 창문은 절벽 꼭대기의 정원과 새로 만들어진 무덤을 마주하고 있었다.

"올리밴더 씨, 귀찮게 해서 죄송합니다." 해리가 말했다.

"애야." 올리밴더의 목소리에는 힘이 없었다. "너는 우리를 구해 줬어. 난 우리가 그곳에서 죽을 줄 알았다. 뭐라고 감사의 말을 해야 할지 전혀⋯⋯ *전혀* 모르겠구나."

"저희가 하고 싶어서 한 일이에요."

해리의 흉터가 욱신거렸다. 그는 볼드모트가 목적을 이루는 것을 막거나 막아 볼 시도라도 할 시간이 얼마 남지 않았다는 사실을 알고 있었다. 아니, 확신했다. 해리는 펄떡이는 공포를 느꼈다……. 하지만 그는 그립훅과 먼저 이야기하기로 했을 때 이미 결정을 내렸다. 그는 속마음과는 달리 침착한 척하며, 목에 걸고 있는 주머니를 뒤적여 두 동강 난 마법 지팡이를 꺼냈다.

"올리밴더 씨, 저는 도움이 좀 필요해요."

"뭐든지 말하거라, 뭐든지." 지팡이 제작자가 힘없이 말했다.

"이걸 고쳐 주실 수 있나요? 가능할까요?"

올리밴더가 떨리는 손을 내밀자 해리는 거의 끊어질 듯 연결되어 있는 지팡이 토막들을 그의 손바닥에 올려놓았다.

"호랑가시나무에 불사조 깃털." 올리밴더가 떨리는 목소리로 말했다. "28센티미터. 섬세하고 유연하지."

"네." 해리가 말했다. "혹시……?"

"아니." 올리밴더가 나직한 목소리로 말했다. "미안하구나, 정말 미안해. 이 정도로 손상된 지팡이는 내가 아는 어떤 방법으로도 고칠 수가 없다."

각오는 하고 있었지만 실제로 그런 말을 들으니 마음이 아팠다. 해리는 두 동강 난 지팡이를 가져가 목에 건 주머니에 다시 넣었다. 올리밴더는 부러진 지팡이가 놓여 있던 자리를 뚫어지게 바라봤다. 그리고 해리가 말포이 저택에서 가져온 두 개의 지팡이를 주머니에서 꺼낼 때까지 시선을 돌리지 않았다.

"이것들을 알아보시겠어요?" 해리가 물었다.

지팡이 제작자는 지팡이 하나를 집더니 흐려진 눈 가까이 들어 올렸다. 그는 손마디가 울퉁불퉁 튀어나온 손가락 사이에서 그 지팡이를 빙글빙글 돌려 보고 슬쩍 구부려 보기도 했다.

"호두나무에 용의 심장 근육이구나." 그가 말했다. "32센티미터. 잘 휘어지지 않고. 이건 벨라트릭스 레스트레인지의 지팡이란다."

"그럼 이건요?"

올리밴더는 같은 방식으로 또 다른 지팡이를 살펴보았다.

"산사나무에 유니콘 털. 정확히 25센티미터다. 상당히 탄력이 좋지. 이건 드레이코 말포이의 지팡이였다."

"'였다'고요?" 해리가 올리밴더의 말을 되풀이했다. "지금은 아닌가요?"

"아마 아닐 거야. 네가 이걸 빼앗았다면……."

"빼앗았어요."

"그럼 아마 네 것일 거다. 물론, 어떻게 빼앗았는지가 중요하긴 하다만. 많은 것이 지팡이의 의지에 좌우되기도 하고. 하지만 일반적으로, 결투를 통해 어떤 지팡이를 차지했다면 그 지팡이의 충성심도 변하기 마련이지."

멀리서 몰아치는 파도 소리가 들려올 뿐 방 안에는 침묵만이 흘렀다.

"지팡이가 감정을 갖고 있기라도 한 것처럼 말씀하시네요." 해리가 말했다. "지팡이가 스스로 생각할 수 있는 것처럼요."

"지팡이는 마법사를 선택한단다." 올리밴더가 말했다. "지팡이학을 연구해 온 우리 같은 사람들에겐 오래전부터 자명한 사실이었어."

"하지만 지팡이한테 선택받지 못한 사람도 지팡이를 쓸 수는 있는 거죠?" 해리가 물었다.

"아, 물론이지. 어쨌든 마법사이기만 하면 거의 모든 도구를 통해 마법을 쓸 수 있단다. 하지만 마법사와 지팡이 사이에 아주 강력한 친밀감이 있을 때만 최고의 효과를 거둘 수 있지. 이런 연결은 참으로 복잡한 거야. 최초의 끌림과 지팡이가 마법사에게서 배우는 것, 마법사가 지팡이에게서 배우는 것, 함께 겪어 온 여정 등등."

파도가 밀려들고 **빠져나가기**를 반복했다. 그 소리는 슬

품에 잠긴 듯했다.

"저는 드레이코 말포이한테서 이 지팡이를 강제로 빼앗았어요." 해리가 말했다. "안전하게 쓸 수 있을까요?"

"그럴 것 같구나. 원래 지팡이 소유권은 미묘한 법칙을 따르지만, 정복당한 지팡이는 보통 새 주인에게 의지를 굽히거든."

"그럼 전 이걸 써야 할까요?" 론이 주머니에서 꺼낸 웜테일의 지팡이를 올리밴더에게 건네며 물었다.

"밤나무에 용의 심장 근육. 23센티미터. 부러지기 쉽지. 납치당한 지 얼마 안 됐을 때 어쩔 수 없이 피터 페티그루에게 만들어 준 지팡이로구나. 그래, 네가 싸워서 차지한 거라면 이 지팡이는 네가 시키는 대로 할 가능성이 높아. 다른 어떤 지팡이보다 더 그럴 게다."

"모든 지팡이가 마찬가지인가요?" 해리가 물었다.

"그렇겠지." 올리밴더가 대답했다. 툭 튀어나온 그의 눈이 해리에게 향해 있었다. "심오한 질문들을 하는구나, 포터 군. 지팡이학은 마법 중에서도 매우 복잡하고 신비로운 분야란다."

"그럼, 진정으로 지팡이의 소유권을 갖기 위해서 반드시 이전 주인을 죽일 필요는 없는 건가요?" 해리가 물었다.

올리밴더가 침을 꿀꺽 삼켰다.

"반드시? 아니, 반드시 죽여야만 한다고는 말할 수 없다."

"그렇지만 여러 전설들이 있잖아요." 해리가 말했다. 심장박동이 빨라지고 흉터의 통증이 더욱 격렬해졌다. 그는 볼드모트가 생각을 실행에 옮기기로 결정했다고 확신했다. "살인을 통해 손에서 손으로 전해져 온 어떤 지팡이, 아니면 여러 지팡이들에 대한 전설 말이에요."

올리밴더의 얼굴이 하얗게 질렸다. 눈처럼 하얀 베개 위에서 그는 약간 잿빛으로 보였다. 빨갛게 충혈된 두 눈은 휘둥그레진 채 튀어나올 듯했다. 그는 겁먹은 것처럼 보였다.

"내 생각에 그런 지팡이는 딱 하나일 것 같구나." 그가 속삭이듯 말했다.

"'그 사람'이 그 지팡이에 관심을 보이고 있죠?" 해리가 물었다.

"그…… 그걸 어떻게?" 올리밴더가 쉰 목소리로 말했다. 그는 도움을 청하듯 론과 헤르미온느를 바라보았다. "어떻게 아는 거냐?"

"그자는 올리밴더 씨에게 저랑 그자의 지팡이가 맺고 있는 연결을 어떻게 극복할 수 있는지 알려 달라고 했어요." 해리가 말했다.

올리밴더는 겁에 질린 표정을 지었다.

"그자가 나를 고문했다. 너는 그걸 이해해야 해! 크루시아투스 저주였어. 나는…… 나는 내가 아는 걸, 내가 추측한 걸 말해 줄 수밖에 없었다!"

"이해해요." 해리가 말했다. "아저씨가 그자에게 쌍둥이 심지 얘기를 해 주셨죠? 다른 마법사의 지팡이를 빌리기만 하면 문제가 해결될 거라고요."

올리밴더는 해리가 그토록 많은 것을 알고 있다는 사실에 넋이 나갈 정도로 공포에 사로잡힌 표정이었다. 그가 천천히 고개를 끄덕였다.

"하지만 통하지 않았죠." 해리가 말을 이었다. "제 지팡이는 그자가 빌려 온 지팡이도 이겼어요. 왜 그랬는지 아세요?"

올리밴더는 방금 고개를 끄덕였을 때만큼이나 천천히 고개를 저었다.

"나…… 그런 얘기는 들어 본 적도 없어. 네 지팡이는 그날 밤 뭔가 독특한 일을 한 거다. 한 쌍의 심지가 연결되는 것도 믿을 수 없을 만큼 희귀한 일이지만, 어째서 네 지팡이가 빌려 온 지팡이를 물리쳤는지는 나도 모르겠다……."

"방금 살인을 통해 주인이 바뀌는 또 다른 지팡이에 대해 얘기했잖아요. 제 지팡이가 뭔가 이상한 일을 했다는 사실을 깨달았을 때 '그 사람'이 돌아와서 바로 그 지팡이에 대해 물어보지 않았나요?"

"그걸 어떻게 알았느냐?"

해리는 대답하지 않았다.

"그래, 물어보더구나." 올리밴더가 속삭였다. "죽음의 막대기, 운명의 지팡이, 혹은 딱총나무 지팡이라는 다양한 이름으로 알려진 그 지팡이에 대해 내가 말해 줄 수 있는 모든 걸 알고 싶어 했다."

해리는 헤르미온느를 힐끗 곁눈질했다. 그녀는 소스라치게 놀란 눈치였다.

"어둠의 왕은……." 올리밴더가 목소리를 낮추더니 겁먹은 말투로 말을 이었다. "내가 만들어 준 지팡이에 언제나 만족스러워했다. 주목나무에 불사조 깃털, 34센티미터. 그 똑같은 심지의 연결에 대해 알기 전까지는 그랬지. 이제 그자는 더 강력한 다른 지팡이를 찾고 있다. 네 지팡이를 정복할 유일한 방법을 찾는 거야."

"하지만 제 지팡이가 고칠 수 없을 만큼 망가졌다는 사실을 그자도 곧 알게 되겠죠. 이미 알고 있을 수도 있고요." 해리가 조용히 말했다.

"아냐!" 헤르미온느가 겁에 질린 목소리로 소리쳤다. "그자가 알 리 없어, 해리. 그자가 어떻게……?"

"프라이오리 인칸타템." 해리가 말했다. "우린 네 지팡이랑 야생 자두나무 지팡이를 말포이네 집에 두고 왔어, 헤르미온느. 그 지팡이들을 제대로 살펴보고 최근에 건 주문을 되살려 보면 네 지팡이가 내 지팡이를 부러뜨렸고, 네가 지팡이를 고치려다가 실패했다는 사실도 알게 될 거야. 내가 그 뒤로 줄곧 야생 자두나무 지팡이를 썼다는 사실도 알게 되겠지."

헤르미온느의 얼굴에서 이 집에 도착하고 나서 조금이나마 돌아왔던 혈색이 다시 싹 사라졌다. 론이 나무라듯 해리를 바라보며 말했다. "지금 그 걱정은 하지 말자."

하지만 올리밴더 씨가 끼어들었다.

"어둠의 왕은 더 이상 그저 널 죽이기 위해서만 딱총나무 지팡이를 찾아다니는 게 아니다, 포터 군. 그자는 반드시 그 지팡이를 손에 넣기로 작정했어. 그것이 그자를 진정 약점 없는 존재로 만들어 줄 거라 생각하기 때문이지."

"정말로 그럴까요?"

"딱총나무 지팡이의 주인은 언제나 공격당할 것을 두려워해야 하지." 올리밴더가 말했다. "하지만 죽음의 막대기를 갖게 된 어둠의 왕이라, 정말이지…… 경외감이 들 정도야."

해리는 처음 만났을 때 올리밴더가 별로 마음에 들지 않았던 기억이 문득 떠올랐다. 볼드모트에게 감금당하고 고문까지 당한 지금도, 무적의 지팡이를 손에 넣은 어둠의 마법사라는 생각은 그에게 혐오스러운 동시에 그만큼 매혹적으로 느껴지는 듯했다.

"그럼…… 그럼 정말 그 지팡이가 존재한다고 생각하시는 거예요, 올리밴더 씨?" 헤르미온느가 물었다.

"아, 그렇고말고." 올리밴더가 말했다. "그래, 역사를 보면 그 지팡이의 경로를 완벽하게 추적할 수 있다. 물론 공백이 존재하고, 꽤 긴 공백이 이어진 시기도 있었지. 지팡이가 일시적으로 사라지거나 숨겨져서 사람들의 눈앞에서 모습을 감춘 경우 말이다. 하지만 그 지팡이는 언제나 다시 모습을 드러냈어. 그 지팡이에는 지팡이학에 조예가 깊은 사람이라면 알아볼 수 있는 몇 가지 특징들이 있단다. 나 같은 지팡이 제작자들이 연구하는 문헌들이 있어. 애매한 것들도 좀 있지만 어느 정도 신빙성을 갖추고 있단다."

"그럼 아저씨는…… 그게 동화나, 아니면 신화일 수 있다고는 생각 안 하세요?" 헤르미온느가 희망을 품고 물었다.

"그래." 올리밴더가 말했다. "그 지팡이가 반드시 살인을 통해 전해져야 하는지는 잘 모르겠다. 그 지팡이의 역사는 피로 점철되어 있지만, 그건 단지 그 지팡이가 너무도 갖고 싶은 물건이어서 마법사들에게 엄청난 욕망을 불러일으키기 때문일지도 몰라. 그 지팡이는 굉장히 강력하고, 엉뚱한 자의 손에 들어가면 위험하지만, 지팡이의 힘을 연구하는 우리 같은 사람들에게는 더할 나위 없이 매력적인 물건이지."

"올리밴더 씨." 해리가 말했다. "그레고로비치가 딱총나무 지팡이를 갖고 있다고 '그 사람'에게 얘기하셨죠?"

이미 더할 수 없을 만큼 하얗게 질려 있던 올리밴더의 얼굴이 더욱 창백해졌다. 침을 꿀꺽 삼키는 모습이 마치 유령 같았다.

"하지만 어떻게…… 네가 어떻게……?"

"제가 어떻게 아는지는 신경 쓰지 마세요." 해리는 그렇게 말하며 잠시 눈을 감았다. 흉터가 화끈거리더니 아주 잠깐이지만 호그스미드의 큰길이 보였다. 호그스미드는 여기보다 훨씬 북쪽에 있기 때문에 거리는 아직 어두웠다. "아저씨가 '그 사람'에게 그레고로비치가 딱총나무 지팡이를 갖고 있다고 하신 거죠?"

"꼭 내가 말하지 않았어도 그런 소문이 있었어." 올리밴더가 속삭였다. "아주 오래전, 네가 태어나기도 전에 떠돌던 소문 말이다! 나는 그레고로비치 본인이 소문을 냈을 거라고 생각한다. 그런 소문이 사업에 얼마나 도움이 될지는 너도 잘 알 거야. 그자가 딱총나무 지팡이의 속성을 연구해서 복제하고 있다느니 하면서 말이지!"

"네, 그건 저도 알겠어요." 해리는 그렇게 대답하고 자리에서 일어났다. "올리밴더 씨, 마지막으로 한 가지만 더요. 그런 다음에 쉬게 해 드릴게요. 죽음의 성물에 대해서 아시는 게 있나요?"

"무슨…… 뭐?" 지팡이 제작자가 완전히 어리둥절한 표정을 지으며 되물었다.

"죽음의 성물요."

"미안하지만 무슨 말인지 모르겠구나. 그것도 지팡이들과 무슨 관련이 있니?"

해리는 올리밴더의 움푹 들어간 얼굴을 들여다보고 그가 연기를 하는 게 아니라고 믿었다. 올리밴더는 성물에 대해 모르고 있었다.

"고맙습니다." 해리가 말했다. "정말 감사드려요. 이젠 좀 쉬실 수 있도록 나갈게요."

올리밴더는 괴로워하는 표정이었다.

"그자가 나를 고문했어!" 그가 헉하고 숨을 들이켰다. "크루시아투스 저주…… 너는 상상도 못 할 거다……."

"아뇨, 저도 잘 알아요." 해리가 말했다. "정말이에요. 좀 쉬세요. 전부 얘기해 주셔서 고맙습니다."

그는 론과 헤르미온느를 이끌고 계단을 내려갔다. 빌과 플뢰르, 루나와 딘이 찻잔을 앞에 놓고 부엌 식탁에 앉아 있는 모습이 언뜻 보였다. 해리가 문가에 나타나자 모두 눈을 들어 그를 바라봤지만, 그는 그저 고개만 까닥이고 계속 발걸음을 옮겨 정원으로 향했다. 론과 헤르미온느가 그의 뒤를 따랐다. 도비를 덮고 있는 붉은 흙더미가 저 앞에 놓여 있었다. 해리는 다시 그 무덤 앞으로 갔다. 머리의 통증이 점점 더 강렬해졌다. 억지로 밀려드는 환각들을 차단하려면 엄청난 노력을 기울여야 했지만, 그는 조금만 더 버티면 된다는 사실을 알고 있었다. 아주 조금만 더 버티다가 그 통증에 항복할 것이다. 왜냐하면 그가 세운 가설이 맞다는 것을 확인해야 했기 때문이었다. 론과 헤르미온느에게 설명해 주기 위해 딱 한 번, 짧은 노력을 기울이기만 하면 됐다.

"그레고로비치가 딱총나무 지팡이를 갖고 있었어. 아주

오래전에." 그가 말했다. "나는 '그 사람'이 그레고로비치를 찾으려 하는 걸 봤어. 근데 그레고로비치를 찾아낸 '그 사람'은 더 이상 그가 딱총나무 지팡이를 갖고 있지 않다는 사실을 알게 됐어. 그린델왈드가 그 지팡이를 훔쳐 갔거든. 그레고로비치한테 딱총나무 지팡이가 있다는 걸 그린델왈드가 어떻게 알았는지는 모르겠지만……. 그레고로비치가 그런 소문을 퍼뜨릴 정도로 멍청했다면 그렇게 어렵지는 않았을 거야."

볼드모트는 호그와트 정문에 다다라 있었다. 그자가 거기에 서 있는 모습이 보였고, 새벽이 밝기 전 등불이 위아래로 살짝 흔들거리며 점점 가까이 다가오는 것도 보였다.

"그린델왈드는 강력해지기 위해 딱총나무 지팡이를 사용했어. 그리고 그자의 힘이 절정에 이르렀을 때 덤블도어 교수님은 그린델왈드를 막을 수 있는 사람은 자기밖에 없다는 걸 알게 됐어. 그러고는 결투를 벌여서 그자를 물리친 다음 딱총나무 지팡이를 손에 넣으신 거야."

"덤블도어가 딱총나무 지팡이를 갖고 있었다고?" 론이 말했다. "하지만 그럼…… 그럼 지금은 어디 있는 거지?"

"호그와트에." 해리는 그 두 사람과 함께 절벽 꼭대기 정원에 남아 있으려고 기를 쓰며 말했다.

"하지만, 그럼 가야지!" 론이 다급하게 외쳤다. "해리, 가서 그걸 가져오자. 그놈이 손에 넣기 전에!"

"그러기엔 너무 늦었어." 해리가 말했다. 그는 더 이상 버티기 힘들었지만, 밀려드는 생각에 조금이라도 저항하려고 머리를 감싸 쥐었다. "그자는 지팡이가 어디 있는지 알아. 지금 거기에 있어."

"해리!" 론이 격분해서 말했다. "대체 언제부터 알고 있었던 거야? 왜 시간을 낭비한 거냐고. 왜 그립훅이랑 먼저 이야기를 한 거야? 진작 갈 수도 있었잖아. 지금도 갈 수 있……."

"아니야." 해리가 말했다. 그는 풀밭 위에 털썩 무릎을 꿇었다. "헤르미온느 말이 맞아. 덤블도어 교수님은 내가 그걸 갖길 바라지 않으셨어. 내가 그걸 손에 넣는 걸 원치 않으셨다고. 교수님은 내가 호크룩스들을 찾길 바라셨어."

"무적의 지팡이잖아, 해리!" 론이 신음했다.

"나는 지팡이가 아니라…… 호크룩스를 찾아야 해……."

이제는 모든 것이 서늘하고 어두웠다. 지평선 너머로 태양이 겨우 보이는 가운데, 그는 스네이프 곁에서 미끄러지듯 교정을 가로질러 호수로 향하고 있었다.

"잠시 후 성에서 합류하겠다." 그가 높고 차가운 목소리로 말했다. "이제 가거라."

스네이프는 허리를 숙이고 다시 길을 되돌아갔다. 그의 뒤에서 검은 망토가 휘날렸다. 해리는 천천히 걸으며 스네이프의 모습이 사라지기를 기다렸다. 그가 어디로 가는지 스네이프에게 보여서는 안 됐다. 사실은 그 누구에게도 마찬가지였다. 하지만 성의 창문들은 불이 꺼져 있었고 그는 쉽게 모습을 감출 수 있었다……. 잠시 후 그는 보호색 마법을 걸어 자기 자신의 눈에서조차 모습을 감췄다.

그는 호그와트 성의 윤곽을 감상하면서 호수 가장자리를 따라 걸었다. 사랑하는 성, 그의 첫 왕국, 그의 타고난 권리인 그곳을…….

그리고 여기, 호수 옆에 그것이 있었다. 호수의 검은 수면에 비친 하얀 대리석 무덤은 익숙한 풍경에 묻은 불필요한 얼룩과도 같았다. 그는 애써 억누르고 있던 황홀함과 파괴를 향한 맹렬한 목적의식이 솟구치는 것을 느꼈다. 그는 오래된 주목나무 지팡이를 들어 올렸다. 이것이 이 지팡이의 마지막 위대한 행위라니 얼마나 어울리는 일인가.

무덤이 반으로 쩍 갈라졌다. 수의에 감싸인 사람은 살아 있을 때처럼 길고 호리호리한 모습이었다. 그는 다시 지팡이를 들어 올렸다.

지팡이 제작자

 시신을 감싸고 있던 천이 펼쳐졌다. 그 얼굴은 조금 투명해지고 창백하고 움푹 꺼져 있었지만 거의 완벽하게 보존되어 있었다. 구부러진 코에는 안경이 걸쳐져 있었다. 그는 조롱하는 기분을 즐겼다. 덤블도어의 두 손은 그의 가슴 위에 겹쳐져 있고, 그 손 아래 그것이 그와 함께 묻혀 있었다.

 이 늙은 바보는 대리석이나 죽음이 그 지팡이를 보호해 줄 거라고 상상했단 말인가? 어둠의 왕이 겁을 먹고 그의 무덤을 파헤치지 못할 거라 생각한 걸까? 거미 같은 손이 휙 날아들더니 덤블도어의 손아귀에서 지팡이를 잡아챘다. 그가 그것을 움켜쥐자 지팡이 끝에서 불꽃이 쏟아져 나왔다. 지팡이는 전 주인의 시체 위에서 번쩍이며 마침내 새 주인을 섬길 준비를 마쳤다.

25장
셸 코티지

 빌과 플뢰르의 오두막은 바다를 내려다보는 절벽 위에 홀로 서 있었다. 오두막 벽은 온통 조개껍데기가 박혀 있고 회반죽으로 칠해져 있었다. 외롭고도 아름다운 곳이었다. 해리가 그 작은 오두막이나 정원에 들어설 때면 어디서나 바닷물이 빠져나가거나 흘러들어 오는 소리를 들을 수 있었다. 그것은 마치 잠들어 있는 어떤 거대 생명체의 숨소리 같았다. 이후 며칠 동안 해리는 이런저런 핑계를 대고 북적거리는 오두막을 빠져나와, 탁 트인 하늘과 광활한 바다로 이루어진 절벽 꼭대기 풍경을 감상하고 얼굴에 닿는 차갑고 소금기 어린 바람을 느끼며 많은 시간을 보냈다.
 지팡이를 누가 먼저 차지할지를 두고 볼드모트와 경쟁

하지 않겠다는 엄청난 결정은 여전히 해리를 두렵게 만들었다. 지금껏 행동하지 않기로 결정한 적이 한 번이라도 있었는지 기억나지 않았다. 그는 의구심으로 가득 차 있었다. 함께 있을 때마다 론은 참지 못하고 그 의구심을 입 밖으로 내뱉곤 했다.

"만약 우리가 제때 그 상징의 의미를 알아내서 지팡이를 얻는 게 덤블도어가 바랐던 일이라면?" "상징의 의미를 알아내야만 성물을 가질 '자격'이 생기는 거라면?" "해리, 그게 정말로 딱총나무 지팡이라면 대체 우리가 무슨 수로 '그 사람'을 끝장내겠어?"

해리는 아무런 답도 갖고 있지 않았다. 볼드모트가 무덤에 침입하지 못하게 막지 않은 것이 순전히 미친 짓은 아니었는지 궁금해지는 순간들도 있긴 했다. 자신이 왜 그런 결정을 내렸는지도 만족스럽게 설명할 수 없었다. 그를 그런 결정으로 이끈 마음속 논쟁들을 다시 떠올려 보려 할 때마다 그것들은 더욱 힘을 잃는 것 같았다.

이상한 건 헤르미온느의 응원도 론의 의구심만큼이나 혼란스러운 기분을 느끼게 만들었다는 사실이었다. 딱총나무 지팡이가 정말로 존재한다는 것을 받아들일 수밖에 없게 된 지금, 그녀는 그 지팡이가 사악한 물건이며 볼드모트가 그 지팡이를 손에 넣은 방식은 생각할 가치도 없이 혐오스러운 일이라고 주장했다.

"넌 절대 그런 짓을 할 수 없었을 거야, 해리." 그녀는 반복해서 말했다. "너라면 덤블도어 교수님의 무덤에 침입하는 짓 따위는 할 수 없었을 거라고."

하지만 해리는 덤블도어의 시신에 대한 생각보다, 살아 있을 당시 덤블도어의 의도를 잘못 이해했을지도 모른다는 생각이 훨씬 두려웠다. 그는 여전히 어둠 속을 더듬는 기분이었다. 그는 자신의 길을 선택했지만 끊임없이 뒤를 돌아보며 자신이 신호들을 잘못 읽은 건 아닌지, 다른 길을 선택했어야 하는 건 아닌지 궁금해했다. 가끔씩 덤블도어에 대한 분노가 오두막 아래 절벽에 부딪쳐 오는 파도만큼이나 강력하게 그를 덮치기도 했다. 죽기 전에 아무런 설명도 해 주지 않은 덤블도어에 대한 분노.

"하지만 정말 돌아가시긴 한 거야?" 오두막에 도착한 지 사흘이 지났을 때 론이 물었다. 론과 헤르미온느가 해리를 찾아냈을 때 그는 오두막 정원과 절벽 사이에 세워진 담 너머를 바라보고 있었다. 그는 론과 헤르미온느의 논쟁에 동참하고 싶은 생각이 전혀 없었기에 그들이 그를 찾지 못했으면 하고 바랐다.

"그래, 덤블도어 교수님은 돌아가셨어, 론. 부탁이니까 이 얘긴 다시 꺼내지 말자!"

"사실들을 봐, 헤르미온느." 론의 시선이 계속 수평선만 응시하고 있는 해리를 지나쳐 그녀에게 향했다. "은빛 암사슴. 검. 해리가 거울 속에서 본 눈……."

"해리도 그 눈은 자기가 상상한 것일지도 모른다고 인정하잖아! 안 그래, 해리?"

"그랬을 수도 있어." 해리는 그녀를 바라보지 않고 말했다.

"하지만 상상한 거라고 생각하지는 않지?" 론이 물었다.

"응, 그래." 해리가 대답했다.

"그렇다니까!" 헤르미온느가 뭐라고 말을 잇기도 전에 론이 재빨리 말했다. "덤블도어가 아니었다면 우리가 그 지하실에 있는 걸 도비가 어떻게 알았는지 설명해 볼래, 헤르미온느?"

"그건 나도 몰라……. 하지만 호그와트의 무덤 속에 누워 있는 덤블도어 교수님이 어떻게 우리한테 도비를 보냈는지 넌 설명할 수 있어?"

"몰라, 덤블도어의 유령이 그런 것일 수도 있지!"

"덤블도어 교수님은 유령으로 돌아오지 않았을 거야." 해리가 말했다. 지금에 와서 덤블도어에 대해 확실히 알 수 있는 것은 별로 없었지만 그 정도는 분명히 알고 있었다. "계속 나아갔을 거야."

"무슨 말이야, '계속 나아간다'니?" 론이 물었지만 해리가 뭐라고 대꾸하기도 전에 뒤에서 어떤 목소리가 들려왔다. "해리?"

플뢰르가 산들바람에 긴 은발을 휘날리며 오두막에서 나왔다.

"해리, 그립훅이 너랑 얘기하고 싶어 해. 제일 작응 침실에 있어. 엿듣능 사람은 없었으명 좋겠대."

그녀는 고블린이 심부름을 시켰다는 사실에 화가 난 게 틀림없었다. 집으로 돌아가는 그녀의 모습에 짜증이 깃들어 있었다.

플뢰르의 말대로 그립훅은 오두막 세 개의 침실 가운데 가장 작은 방에서 기다리고 있었다. 밤에 헤르미온느와 루나가 잠을 자는 곳이었다. 그립훅이 빨간색 면 커튼으로 구름이 떠 있는 밝은 하늘을 가려 놓은 탓에, 그 방은 빛이 잘 들고 바람이 잘 통하는 오두막의 다른 방들과는 달리 불꽃같은 빛에 휩싸여 있었다.

"결정을 내렸다, 해리 포터." 고블린이 말했다. 그는 낮은 의자에 다리를 꼬고 앉아 가느다란 손가락으로 팔을 톡

톡 두드렸다. "그린고츠의 고블린들은 이걸 비열한 배신행위라고 생각하겠지만, 나는 널 도와주기로 했다."

"잘됐네요!" 해리가 말했다. 안도감이 온몸으로 퍼져 나갔다. "그립훅, 고마워요. 우린 정말로……."

"……그 대가로!" 고블린이 단호하게 말했다. "보수를 줘."

해리는 약간 당황한 채 망설였다.

"얼마를 원하세요? 금화는 있어요."

"금화는 됐어." 그립훅이 말했다. "그건 나한테도 있으니까."

흰자위가 없는 그의 검은 눈이 번뜩였다.

"나는 그 검을 원해. 고드릭 그리핀도르의 검을."

해리는 맥이 탁 풀리는 기분이었다.

"그건 드릴 수 없어요." 그가 말했다. "죄송합니다."

"그렇다면……." 고블린이 조용히 말했다. "곤란하군."

"다른 건 줄 수 있어요." 론이 애원하듯 말했다. "레스트레인지 가문은 분명 뭔가 잔뜩 갖고 있을 거예요. 일단 금고에 들어가면 원하는 걸 골라 가지면 되죠."

그런 말은 하지 말았어야 했다. 그립훅은 화가 나서 얼굴을 붉혔다.

"나는 도둑이 아니다, 꼬마야! 나는 내게 아무런 권리도 없는 보물을 차지하려는 게 아니야!"

"그 검은 우리 건데……."

"그렇지 않아." 고블린이 말했다.

"우리는 그리핀도르 학생이고, 그 검은 고드릭 그리핀도르의……."

"그럼 그리핀도르가 소유하기 전에는 누구 것이었지?" 고블린이 똑바로 일어나 앉으며 물었다.

"누구 것도 아니었죠." 론이 말했다. "그리핀도르한테 주려고 만든 거 아니에요?"

"아니야!" 고블린이 긴 손가락으로 론을 가리키며 버럭 화를 냈다. "마법사들은 역시 오만하다니까! 그 검은 라그눅 1세의 것이었어. 고드릭 그리핀도르가 빼앗아 간 거지! 그 검은 잃어버린 보물이자 고블린의 솜씨가 빚어 낸 걸작이란 말이다! 그건 고블린들의 것이야! 내가 도움을 제공하는 대가는 그 검이니까, 좋을 대로 해라!"

그립훅이 그들을 노려보았다. 해리는 나머지 두 사람을 힐끗 보고는 말했다. "의논을 해 봐야겠어요, 그립훅. 괜찮으시다면요. 몇 분만 시간을 주실 수 있을까요?"

고블린은 언짢은 표정으로 고개를 끄덕였다.

아래층 빈 거실로 내려간 해리는 어떻게 해야 할지 생각하느라 눈썹을 찌푸린 채 벽난로 쪽으로 걸어갔다. 그의 뒤에서 론이 말했다. "이건 그냥 장난하자는 거지. 그 검을 줄 수는 없어."

"진짜야?" 해리가 헤르미온느에게 물었다. "그리핀도르가 그 검을 훔쳤어?"

"모르겠어." 그녀가 절망스러운 듯 말했다. "마법사들의 역사는 보통 마법사들이 다른 마법 종족들에게 저지른 일에 대해서는 언급을 피하지만, 내가 아는 한 그리핀도르가 그 검을 훔쳤다는 얘기는 없었어."

"고블린들이 늘 하는 뻔한 얘기겠지." 론이 말했다. "마법사들이 항상 자기들을 이용해 먹는다고 하잖아. 내 생각엔 저 자식이 우리 지팡이 중 하나를 달라고 하지 않은 게 다행이야."

"고블린들이 마법사들을 싫어하는 데는 그만한 이유가 있어, 론." 헤르미온느가 말했다. "과거에 끔찍한 대우를 받았잖아."

"고블린들도 딱히 복슬복슬한 토끼 같은 존재는 아니잖아?" 론이 말했다. "그놈들도 우리를 수두룩하게 죽였다고. 저놈들도 더럽게 싸웠어."

"하지만 어느 쪽이 더 정정당당하지 못하고 폭력적인지를 놓고 그립훅하고 다퉈 봐야 그자가 우릴 도와줄 가능성이 더 높아지진 않겠지."

그들이 이 문제를 해결할 다른 방법을 생각해 내려 애쓰는 동안 잠시 침묵이 흘렀다. 해리는 창문 너머로 도비의 무덤을 내다보았다. 루나가 묘비 옆에 놓인 잼 병 속 갯질경이를 만지작거리고 있었다.

"좋아." 론이 말하자 해리는 몸을 돌려 그를 마주 보았다. "이건 어때? 그립훅한테 금고에 들어갈 때까지는 그 검이 필요하다고 말하는 거야. 금고에 들어간 다음 주겠다고 하는 거지. 금고 안에 가짜가 있잖아? 둘을 바꿔치기해서 그립훅한테 가짜를 주는 거야."

"론, 진짜와 가짜의 차이는 그립훅이 우리보다 더 잘 알아볼 거야!" 헤르미온느가 말했다. "그립훅만이 유일하게 검이 바뀌었다는 걸 알아차렸잖아!"

"그래, 하지만 저 자식이 알아차리기 전에 튀면······."

그는 헤르미온느가 던지는 눈길에 움츠러들었다.

"그건" 하고 그녀가 조용히 말했다. "비열한 짓이야. 도움을 부탁해 놓고 배신하자고? 그래 놓고 고블린들이 왜 마법사들을 싫어하는지 모르겠어, 론?"

론의 귀가 빨갛게 달아올랐다.

"알았어, 알았다고! 내가 생각해 낼 수 있는 건 그런 것뿐이야! 그럼 네 해결책은 뭔데?"

"뭔가 다른 걸 제안해야 해. 그 검만큼 가치가 있는 걸로."

"좋은 생각인데. 내가 가서 고블린들이 고대에 만든 검을 하나 더 구해 올 테니까 네가 선물 포장을 하면 되겠다."

그들 사이에 다시 침묵이 내려앉았다. 해리는 그들이 그립훅에게 줄 만한, 그 검만큼 값진 물건을 갖고 있다 해도 고블린은 오직 그 검만을 받아들일 거라는 확신이 들었다. 하지만 그리핀도르의 검은 그들이 호크룩스를 파괴하는 데 없어서는 안 될 유일한 무기였다.

해리는 잠시 눈을 감고 파도가 몰아치는 소리에 귀를 기울였다. 그리핀도르가 그 검을 훔쳤을 수도 있다고 생각하자 마음이 무거웠다. 그는 그리핀도르 소속이라는 사실이 언제나 자랑스러웠다. 그리핀도르는 머글 태생들의 옹호자이자, 순수 혈통을 편애하는 슬리데린과 맞섰던 마법사였다…….

"거짓말하는 건지도 몰라." 해리가 다시 눈을 뜨며 말했다. "그립훅 말이야. 어쩌면 그리핀도르는 그 검을 훔치지 않았을지도 몰라. 고블린 관점에서 본 역사가 맞는지 아닌지 어떻게 알겠어?"

"그런다고 뭐가 달라지는데?" 헤르미온느가 물었다.

"내 기분은 달라져." 해리가 말했다.

그는 심호흡을 했다.

"우리가 금고에 들어가는 걸 도와준 다음에 검을 주겠다고 하자. 하지만 정확히 언제 줄지는 말하지 않도록 주의하고."

론의 얼굴에 씩 미소가 번졌다. 하지만 헤르미온느는 불안해하는 표정이었다.

"해리, 그렇게는……."

"그립훅한테 검을 줄 거야." 해리가 말을 이었다. "우리가 그 검을 사용해서 호크룩스를 전부 파괴한 다음에 말이야. 그때는 내가 책임지고 그립훅한테 그 검을 줄게. 약속해."

"하지만 몇 년이나 걸릴 수도 있어!" 헤르미온느가 말했다.

"나도 알아. 하지만 그립훅이 그 사실을 알 필요는 없지. 거짓말을 하는 건 아니야…… 엄밀히 말하면."

해리는 반발심과 부끄러움이 뒤섞인 눈길로 그녀를 마주 보았다. 누멘가드 입구에 새겨져 있던 문구가 떠올랐다. '대의를 위하여.' 그는 그 생각을 떨쳐 버렸다. 달리 무슨 선택이 남아 있단 말인가?

"난 마음에 안 들어." 헤르미온느가 말했다.

"나도 별로야." 해리가 인정했다.

"뭐, 난 천재적인 생각 같은데." 론이 다시 일어서며 말했다. "가서 말해 주자."

다시 가장 작은 침실로 간 해리는 검을 넘겨주는 정확한 시점을 말하지 않도록 조심하며 그립훅에게 거래를 제안했다. 헤르미온느는 그가 말하는 동안 눈을 찌푸린 채 바닥을 내려다보고 있었다. 해리는 그런 그녀에게 짜증이 치밀었다. 헤르미온느 때문에 계획이 들통날까 봐 걱정됐던 것이다. 하지만 그립훅의 눈은 오직 해리에게만 향해 있었다.

"내가 도와주면 그리핀도르의 검을 내게 주겠다는 약속을 하는 건가, 해리 포터?"

"네." 해리가 말했다.

"그럼 악수하지." 고블린이 손을 내밀었다.

해리는 그 손을 잡고 흔들었다. 그는 저 검은 눈이 그 자신의 눈에 깃든 불안을 읽은 건 아닐지 염려스러웠다. 그때 그립훅이 해리의 손을 놓고 자신의 두 손을 맞잡더니 말했다. "그럼, 시작해 볼까!"

마치 정부에 침입하려는 계획을 처음부터 다시 시작하는 것 같은 기분이었다. 그들은 그립훅의 취향에 따라 반쯤 어둠에 잠겨 있는 가장 작은 침실에 자리를 잡고 계획을 세웠다.

"레스트레인지 가문의 금고는 딱 한 번 들어가 봤어." 그립훅이 그들에게 말했다. "그 안에 검을 넣어 두라는 지시를 받았을 때였지. 가짜 검이긴 했지만. 그곳은 가장 오래된 금고 중 하나야. 제일 유서 깊은 마법사 가문들이 가장 크고 가장 보안 수준이 높은 최하층 금고에 보물들을 보관하는데……."

그들은 한 번에 몇 시간씩 그 벽장 같은 방에 틀어박혀 있었다. 서서히 며칠이 지나고 몇 주가 흘렀다. 극복해야 할 문제들이 연달아 튀어나왔다. 비축해 둔 폴리주스가 엄청나게 줄어들었다는 것도 그런 문제 중 하나였다.

"우리 각자가 한 번 마실 분량밖에 안 남았어." 헤르미온느가 진흙 같은 걸쭉한 마법약을 등불에 비춰 기울여 보며 말했다.

"그거면 충분할 거야." 해리가 그립훅이 가장 깊은 곳의 통로들을 그린 지도를 유심히 살펴보며 말했다.

해리, 론, 헤르미온느가 식사 때만 모습을 드러냈으므로 셸 코티지에 있는 다른 사람들도 무슨 일이 벌어지고 있다는 사실을 눈치챌 수밖에 없었다. 식탁에 앉으면 빌이 생각에 잠긴 채 그들을 걱정스럽게 바라보는 시선이 자주 느껴졌다. 하지만 질문을 던지는 사람은 아무도 없었다.

함께 보내는 시간이 길어질수록 해리는 그 고블린이 별로 마음에 들지 않았다. 그립훅은 예상외로 잔인했다. 그는 하등 생물들이 고통받는다는 생각에 웃음을 터뜨렸고, 레스트레인지의 금고에 다다르기 위해 다른 마법사들을 해쳐야 할지도 모른다는 사실에 기뻐하는 것 같았다. 해리는 나머지 두 사람도 그와 마찬가지로 혐오감을 느낀다는 것을 알 수 있었지만 굳이 말을 꺼내지는 않았다. 그들에게는 그립훅이 필요했다.

고블린은 다른 사람들과 함께 식사했지만 마지못해 그러는 것일 뿐이었다. 다리가 나은 뒤에도 그는 계속해서 아직까지 쇠약한 상태인 올리밴더처럼 자기 방에 음식을 가져다 달라고 요구했다. 결국 (플뢰르의 분노가 폭발한 이후) 빌이 위층으로 올라가 계속 그렇게 해 줄 수는 없다고 알렸다. 그 뒤로 그립훅은 사람들이 북적거리는 식탁에 함께 앉았다. 물론 모두와 같은 음식이 아니라 날고기와 식물 뿌리, 각종 버섯을 먹겠다고 고집을 부리긴 했지만.

해리는 책임감을 느꼈다. 고블린에게 질문을 하기 위해 그를 셸 코티지에 계속 머무르게 해야 한다고 주장한 사람이 바로 그였기 때문이다. 위즐리 가족 모두 숨어 지내는 처지가 된 것도, 빌과 프레드와 조지와 위즐리 씨가 더 이상 일을 하지 못하게 된 것도 모두 그의 잘못이었다.

"미안해." 바람이 거센 4월의 어느 저녁, 저녁을 준비하는 플뢰르를 돕던 해리가 말했다. "이런 온갖 일들을 겪게 하려던 건 아니었어."

그녀는 방금 식칼 몇 자루에 마법을 걸어 그립훅과 빌을 위한 스테이크를 썰게 한 참이었다. 빌은 그레이백에게 공격을 당한 이후로 피가 흐르는 고기를 좋아하게 되었다. 등 뒤에서 칼들이 고기를 저미는 가운데, 어딘지 짜증이 깃들었던 그녀의 표정이 누그러졌다.

"애리, 너는 내 동생의 목숨을 구해 주었어. 난 잊지 않아."

엄밀히 말하면 그것은 사실이 아니었지만, 해리는 가브리엘이 진짜로 위험에 처한 적은 없다는 사실을 굳이 지적하지 않기로 했다.

"아무튼……." 플뢰르가 스토브 위에 놓인 소스 냄비를 지팡이로 가리키며 말을 이었다. 냄비는 곧바로 부글거리기 시작했다. "올리밴더 씨는 오늘 저녁에 뮤리엘 고모할머니 댁으로 갈 거야. 그러면 좀 편해지겠지. 저 고블린

응……." 고블린 얘기가 나오자 그녀의 눈초리가 약간 사나워졌다. "아래층으로 옮길 수 있을 테고, 너랑 론이랑 딘이 그 방을 쓰명 돼."

"우린 거실에서 자도 괜찮아." 해리가 말했다. 그립훅은 분명 소파에서 자야 한다는 걸 탐탁지 않게 여길 것이다. 계획을 성공시키기 위해서라도 그립훅의 비위를 맞춰 주는 일은 굉장히 중요했다. "우리 걱정은 마." 그녀가 반박하려 하자 해리가 말을 이었다. "우리도 좀 있으면 떠날 거야. 론이랑 헤르미온느랑 나 말이야. 여기에 더 있을 필요가 없을 거야."

"무승 말이야?" 그녀가 공중에 떠 있는 캐서롤 접시를 지팡이로 가리키면서 눈살을 찌푸렸다. "너희능 절대 이곳을 떠나서능 안 돼. 여기가 안전하당 말이야!"

그렇게 말하는 그녀의 모습은 위즐리 부인과 비슷해 보였고, 해리는 그 순간 뒷문이 열려서 다행이라고 생각했다. 루나와 딘이 들어왔다. 그들은 바깥에서 맞은 비로 머리카락이 축축하게 젖은 채 양팔로 물에 떠내려온 나무들을 한 아름 안고 있었다.

"……그리고 아주 조그만 귀가 달려 있어." 루나가 말하고 있었다. "아빠 말로는 하마의 귀랑 조금 비슷하대. 단지

자주색에 털이 많을 뿐이야. 그리고 그 녀석들을 부르고 싶으면 콧노래를 불러야 해. 걔들은 왈츠를 좋아하는 편이야. 너무 빠르지 않은 걸로……."

딘은 지나가면서 해리를 향해 난감한 표정으로 어깨를 으쓱한 다음, 루나를 따라 론과 헤르미온느가 저녁 식사를 준비하고 있는 식당 겸 거실 안으로 들어갔다. 해리는 플뢰르의 질문 공세에서 벗어날 기회를 잡아 호박 주스 병 두 개를 들고 그들을 따랐다.

"……우리 집에 오면 그 뿔을 보여 줄 수 있을 거야. 아빠가 편지에 그 얘기를 쓰셨는데 나도 아직 직접 보진 못했어. 호그와트 급행열차에서 죽음을 먹는 자들한테 잡히는 바람에 크리스마스 때 집에 못 갔거든." 루나가 딘과 함께 불을 지피며 말했다.

"루나, 우리가 이미 말했잖아." 헤르미온느가 그녀에게 큰 소리로 말했다. "그 뿔은 폭발했어. 그건 에럼펀트 뿔이지 굽은뿔 스노캑 뿔이 아니……."

"아냐, 확실히 스노캑 뿔이었어." 루나가 평온하게 말했다. "아빠가 말해 주셨어. 지금쯤 아마 고쳐졌을 거야. 스노캑 뿔은 저절로 고쳐지거든."

헤르미온느는 고개를 절레절레 흔들고는 계속 포크를

놓았다. 그때 빌이 올리밴더를 부축하며 계단을 내려왔다. 지팡이 제작자는 여전히 매우 쇠약한 모습이었고, 커다란 여행 가방을 든 빌의 팔에 매달려 있었다.

"보고 싶을 거예요, 올리밴더 아저씨." 루나가 노인에게 다가가며 말했다.

"나도 그럴 거란다, 애야." 올리밴더가 그녀의 어깨를 토닥이며 말했다. "그 끔찍한 곳에서 너는 내게 말로 다 못 할 위안이 되어 주었어."

"그럼, 오 르부아('또 만나요'라는 뜻의 프랑스어—옮긴이), 올리밴더 씨." 플뢰르가 그의 양 뺨에 입을 맞추며 말했다. "부탁드릴 게 있는데, 빌의 뮤리엘 고모할머니에게 소포 하나를 전달해 주실 수 있을까요? 왕관 머리 장식을 돌려드리지 못했거든요."

"그야 영광이지." 올리밴더가 허리를 살짝 숙이며 말했다. "너희가 이런 후한 대접을 해 줬는데, 그 정도는 아무것도 아니란다."

플뢰르가 닳디닳은 벨벳 상자를 꺼내 열고 지팡이 제작자에게 그 안에 들어 있는 것을 보여 주었다. 낮게 걸린 등불 빛을 받아 왕관 머리 장식이 반짝반짝 빛나고 있었다.

"월장석에 다이아몬드로군." 그립훅이 말했다. 그는 해리가 눈치채지 못한 사이 슬그머니 방에 들어와 있었다.
"아마 고블린들이 만든 거겠지?"

"돈은 마법사들이 냈고요." 빌이 조용히 말하자 고블린은 음흉하고도 도전적인 눈길로 그를 쏘아보았다.

빌과 올리밴더가 어둠 속으로 길을 나섰을 때 오두막 창문으로 세찬 바람이 불어닥쳤다. 나머지 사람들은 식탁 주위에 붙어 앉아, 서로의 팔꿈치가 닿을 만큼 움직일 공간이 거의 없는 상태에서 식사를 시작했다. 옆에 있는 벽난로에서 불이 타닥거리며 불꽃을 튀겼다. 해리가 보니 플뢰르는 음식을 그저 깨작거리고 있을 뿐이었다. 그녀는 몇 분마다 한 번씩 창문을 힐끔거렸다. 하지만 빌은 첫 번째로 나온 요리를 다 먹기도 전에 돌아왔다. 그의 긴 머리가 바람에 뒤엉켜 있었다.

"다 괜찮아." 그가 플뢰르에게 말했다. "올리밴더 씨는 무사히 들어갔어. 엄마랑 아빠가 안부를 전해 달라서. 지니도 사랑한다고 전해 달래. 프레드랑 조지는 뮤리엘 할머니를 돌아 버리게 만들고 있어. 여전히 뮤리엘 할머니네 뒷방에서 부엉이 주문으로 사업을 계속하고 있거든. 그래도 왕관 머리 장식을 돌려받으니까 기분이 좀 나아지시더라. 우리가 그걸 훔쳐 갔다고 생각했대."

"아, 정말 샤르망하시다니까, 자기 고모할머니능." 플뢰르가 뿌루퉁하게 말하며 지팡이를 휘두르자 더러운 접시들이 공중에 떠올라 차곡차곡 쌓였다. 그녀는 그 접시들을 들고 방에서 나갔다.

"우리 아빠도 왕관 머리 장식을 만든 적이 있어." 루나가 입을 열었다. "음, 사실 장식이라기보다 왕관에 더 가깝지만."

론은 해리와 눈을 마주치고 씩 웃었다. 제노필리우스의 집을 방문했을 때 봤던 그 터무니없는 머리 장식을 떠올리고 있는 게 분명했다.

"맞아, 아빠는 래번클로의 사라진 보관(寶冠)을 재현하시려는 중이야. 이제 그 왕관의 주요 요소들을 거의 찾아냈다고 생각해서. 빌리위그 날개를 붙이니까 정말 달라졌어."

현관문 쪽에서 쾅 하는 소리가 들렸다. 모두의 고개가 그 방향으로 돌아갔다. 플뢰르가 겁에 질린 얼굴로 부엌에서 달려 나왔다. 빌이 벌떡 일어나 지팡이로 문을 가리키자 해리, 론, 헤르미온느도 마찬가지로 문을 겨눴다. 그립훅은 소리 없이 식탁 밑 보이지 않는 곳으로 스르르 사라졌다.

"누구야?" 빌이 소리쳤다.

"나야, 리머스 존 루핀!" 울부짖는 바람 소리 너머로 어떤 목소리가 소리쳤다. 해리는 공포의 전율을 느꼈다. 무슨 일이 일어난 걸까? "나는 늑대인간으로 님파도라 통스와 결혼했고, 셸 코티지의 비밀 수호자인 네가 나한테 주소를 알려 주면서 비상 상황이 생기면 오라고 말했지!"

"루핀." 빌이 중얼거리더니 달려가 문을 벌컥 열었다.

루핀이 문턱 너머로 넘어졌다. 그는 얼굴이 하얗게 질린 채 여행용 망토로 몸을 감싸고 있었다. 희끗희끗한 머리카락은 잔뜩 바람을 맞은 모습이었다. 그는 몸을 펴고 방을 둘러보면서 누가 있는지 확인하고는 큰 소리로 외쳤다. "아들이야! 도라의 아버지 이름을 따서 이름은 테드라고 지었어!"

헤르미온느가 꺅 소리를 질렀다.

"무슨……? 통스가…… 통스가 아기를 낳았어요?"

"그래그래. 아기를 낳았어!" 루핀이 소리쳤다. 온 식탁에서 기쁨의 외침과 안도의 한숨이 흘러나왔다. 헤르미온느와 플뢰르 둘 다 높은 목소리로 "축하해요!"라고 외쳤고, 론은 "젠장, 아기라니!"라고 말했다. 그런 얘기는 처음 듣는다는 듯한 말투였다.

"그래그래…… 남자아이야." 루핀은 행복에 취한 듯 다시 말했다. 그는 탁자를 돌아 성큼성큼 걸어오더니 해리를 와락 끌어안았다. 그리몰드가 지하실에서의 일은 전혀 일어난 적이 없었던 것만 같았다.

"네가 대부가 되어 줄래?" 그가 해리를 놓아주며 말했다.

"제, 제가요?" 해리는 말을 더듬었다.

"그래, 당연히 너지. 도라도 찬성했어. 너만 한 적임자는 없어……."

"저는…… 네…… 세상에……."

해리는 감정이 북받쳤고 놀라우면서도 기뻤다. 빌이 서둘러 와인을 가지러 갔고 플뢰르는 술을 한잔하자고 루핀을 설득했다.

"오래 있을 수는 없어. 돌아가 봐야 돼." 루핀이 모두에게 환하게 웃어 보이며 말했다. 그는 해리가 여태껏 봐 왔던 어떤 모습보다도 젊어 보였다. "고마워, 고맙다, 빌."

빌이 곧바로 모두의 잔을 채우자 다들 일어서서 잔을 높이 들고 건배했다.

"테디 리머스 루핀을 위하여." 루핀이 말했다. "위대한 마법사가 될 아이를 위하여!"

"누구를 닮았나요?" 플뢰르가 물었다.

"내가 보기엔 도라를 닮은 것 같은데 도라는 나를 닮은 것 같대. 머리카락이 별로 없어. 태어났을 때는 검은 머리 같았는데, 농담이 아니라 정말 한 시간도 안 돼서 적갈색으로 변했어. 아마 내가 돌아갈 때쯤에는 금발이 돼 있을 거야. 장모님 말씀으로는 통스의 머리카락 색깔도 태어난 날부터 바뀌기 시작했대." 그는 잔을 비웠다. "아, 그래. 그럼, 한 잔만 더." 빌이 다시 잔을 채워 주겠다고 하자 그가 씩 웃으며 덧붙였다.

바람이 작은 오두막을 뒤흔들었다. 불꽃이 타닥거리며 치솟았다. 빌은 오래지 않아 와인 한 병을 더 따고 있었다. 루핀이 가져온 소식 덕분에, 다들 궁지에 몰린 상황에서 잠시나마 벗어나 근심을 잊을 수 있었다. 새 생명의 탄생이 그들 모두를 들뜨게 만들었다. 오직 고블린만이 갑작스러운 축제 분위기에도 별 감흥이 없는 듯했다. 잠시 후 그는 이제 혼자 차지하게 된 침실로 어슬렁어슬렁 되돌아갔다. 해리는 그 사실을 눈치챈 사람이 자기 혼자뿐이라고 생각했는데, 그때 빌의 눈이 계단을 올라가는 고블린을 따라가는 것이 보였다.

"아니…… 아냐……. 정말 돌아가야겠어." 루핀이 마침내 와인을 거절하며 말했다. 그는 자리에서 일어나 다시 여행용 망토를 둘렀다. "잘 있어라, 안녕. 며칠 있다 사진 몇 장을 갖고 다시 오마. 내가 너희를 만났다고 하면 다들 아주 기뻐할 거야."

그는 망토를 여미고 작별 인사를 하더니, 여자들은 껴안아 주고 남자들과는 악수를 했다. 그러고는 여전히 환한 웃음을 지으며 거친 바람이 부는 어둠 속으로 사라졌다.

"대부라니, 해리!" 빌이 말했다. 그들은 식탁 치우는 것을 도우려고 함께 부엌으로 돌아가고 있었다. "정말 영광스러운 일이야! 축하해!"

해리가 들고 온 빈 잔들을 내려놓자 빌이 들어와서 문을 닫았다. 루핀이 돌아갔는데도 여전히 축하하느라 신나게 떠들어 대는 사람들의 목소리가 작아졌다.

"실은 둘이서만 얘기하고 싶었어, 해리. 오두막이 이렇게 사람들로 가득 차 있으니까 기회를 잡기가 어렵더라."

빌이 잠시 망설였다.

"해리, 너 그립훅하고 뭔가를 계획하고 있지."

그것은 질문이 아니라 진술이었다. 해리는 굳이 부정하지 않았다. 그는 그저 빌을 바라보며 기다렸다.

"나는 고블린들을 잘 알아." 빌이 말했다. "호그와트를 졸업한 이후로 쭉 그린고츠에서 일했으니까. 마법사와 고블린 사이에 우정이 있을 수 있다면 나한테도 고블린 친구들이 있는 셈이지. 아니, 최소한 내가 잘 알고 좋아하는 고블린들이 있어." 빌은 또 한 번 망설였다. "해리, 그립훅한테 바라는 게 뭐야? 그리고 그 대가로 뭘 약속한 거야?"

"그건 말할 수 없어." 해리가 말했다. "미안해, 빌."

등 뒤에서 부엌문이 열렸다. 플뢰르가 빈 잔을 가지고 들어오려 하고 있었다.

"기다려 줘." 빌이 그녀에게 말했다. "잠깐만."

그녀가 나가자 그는 다시 문을 닫았다.

"그럼 이 말은 해야겠다." 빌이 말을 이었다. "네가 그립훅과 어떤 식으로든 거래를 했고, 특히 그 거래가 보물과 관련된 거라면 더더욱 조심해야 해. 소유권, 지불, 상환에 대한 고블린들의 개념은 인간과는 달라."

해리는 마치 배 속에서 작은 뱀이 꿈틀거리는 것처럼 조금 불편함을 느꼈다.

"무슨 뜻이야?" 그가 물었다.

"종이 다르다는 얘기를 하는 거야." 빌이 말했다. "마법사와 고블린 사이의 거래는 지난 수백 년 동안 분쟁의 근원이었어. 하지만 그건 마법의 역사를 통해 다 알고 있겠지. 양쪽 모두에게 잘못이 있었고, 나도 마법사들이 결백했다는 주장은 결코 하지 않을 거야. 하지만 몇몇 고블린들 사이에는 어떤 믿음이 있어. 아마 그린고츠 고블린들이 그런 믿음을 가질 가능성이 가장 높겠지. 바로 금과 보물 문제와 관련해서는 마법사들을 절대 믿을 수 없으며, 마법사들은 고블린들의 소유권을 존중하지 않는다는 믿음 말이야."

"나는 존중······." 해리가 입을 열었지만 빌은 고개를 저었다.

"넌 이해 못 해, 해리. 고블린들과 함께 생활해 본 적이 없는 사람이라면 아무도 이해 못 할 거야. 고블린들에게, 모든 물건의 정당하고 진정한 주인은 구매자가 아니라 제작자야. 고블린들이 보기에 고블린이 만든 모든 물건은 마땅히 자기들 거라고."

"하지만 누가 그 물건을 샀으면······."

"······그럼 돈을 지불한 사람이 잠깐 빌려 간 거라고 생각하겠지. 하지만 고블린들은 자기들이 만든 물건이 이 마법사에게서 저 마법사에게로 전달된다는 개념을 좀처럼 이해하지 못해. 그 왕관 머리 장식이 바로 눈앞에서 지나갈 때 그립훅이 지었던 표정 봤지? 탐탁지 않은 거야. 아마 그립훅은, 그들 종족 중에서도 가장 사나운 부류가 그렇듯이, 최초의 구매자가 죽는 순간 그 물건이 고블린들에게 돌아갔어야 한다고 생각할걸. 고블린들은 더 이상 돈을 지불하지도 않고 자기들이 만든 물건을 계속 가지고 있으면서 이 마법사에게서 저 마법사에게로 전달하는 우리의 관습을 도둑질이나 다름없다고 여겨."

해리는 이제 불길한 기분이 들었다. 빌이 말하고 있는 것보다 더 많은 사실을 알고 있는 건 아닌지 궁금했다.

"내가 하려는 말은……." 빌이 다시 거실로 통하는 문에 손을 얹으며 말했다. "고블린들에게 뭔가를 약속할 때는 아주 조심해야 한다는 거야, 해리. 고블린과 한 약속을 어기는 건 그린고츠에 침입하는 것보다 더 위험한 일일 테니까."

"그래." 빌이 문을 열자 해리가 말했다. "알았어. 고마워. 명심할게."

그는 빌의 뒤를 따라 다른 사람들에게로 돌아갔다. 문득 엉뚱한 생각이 떠올랐다. 분명 조금 전에 마신 와인 때문일 것이다. 시리우스 블랙이 그랬던 것처럼, 해리도 테디 루핀의 무모한 대부가 되는 과정을 밟고 있는 것 같았다.

26장
그린고츠

 계획은 세워졌고 준비는 끝났다. 가장 작은 침실의 벽난로 선반에는 (헤르미온느가 말포이 저택에서 입고 있던 스웨터에서 떼어 낸) 길고 굵은 검은 머리카락 한 가닥이 돌돌 말린 채 작은 유리병에 담겨 있었다.
 "게다가 넌 진짜 그 여자의 지팡이를 사용할 테니까." 해리는 호두나무 지팡이를 고갯짓으로 가리키며 말했다. "꽤 그럴듯해 보일 거야."
 헤르미온느는 마법 지팡이를 집어 들면서 그것이 자기를 찌르거나 물지도 모른다는 듯 겁에 질린 표정을 지었다.
 "난 이 지팡이가 정말 맘에 안 들어." 그녀가 나직한 목소리로 말했다. "진짜 싫어. 뭔가 아주 잘못된 느낌이야.

내 말은 잘 듣지도 않아. ……꼭 그 여자의 일부라도 되는 것처럼."

새 지팡이가 그가 원래 쓰던 지팡이만큼 잘 작동하지 않는다고 해리가 말했을 때 헤르미온느는 그저 그의 상상일 뿐이니 연습이나 하라면서, 야생 자두나무 지팡이에 대한 그의 우려를 일축해 버렸다. 해리는 그때 일이 어쩔 수 없이 떠올랐지만 헤르미온느가 그에게 했던 충고를 고스란히 돌려주진 않기로 했다. 그린고츠 습격을 하루 앞둔 날 저녁에 그녀를 화나게 하는 건 적절하지 않은 일인 것 같았다.

"그래도 그 여자인 척하는 데는 도움이 될 거야." 론이 말했다. "그 지팡이가 무슨 짓을 했는지 생각해 봐!"

"내 말이 그 말이야!" 헤르미온느가 말했다. "이건 네빌의 엄마 아빠를 고문한 지팡이잖아. 얼마나 더 많은 사람을 고문했을지 누가 알겠어? 이건 시리우스를 죽인 지팡이라고!"

그 생각은 미처 하지 못했다. 해리는 그 지팡이를 내려다보며 꺾어 버리고 싶은 격한 충동을 느꼈다. 옆의 벽에 기대 있는 그리핀도르의 검으로 그것을 두 동강 내 버리고 싶었다.

"내 지팡이가 그리워." 헤르미온느가 비통하게 말했다. "올리밴더 씨가 나한테도 새 지팡이를 하나 만들어 주면 얼마나 좋을까."

 그날 아침 올리밴더 씨는 루나에게 새 지팡이를 보내 주었다. 지금 루나는 뒷마당 잔디밭으로 나가 늦은 오후의 햇살을 받으며 그 지팡이의 능력을 시험해 보는 중이었다. 인간 사냥꾼들에게 지팡이를 빼앗긴 딘이 우울하게 그 모습을 지켜보고 있었다.

 해리는 한때 드레이코 말포이의 것이었던 산사나무 지팡이를 내려다보았다. 그는 그 지팡이가 적어도 헤르미온느의 예전 지팡이만큼은 그의 말을 잘 듣는 것을 깨닫고 놀라는 한편 기뻤다. 올리밴더가 마법 지팡이의 비밀스러운 작동 방식에 대해 해 준 말을 떠올린 해리는 헤르미온느의 문제가 뭔지 알 것 같았다. 그녀는 벨라트릭스에게서 직접 마법 지팡이를 빼앗은 것이 아니기 때문에 그 호두나무 지팡이의 충성심을 얻지 못했던 것이다.

 침실 문이 열리고 그립훅이 들어왔다. 해리는 본능적으로 손을 뻗어 검 손잡이를 자기 쪽으로 끌어당겼다가 곧바로 후회했다. 고블린이 해리의 행동을 눈치챈 것 같았기 때문이다. 해리는 이 난감한 순간을 얼버무리려고 입을 열었다. "마지막으로 확인하고 있었어요, 그립훅. 빌하고 플뢰르한테는 내일 떠난다고 말해 뒀고요. 굳이 배웅해 주겠다고 일찍 일어나진 말라고 했어요."

그들은 특히 이 점에 대해서 단호한 입장이었다. 헤르미온느는 떠나기 전에 벨라트릭스로 변신해야 했다. 그들이 하려는 일에 대해서는 빌과 플뢰르가 아는 것이 적을수록, 의심이 적을수록 좋았다. 돌아오지 않을 거라는 얘기도 해 두었다. 그들은 인간 사냥꾼들에게 붙잡힌 날 밤 퍼킨스의 낡은 텐트를 잃었기 때문에 빌이 다른 텐트를 빌려 주었다. 지금 그 텐트는 구슬가방 안에 들어 있었다. 헤르미온느는 양말에 쑤셔 넣는 간단한 방법으로 구슬가방을 인간 사냥꾼들에게서 지켜 냈다. 해리는 그 사실을 알고 감탄을 금치 못했다.

지난 몇 주 동안 즐겼던 가정의 안락함은 말할 것도 없고, 빌과 플뢰르, 루나와 딘이 보고 싶어지겠지만, 해리는 셸 코티지라는 울타리에서 탈출하기를 고대하고 있었다. 엿듣는 사람은 없는지 확인하는 것도, 작고 어두운 침실에 갇혀 있는 것도 진력이 났다. 무엇보다도 그는 그립훅을 떨쳐 버리고 싶었다. 하지만 그리핀도르의 검을 넘겨주지 않고 정확히 언제, 어떻게 그 고블린과 작별할지는 해리가 아직 답을 찾지 못한 문제로 남아 있었다. 어떻게 할지 결론을 내리는 것은 불가능했다. 그 고블린이 해리, 론, 헤르미온느 셋이서만 5분 이상 있도록 내버려 두는 일은 매우 드물었기 때문이다. "저 자식, 우리 엄마한테 한 수 가르쳐 줘도 되겠는걸." 고블린의 긴 손가락이 계속 문 가장자리에 나타나자 론이 화가 나서 툴툴거렸다. 빌의 경고를 마음속에 새기고 있던 해리는 그립훅이 속임수를 당할 경우에 대비해 그들을 감시하고 있는 거라는 생각이 들 수밖에 없었다. 헤르미온느는 계획된 배신을 진심으로 못마땅하게 여겼으므로 해리는 그녀의 머리를 빌려 최선의 방법을 생각해 내려는 시도를 그만두었다. 론은 그립훅이 없는 몇 안 되는 순간이 올 때마다 "그냥 즉흥적으로 해야지, 친구"보다 더 나은 말은 떠올리지 못했다.

해리는 그날 밤 잠을 설쳤다. 그는 이른 시간 뜬눈으로 누워서, 마법 정부에 잠입했던 날 밤의 기분을 다시 떠올리며 그때 느꼈던 흥분에 가까운 각오를 다졌다. 지금 그는 끊임없는 의심 속에서 심한 불안감을 느끼고 있었다. 모든 게 잘못될 것만 같은 두려움을 떨쳐 낼 수가 없었다. 그는 계획은 훌륭하고, 그립훅은 앞으로 무엇을 맞닥뜨리게 될지 알고 있으며, 그들 자신도 곧 마주할지도 모를 온갖 난관에 잘 대비해 두었다고 거듭 자신을 타일렀다. 하지만 여전히 불안하기만 했다. 한두 번 론이 뒤척이는 소리에 그 역시 깨어 있다고 확신했지만, 거실을 딘과 같이 쓰고 있었기에 아무 말도 하지 않았다.

6시가 되어, 침낭을 슬며시 빠져나와 새벽의 어스름 속에서 옷을 갖춰 입고 론과 함께 헤르미온느, 그립훅과 만나기로 한 정원으로 살금살금 나가자 마음이 오히려 차분해졌다. 새벽 날씨는 서늘했지만 지금은 5월이라 바람은 별로 불지 않았다. 해리는 어두운 하늘에서 아직 희미하게 빛나는 별들을 올려다보면서, 절벽을 향해 밀려왔다가 부딪혀 멀어지는 파도 소리에 귀를 기울였다. 이 소리가 그리워질 것이다.

도비의 무덤에서는 이제 초록빛 작은 새싹들이 붉은 흙을 비집고 솟아오르고 있었다. 1년 뒤면 그 흙더미는 꽃으로 뒤덮일 것이다. 집요정의 이름이 새겨진 흰 돌은 비바람에 시달린 모습을 하고 있었다. 그는 도비를 여기보다 아름다운 장소에 묻기란 거의 불가능했으리라는 사실을 이제 깨달았지만, 도비를 두고 떠난다고 생각하자 슬픔으로 가슴이 미어지는 것 같았다. 무덤을 내려다보던 해리는 집요정이 그들을 구하러 가야 할 장소를 어떻게 알았는지 다시금 궁금해졌다. 그는 여전히 목에 걸려 있는 작은 주머니로 멍하니 손가락을 가져갔다. 주머니 안에 들어 있는 삐죽삐죽한 거울 파편이 만져졌다. 해리는 그 조각에서 덤블도어의 눈을 봤다고 확신했다. 그때 문 열리는 소리를 듣고 해리는 뒤를 돌아보았다.

벨라트릭스 레스트레인지가 그립훅을 대동한 채 성큼성큼 잔디밭을 가로질러 오고 있었다. 그녀는 걸어오면서, 그리몰드가에서 가져온 또 다른 낡은 로브 주머니에 작은 구슬가방을 쑤셔 넣었다. 해리는 저 벨라트릭스가 헤르미온느라는 사실을 엄연히 알면서도 자기도 모르게 혐오감에 몸을 떨었다. 그녀는 해리보다 키가 컸고, 길고 검은 머리카락은 등 뒤에서 찰랑거렸으며, 해리를 향한 눈꺼풀 두꺼운 두 눈에는 경멸이 담겨 있었다. 하지만 그녀가 입을 열자 벨라트릭스의 낮은 목소리에 실린 헤르미온느의 말투가 들려왔다.

"이 여자는 정말 역겨운 맛이야. 거디루트보다 더 지독해! 좋아, 론. 이리 와. 내가 해 줄게……."

"알았어. 하지만 명심해, 난 턱수염이 너무 긴 건 싫어."

"나 참, 이건 잘생겨 보이고 말고의 문제가 아니야."

"그런 게 아니라 거추장스럽단 말이야! 하지만 코가 약간 짧아지는 건 좋더라. 지난번에 했던 것처럼 해 봐."

헤르미온느는 한숨을 내쉬고 작업을 시작했다. 그녀는 나직이 주문을 중얼거리며 론의 외모 이곳저곳을 변형시켰다. 론을 완전히 허구의 인물로 만든 뒤 벨라트릭스의 악랄한 분위기를 이용해 그를 보호할 작정이었다. 한편, 해리와 그립훅은 투명 망토 아래 몸을 숨기기로 했다.

"자." 헤르미온느가 말했다. "얘 어때 보여, 해리?"

해리는 변장한 론을 겨우 알아볼 수 있었다. 하지만 그나마도 해리가 론을 너무 잘 알기 때문인 것 같았다. 지금 론은 구불구불한 긴 머리카락에, 얼굴에는 덥수룩한 갈색 턱수염과 콧수염이 빽빽하게 나 있었다. 주근깨는 사라졌고, 코는 짧고 넓적했으며 눈썹은 숱이 많았다.

"내 취향은 아닌데 괜찮을 것 같아." 해리가 말했다. "그럼 갈까?"

셋은 희미해져 가는 별빛 아래 여전히 어둡고 고요하게 서 있는 셸 코티지를 힐끗 쳐다보고 돌아섰다. 그들은 피델리우스 마법이 작동을 멈추고 순간이동을 할 수 있게 되는 담장 바로 바깥을 향해 걷기 시작했다. 대문을 지나자마자 그립훅이 입을 열었다.

"이젠 내가 올라타야 할 것 같은데, 해리 포터?"

해리가 허리를 숙이자 고블린이 그의 등에 기어올랐다. 그의 두 손이 해리의 목 앞에서 깍지를 꼈다. 무겁지는 않았지만 고블린의 감촉과 그가 매달리는 놀라운 힘이 해리는 마음에 들지 않았다. 헤르미온느가 구슬가방에서 투명 망토를 꺼내 둘을 덮었다.

"완벽해." 그녀가 허리를 구부려 해리의 두 발을 확인하며 말했다. "아무것도 안 보여. 가자."

해리는 그립훅을 업고 온 힘을 다해 다이애건 앨리로 들어가는 입구인 술집 리키 콜드런에 정신을 집중하며 제자리에서 빙글 돌았다. 몸을 옥죄는 어둠 속으로 들어가자 고블린이 더욱 단단히 매달렸다. 잠시 후 해리의 두 발이 인도에 닿았다. 눈을 떠 보니 채링크로스가가 보였다. 머글들은 그 작은 술집의 존재를 의식하지 못한 채 이른 아침 특유의 처량한 표정을 지으며 바쁘게 지나다녔다.

리키 콜드런의 바에는 사람이 거의 없었다. 이가 다 빠지고 구부정한 주인 톰이 바의 카운터 뒤에서 유리잔을 닦고 있었다. 한쪽 구석에서 작은 소리로 대화를 하던 마법사 두어 명이 헤르미온느를 보더니 어둠 속으로 물러났다.

"벨라트릭스 님." 톰이 웅얼거리더니 헤르미온느가 지나가자 굽신대며 고개를 숙였다.

"안녕하세요." 헤르미온느가 말했다. 그립훅을 업은 채로 투명 망토를 뒤집어쓰고 살금살금 지나가던 해리는 톰이 놀란 표정을 짓는 모습을 보았다.

"너무 공손하잖아." 해리가 술집을 지나 작은 뒤뜰로 들어서며 헤르미온느의 귀에 속삭였다. "넌 사람들을 쓰레기 취급 해야 한다고!"

"알았어, 알았어!"

헤르미온느가 벨라트릭스의 마법 지팡이를 꺼내 눈앞의 밋밋한 벽에서 어떤 벽돌을 톡톡 두드렸다. 그 즉시 벽돌들이 소용돌이치며 돌아가기 시작했다. 한가운데에 구멍이 나타나 점점 커지더니 마침내 다이애건 앨리의 좁다란 자갈길로 들어서는 아치를 이루었다.

다이애건 앨리는 조용했다. 아직 가게들이 문을 열 시간이 아니어서 그런지 돌아다니는 쇼핑객도 거의 없었다. 구불구불한 자갈길은 해리가 오래전 호그와트 첫 학기를 앞두고 방문했을 때의 북적거리던 모습과 많이 달랐다. 지난번 들렀을 때 이후로 어둠의 마법을 다루는 새로운 상점 몇 군데가 생기긴 했지만, 어느 때보다도 널빤지로 막아 놓은 가게가 많았다. 수많은 창문에 나붙은 포스터에서 해리의 얼굴이 그를 내려다보았다. 포스터마다 '위험인물 1호'라는 문구가 적혀 있었다.

넝마를 걸친 수많은 사람이 가게들 앞에 모여 있었다. 해리는 그들이 몇 안 되는 행인들에게 자신들은 진짜 마법

사라고 호소하며 금화를 달라고 애걸하는 소리를 들었다. 그중 한 남자는 피투성이가 된 붕대를 눈에 감고 있었다.

일행이 거리를 걸어가자, 구걸하던 사람들이 헤르미온느를 힐끔거렸다. 그들은 헤르미온느 앞에서 녹아 없어지기라도 할 것처럼 후드를 끌어당겨 얼굴을 가리더니 되도록 빠르게 도망쳤다. 헤르미온느는 의아한 듯 그 뒷모습들을 바라보았다. 그때 피 묻은 붕대를 두른 남자가 비틀거리며 그녀의 앞을 가로막았다.

"내 아이들!" 남자가 손가락으로 그녀를 가리키며 소리쳤다. 잔뜩 갈라진 목소리는 날카로웠으며, 제정신이 아닌 듯했다. "내 아이들은 어디 있소? 그자가 어떻게 한 거요? 당신은 알지? 당신은 알잖아!"

"저, 전 사실……." 헤르미온느가 말을 더듬었다.

남자가 달려들어 그녀의 목으로 손을 뻗었다. 그때, 쾅 소리와 함께 붉은빛이 터져 나오더니 남자는 뒤쪽으로 날아가 의식을 잃고 바닥에 내동댕이쳐졌다. 론이 마법 지팡이를 들고 턱수염 너머로 충격받은 표정을 감추지 못한 채 서 있었다. 거리 양옆의 창문에서 얼굴들이 나타났고, 부유해 보이는 행인 몇몇은 로브를 추스르더니, 되도록 빨리 이곳을 벗어나고 싶은 듯 말없이 종종걸음 치기 시작했다.

이보다 더 시선을 끌면서 다이애건 앨리로 들어갈 수는 없었을 것이다. 잠깐 동안 해리는 돌아가서 다른 계획을 짜는 게 더 낫지 않을까 고민했다. 하지만 다시 발걸음을 옮기거나 서로 의논할 겨를도 없이 등 뒤에서 고함이 들렸다.

"아니, 벨라트릭스 님!"

해리가 홱 돌아서자 그립훅이 해리의 목을 감은 손아귀에 힘을 주었다. 덥수룩한 잿빛 머리카락에 길고 날카로운 코를 가진 키가 크고 호리호리한 남자 마법사가 그들에게 성큼성큼 다가오고 있었다.

"트래버스야." 고블린이 해리의 귀에 대고 나직이 속삭였지만, 해리는 트래버스가 누구인지 생각나지 않았다. 헤르미온느가 최대한 몸을 펴고 한껏 거만한 표정을 지으며 말했다. "뭐야?"

트래버스는 걸음을 멈추고 분명 모욕당한 듯한 표정을 지었다.

"저자도 죽음을 먹는 자야." 그립훅이 숨죽여 말했다. 해리는 옆걸음질을 해서 그 정보를 헤르미온느의 귀에 전해 주었다.

"그냥 인사를 하려던 거였습니다." 트래버스가 싸늘하게 말했다. "하지만 저와의 만남이 별로 달갑지 않으시다면……."

 해리는 이제야 그 목소리를 알아들었다. 트래버스는 제노필리우스의 집으로 불려 왔던 죽음을 먹는 자들 중 한 사람이었다.

 "아니, 아니, 전혀 그렇지 않아, 트래버스." 헤르미온느가 자신의 실수를 만회하려고 재빨리 말했다. "잘 지내나?"

 "저, 솔직히 말해서 당신이 밖을 돌아다니는 모습을 보고 좀 놀랐습니다."

 "그래? 왜지?" 헤르미온느가 물었다.

 "뭐……." 트래버스가 쿨럭 기침을 했다. "말포이 저택에 사는 사람들이 그 집에 감금되었다는 얘기를 들어서 말이죠, 그…… 어…… 탈출 이후 말입니다."

 해리는 헤르미온느가 계속 침착하기를 바랐다. 트래버스의 말이 사실이고, 벨라트릭스가 공공장소에 모습을 드러내서는 안 되는 것이었다면…….

 "어둠의 왕께서는 과거에 가장 충실했던 종들을 용서하시지." 헤르미온느가 벨라트릭스의 극도로 경멸 어린 태도를 훌륭하게 흉내 내며 말했다. "아마 그분께서 나만큼 널 신뢰하시지는 않는 모양인데, 트래버스."

 그 죽음을 먹는 자는 모욕을 당한 표정을 짓긴 했지만

의심은 덜어진 것 같았다. 그는 방금 론이 기절시킨 남자를 힐끗 내려다보았다.

"이 작자는 어떤 식으로 벨라트릭스 님의 기분을 상하게 한 겁니까?"

"상관없어, 다신 그렇게 못 할 테니까." 헤르미온느가 싸늘하게 말했다.

"이런 지팡이 없는 자들 중에도 골칫거리가 될 만한 놈들이 좀 있죠." 트래버스가 말했다. "구걸 말고 다른 짓을 안 한다면야 아무래도 상관없습니다만, 지난주에 이런 자들 중 하나가 정부에서 자기 변론을 하게 해 달라고 실제로 저한테 부탁을 하지 뭡니까. '*저는 마법사예요, 선생님. 저는 마법사예요. 그걸 증명하게 해 주세요!*'" 그는 새된 목소리를 흉내 내며 말했다. "마치 제 마법 지팡이라도 달라는 것처럼……. 그런데 지금 사용하고 계신 건……." 트래버스가 의아한 듯 말했다. "누구 지팡이입니까, 벨라트릭스 님? 제가 듣기로 당신 지팡이는……."

"내 지팡이는 여기 있어." 헤르미온느가 벨라트릭스의 지팡이를 들어 올리며 차갑게 말했다. "무슨 소문을 듣고 다니는 건지는 모르겠지만, 트래버스, 딱하게도 잘못 알고 있는 것 같군."

트래버스는 그 말에 약간 놀란 듯했다. 그가 론에게로 고개를 돌렸다.

"이 친구분은 누구십니까? 모르는 분이네요."

"드래고미르 데스퍼드." 헤르미온느가 말했다. 그들은 론이 가상의 외국인으로 가장하는 편이 제일 안전할 거라고 판단했던 것이다. "영어는 거의 못하지만 어둠의 왕께서 품고 계신 뜻에 동감하고 있어. 우리의 새로운 체제를 보려고 트란실바니아에서 이곳까지 온 거야."

"그렇습니까? 안녕하세요, 드래고미르?"

"아녕하세요우?" 론이 손을 내밀며 어설픈 영어로 말했다.

트래버스는 자기 몸이 더러워질까 봐 겁난다는 듯 두 손가락을 내밀어 론과 악수했다.

"그럼 벨라트릭스 님과…… 어…… 우리와 뜻을 같이하는 친구분은 무슨 일로 이렇게 이른 시간에 다이애건 앨리에 오신 건가요?" 트래버스가 물었다.

"그린고츠에 가야 해서." 헤르미온느가 말했다.

"이런, 저도 그렇습니다." 트래버스가 말했다. "돈, 더러운 돈! 돈 없이는 살 수가 없는데, 그 손가락 긴 친구들과 반드시 상종해야 한다니 솔직히 개탄스러운 일입니다."

해리는 그립훅의 깍지 낀 손이 순간 그의 목을 꽉 조이는 것을 느꼈다.

"가실까요?" 트래버스가 헤르미온느에게 앞쪽을 손짓하며 말했다.

헤르미온느는 또 다른 조그만 가게들 위로 눈처럼 하얀 그린고츠가 우뚝 솟아 있는 곳까지 트래버스와 함께 구불구불한 자갈길을 따라 걸어가는 것 말고는 다른 선택을 할 수가 없었다. 론이 그들과 나란히 걸었고, 해리와 그립훅은 그 뒤를 따랐다.

경계심 가득한 죽음을 먹는 자야말로 지금 상황에서 전혀 필요하지 않은 존재였다. 무엇보다 난감했던 건, 트래버스가 헤르미온느를 벨라트릭스라고 믿으며 옆에서 걷고 있는 동안에는 해리가 헤르미온느나 론과 의사소통할 방법이 전혀 없다는 것이었다. 그들은 생각보다 일찍 거대한 청동 문으로 이어지는 대리석 계단 아래에 도착했다. 그립훅이 미리 경고했던 것처럼 평소 출입구 양옆에 서 있던 제복 차림의 고블린들은 두 명의 마법사로 바뀌어 있었으며, 둘 다 길고 가느다란 황금색 막대기를 쥐고 있었다.

"아, 결백 감지기로군요." 트래버스가 과장되게 한숨을 쉬었다. "상당히 원시적인 방법이지만…… 효과는 있지요!"

트래버스가 계단을 오르며 양옆의 마법사들에게 고개를

까닥이자, 그들은 황금 막대기를 들고 그의 몸을 위아래로 훑었다. 해리는 그 감지기가 은폐 마법이나 감춰진 마법 물건들을 찾아낸다는 사실을 알고 있었다. 시간이 얼마 없다는 걸 알고 있었기에, 그는 드레이코의 마법 지팡이를 경비원 각각에게 번갈아 겨누고 "컨푼도"라고 두 번 중얼거렸다. 주문에 맞은 두 경비원은 약간 흠칫했다. 트래버스는 청동문 너머로 로비를 들여다보느라 눈치채지 못했다.

헤르미온느가 계단을 오르자 그녀의 긴 검은색 머리카락이 등 뒤에서 찰랑거렸다.

"잠깐만요, 손님." 경비가 감지기를 들어 올리며 말했다.

"방금 했잖아!" 헤르미온느가 벨라트릭스 특유의 거만한 명령조로 내뱉었다. 트래버스가 눈썹을 치켜들며 돌아보았다. 경비원은 혼란스러워했다. 그가 가느다란 황금색 감지기를 내려다보다가 동료를 바라보자 동료가 살짝 멍한 목소리로 말했다. "그래, 방금 확인했어, 마리우스."

헤르미온느는 론을 옆에 거느리고 앞으로 쌩하니 가 버렸고 해리와 그립훅은 눈에 보이지 않은 채 그 뒤를 잰걸음으로 따랐다. 해리는 문턱을 넘으며 뒤를 힐끗 돌아보았다. 두 명의 마법사 모두 머리를 긁적이고 있었다.

문 안쪽에는 고블린 둘이 서 있었다. 은으로 만든 그 문에는 도둑질을 계획하는 자들에게 끔찍한 보복을 경고하는 시가 적혀 있었다. 해리는 눈을 들어 그 시를 바라보았다. 문득 칼날처럼 선명한 기억이 떠올랐다. 열한 살이 된 그날, 그의 평생 가장 멋진 생일날 바로 이 자리에 서 있었던 일, 그리고 그의 옆에 서서 "내가 말했듯이 여기를 터는 건 정신 나간 짓이야"라고 말하던 해그리드. 그 당시 그린고츠는 기적의 장소이자, 그는 가진 줄도 몰랐던 황금의 마법 보물 창고였다. 이곳에 뭘 훔치러 다시 올 줄은 단 한 순간도 상상해 보지 못했다……. 하지만 잠시 뒤 그들은 은행의 거대한 대리석 로비에 서 있었다.

고블린들이 기다란 창구의 높은 의자에 앉아 그날의 첫 손님들을 맞이하고 있었다. 헤르미온느와 론과 트래버스는 안경을 쓰고서 두꺼운 금화를 살펴보고 있는 나이 든 고블린에게로 향했다. 헤르미온느는 론에게 로비 곳곳을 설명해 주어야 한다는 핑계를 대며 트래버스를 먼저 보냈다.

고블린은 들고 있던 금화를 옆으로 치우고, 딱히 누구에게랄 것 없이 "레프러콘"이라고 말한 다음 트래버스를 맞이했다. 트래버스가 작디작은 황금 열쇠를 넘겨주자 고블린은 그 열쇠를 검사한 뒤 그에게 돌려주었다.

헤르미온느가 앞으로 나섰다.

"벨라트릭스 님!" 고블린이 눈에 띄게 깜짝 놀라며 말했다. "세상에! 어떻게…… 오늘은 뭘 도와드릴까요?"

"내 금고에 들어가고 싶은데." 헤르미온느가 말했다.

나이 든 고블린은 몸을 약간 움츠리는 듯했다. 해리는 주위를 힐끔 둘러보았다. 트래버스만 머뭇거리며 지켜보고 있는 것이 아니라, 다른 고블린 몇몇도 일을 멈추고 눈을 들어 헤르미온느를 빤히 바라보고 있었다.

"그럼…… 신분증은 갖고 계시지요?" 고블린이 물었다.

"신분증? 지, 지금까지 신분증을 요구받은 적은 한 번도 없는데!" 헤르미온느가 말했다.

"*저들이 아는 거야!*" 그립훅이 해리의 귀에 대고 속삭였다. "사칭하는 자가 있을 거라는 경고를 받은 게 틀림없어!"

"지팡이면 됩니다." 고블린이 말하더니 살짝 떨리는 손을 내밀었다. 끔찍한 깨달음이 해리를 덮쳤다. 그린고츠 고블린들은 벨라트릭스의 지팡이가 도둑맞았다는 사실을 알고 있었다.

"*행동 개시해. 지금 하라고.*" 그립훅이 해리의 귀에 속삭였다. "*임페리우스 저주 말이야!*"

해리는 투명 망토 아래로 산사나무 지팡이를 들어 올려 나이 든 고블린에게 겨누고 평생 처음으로 이 주문을 속삭였다. "임페리오."

 갑자기 기묘한 감각이 해리의 팔을 타고 흘렀다. 머릿속에서 흘러나오는 듯한 따끔거리는 온기가 힘줄과 핏줄을 따라 흐르면서 그를 지팡이와, 그리고 그 지팡이가 방금 건 저주와 연결시켰다. 고블린이 벨라트릭스의 지팡이를 받아 들고 자세히 살펴본 다음 말했다. "아, 새 지팡이를 장만하셨군요, 벨라트릭스 님!"

 "뭐?" 헤르미온느가 말했다. "아니, 아니야, 내 지팡이인데……."

 "새 지팡이라고요?" 트래버스가 다시 창구로 다가오며 말했다. 여전히 사방의 고블린들이 그들을 지켜보고 있었다. "하지만 어떻게 마련하신 거죠? 어느 지팡이 제작자를 이용하셨나요?"

 해리는 앞뒤 생각하지도 않고 트래버스에게 지팡이를 겨누며 다시 한 번 "임페리오"라고 중얼거렸다.

 "아, 네, 그렇군요." 트래버스가 벨라트릭스의 지팡이를 내려다보며 말했다. "네, 아주 멋진 지팡이네요. 작동은 잘 됩니까? 전 늘 지팡이라는 건 약간 길들일 필요가 있다고 생각하는데, 어떠신가요?"

 헤르미온느는 완전히 당황한 기색이었지만, 참으로 다

행스럽게도 별말 없이 이 이상한 상황 전환을 받아들였다.

창구 뒤의 나이 든 고블린이 손뼉을 치자 젊은 고블린 하나가 다가왔다.

"철컹쇠가 필요하네." 그가 젊은 고블린에게 말했다. 젊은 고블린은 쏜살같이 멀어져 가더니 잠시 후 철커덩거리는 딸랑이처럼 생긴 금속으로 가득한 가죽 가방을 가지고 돌아와 상사에게 건네주었다. "좋아, 좋아! 그럼, 저를 따라오십시오, 벨라트릭스 님." 나이 든 고블린이 등받이 없는 의자에서 깡충 뛰어내려 와 시야에서 사라지며 말했다. "제가 금고로 모셔다 드리지요."

그는 창구 끝을 돌아서 즐겁게 그들을 향해 달려왔다. 가죽 가방에 들어 있는 것들이 계속 철컹거리는 소리를 냈다. 트래버스는 이제 입을 쩍 벌린 채 서서 꼼짝하지도 않았다. 론이 어리둥절한 얼굴로 트래버스를 빤히 바라보는 바람에 이 이상한 현상에 더욱 관심이 쏠렸다.

"기다려, 보그로드!"

또 다른 고블린이 허둥지둥 창구를 돌아 나왔다.

"저희가 받은 지시가 있어서요." 그가 헤르미온느에게 허리를 숙이며 말했다. "죄송합니다, 벨라트릭스 님. 하지만 레스트레인지 금고에 대한 특별 지시가 있어서 말입니다."

그가 보그로드의 귀에 다급히 뭐가 속삭였지만, 임페리우스 저주에 걸린 보그로드는 그를 떨쳐 냈다.

"그 지시에 대해서는 나도 알아. 벨라트릭스 님께서 본인 금고를 방문하고 싶으시다는데…… 아주 유서 깊은 가문 아닌가…… 오래된 고객이기도 하고……. 이쪽으로 오시죠……."

그리고 그는 여전히 철컹거리는 소리를 내며 로비에서 나가는 수많은 문 중 하나로 서둘러 걸어갔다. 해리는 여전히 제정신이 아닌 듯 멍한 얼굴로 그 자리에 못 박혀 있는 트래버스를 돌아보고 결정을 내렸다. 그는 마법 지팡이를 가볍게 휘둘러 트래버스가 따라오도록 만들었다. 트래버스는 문을 지나고 타오르는 횃불로 밝혀진 거친 돌 통로를 따라 얌전히 그들을 쫓아왔다.

"문제가 생겼어. 저들이 의심하고 있어." 문이 닫히자마자 해리가 투명 망토를 벗으며 그렇게 말했다. 그립훅이 그의 어깨에서 뛰어내렸다. 트래버스와 보그로드는 해리 포터가 갑자기 나타났는데도 전혀 놀란 기색을 보이지 않았다. "임페리우스 저주에 걸려 있어." 헤르미온느와 론이 멍한 얼굴로 그 자리에 서 있는 트래버스와 보그로드를 보고 어리둥절한 반응을 보이자 해리가 덧붙였다. "충분히 강하게 건 것 같지는 않은데. 잘 모르겠다……."

또 다른 기억이 그의 머리를 휙 스치고 지나갔다. 해리가 처음으로 용서받지 못하는 저주들을 써 보려고 했을 때 진짜 벨라트릭스 레스트레인지가 내뱉었던 말이었다. "진심을 담아야지, 포터!"

"어쩌지?" 론이 물었다. "지금 나가야 하나? 아직 나갈 수 있을 때 말이야."

"나갈 수 있다면 말이지." 헤르미온느가 중앙 로비로 향하는 문을 돌아보며 말했다. 그 문 뒤에서 무슨 일이 벌어지고 있는지는 아무도 알 수 없었다.

"여기까지 왔으니까, 계속 가 보자." 해리가 말했다.

"좋아!" 그립훅이 말했다. "보그로드가 수레를 조종하게 해야 해. 나한테는 더 이상 권한이 없으니까. 하지만 저 마법사를 태울 자리는 없을 거야."

해리는 트래버스에게 지팡이를 겨눴다.

"임페리오!"

그 마법사는 몸을 돌려 활기찬 걸음으로 어두운 철로를 따라 걷기 시작했다.

"뭘 시킨 거야?"

"숨으라고." 해리가 이번에는 보그로드에게 지팡이를 겨누며 말했다. 보그로드가 휘파람을 불어 작은 수레를 부르자, 수레는 어둠 속에서 철로를 따라 덜컹거리며 그들 쪽으로 다가왔다. 모두 함께 수레에 올라탄 순간 해리는 등 뒤의 중앙 로비에서 터져 나오는 고함 소리를 분명히 들었다. 보그로드가 그립훅과 함께 앞에 탔고 해리, 론, 헤르미온느는 뒷자리에 구겨 탔다.

수레가 덜컹하고 움직이기 시작하더니 점점 속도를 높였다. 그들은 벽의 갈라진 틈을 비집고 들어가려고 버둥거리는 트래버스를 지나 앞으로 돌진했다. 잠시 후 수레는 미로 같은 통로들을 따라 이리저리 방향을 틀고 돌면서 경사진 통로를 끊임없이 미끄러져 내려가기 시작했다. 수레가 철로에서 덜커덩거리는 소리 말고는 아무 소리도 들리지 않았다. 종유석 사이로 방향을 틀고 땅속 점점 깊은 곳으로 내달리면서 머리카락이 뒤로 휘날렸지만, 해리는 계속 힐끗힐끗 뒤를 돌아보았다. 그들의 자취를 너무 많이 남긴 것인지도 몰랐다. 헤르미온느를 벨라트릭스로 변장시킨 것도 그렇고, 죽음을 먹는 자들이 벨라트릭스의 지팡이를 누가 빼앗아 갔는지 알고 있는 마당에 그 지팡이를 가져온 것도 그렇고, 생각하면 할수록 멍청한 일로 느껴졌다.

해리는 그린고츠 안으로 이렇게 깊숙이 들어와 본 적이

없었다. 빠르게 커브를 돌자 바로 앞 철로 위로 쏟아지는 폭포가 보였다. 해리는 그립훅이 고함치는 소리를 들었다. "안 돼!" 하지만 수레는 멈추지 않았다. 그들은 폭포를 쌩 뚫고 지나갔다. 물이 눈과 입에 가득 들어차 해리는 앞을 볼 수도, 숨을 쉴 수도 없었다. 잠시 후 수레가 끔찍하게 요동치면서 뒤집혔고, 그들은 모두 수레 밖으로 튕겨 나갔다. 해리는 수레가 통로 벽에 부딪혀 산산조각 나는 소리, 헤르미온느가 뭐라뭐라 비명을 지르는 소리를 들었다. 그리고 자신의 몸이 마치 무중력상태에 놓인 것처럼 땅을 향해 천천히 내려가다가 아무런 고통 없이 바위투성이 바닥에 착륙하는 것을 느꼈다.

"바, 방석 마법이야." 헤르미온느가 더듬거리며 말했다. 론이 그녀를 일으켜 세웠다. 하지만 끔찍하게도 헤르미온느는 더 이상 벨라트릭스의 모습이 아니었다. 그녀는 흠뻑 젖은 채 완전한 원래 모습으로 돌아와 지나치게 큰 로브를 입고 서 있었다. 론도 다시 빨간 머리가 되었고 턱수염이 없어졌다. 그들은 서로를 보고 자기 얼굴을 만져 보면서 그 사실을 깨달았다.

"도둑 잡는 폭포야!" 그립훅이 힘겹게 몸을 일으키더니 철로 위로 쏟아지는 폭포수를 돌아보며 말했다. 해리는 이제야 저 폭포가 단순한 물이 아니었다는 사실을 알아차렸다. "모든 마법을 씻어 내 버리지. 온갖 마법적 위장까지 말이야! 저들은 이곳 그린고츠에 신분을 속인 사람이 있다는 사실을 알고 있어. 우리를 막기 위해 방어책을 세워 놓은 거야!"

해리는 헤르미온느가 구슬가방이 아직 있는지 살펴보는 것을 보고 얼른 재킷 아래로 손을 넣어 투명 망토를 잃어버리지 않았는지 확인했다. 그런 다음 고개를 돌려 어리둥절한 채 고개를 흔드는 보그로드를 바라보았다. 도둑 잡는 폭포가 임페리우스 저주를 해제시킨 듯했다.

"우리한텐 보그로드가 필요해." 그립훅이 말했다. "그린고츠 고블린이 없으면 금고에 들어갈 수 없어. 철컹쇠도 필요하고!"

"*임페리오!*" 해리가 다시 외쳤다. 또다시 머리에서부터 지팡이까지 흘러내려 가는 자극적인 통제력이 느껴지는 가운데 그의 목소리가 돌로 된 통로에 울려 퍼졌다. 보그로드는 다시 한 번 해리의 의지대로 움직이게 됐다. 어리둥절한 표정이 정중하면서도 무관심한 표정으로 바뀌었다. 론은 황급히 금속 도구가 들어 있는 가죽 가방을 집어 들었다.

"해리, 사람들이 오는 소리가 들리는 것 같아!" 헤르미온느가 말하더니 벨라트릭스의 지팡이로 폭포를 겨누고 소리쳤다. "*프로테고!*" 방패 마법이 통로로 흘러넘치는 마법의 물줄기를 막았다.

"좋은 생각이야." 해리가 말했다. "앞장서세요, 그립훅!"

"나갈 땐 어떻게 하지?" 그들이 고블린을 따라 어둠 속으로 걸음을 재촉할 때 론이 물었다. 보그로드가 뒤를 따라오면서 늙은 개처럼 헐떡거렸다.

"그건 그때 가서 걱정하자." 해리가 말했다. 그는 귀를 기울이려 애썼다. 뭔가가 근처에서 짤랑거리며 움직이는 소리가 들리는 것 같았다. "그립훅, 아직 멀었나요?"

"멀지 않다, 해리 포터. 멀지 않아……."

이어서 그들은 모퉁이를 돌았다. 뭔가가 보였다. 각오는 하고 있었지만, 실제로 그것을 보게 되자 모두 우뚝 멈춰 서고 말았다.

그들 앞에는 거대한 용 한 마리가 바닥에 묶인 채 가장 깊은 곳에 있는 너덧 군데의 금고로 가는 길목을 가로막고 있었다. 땅속에 오래 갇혀 있었던 탓인지 그 짐승의 비늘은 창백하고 푸석푸석했으며, 두 눈은 탁한 분홍색이었다. 양쪽 뒷다리에는 묵직한 족쇄가 채워져 있고, 그 족쇄들은 바위로 된 바닥에 깊이 박힌 커다란 말뚝에 사슬로 연결되어 있었다. 용은 가시 돋친 커다란 날개를 접어서 몸통에 딱 붙이고 있었는데 펼치면 그 공간을 가득 채울 정도였다. 용이 흉측한 머리를 그들 쪽으로 돌리고 바위가 진동할 만큼 큰 소리로 울부짖었다. 용이 입을 벌리고 불길을 내뿜는 바람에 그들은 얼른 통로로 물러났다.

"눈이 약간 멀었어." 그립훅이 헐떡였다. "그래서 더 사납지. 하지만 우리는 저 용을 다스릴 방법을 알아. 녀석은 철컹쇠 소리가 들릴 때마다 무슨 일이 벌어지는지 배웠거든. 그것 좀 줘 봐라."

론이 그립훅에게 가방을 넘겼다. 고블린은 흔들 때마다 작은 망치로 모루를 두드리는 것처럼 시끄럽게 쨍쨍 울리는 소리를 내는 작은 금속 기구 여러 개를 꺼냈다. 그립훅이 그것을 나눠 주자 보그로드도 얌전히 자기 것을 받아 들었다.

"뭘 해야 하는지 알 거다." 그립훅이 해리, 론, 헤르미온느에게 말했다. "녀석은 이 소리를 들으면 고통이 닥칠 거라고 생각해. 녀석이 겁을 먹고 물러나면, 그때 보그로드가 금고 문에 손바닥을 대야 해."

그들은 다시 모퉁이를 돌아 나아가며 철컹쇠를 흔들었다. 그 소리가 바위투성이 벽에 메아리치며 어마어마하게 커졌다. 해리는 그 소리 때문에 머리가 울리는 듯했다. 용은 또 한 번 목이 쉬어라 포효하더니 물러났다. 해리는 그 용이 부들부들 떠는 것을 보았다. 가까이 다가가자 녀석의 얼굴 가득 나 있는 잔혹한 칼자국들이 눈에 들어왔다. 해리는 그 용이 철컹쇠 소리를 들으면 뜨겁게 달궈진 칼을 두려워하도록 길들여졌을 거라고 추측했다.

"보그로드가 문에 손을 대게 해!" 그립훅의 재촉에 해리는 마법 지팡이를 다시 보그로드에게 향했다. 나이 든 고블린이 명령에 따라 나무 문에 손바닥을 댔다. 그러자 금고 문이 녹아 없어지면서 동굴 같은 구멍이 드러났다. 그곳에는 바닥부터 천장까지 금화와 황금 잔, 은제 갑옷, 긴 가시가 돋아 있거나 아래로 축 늘어진 날개가 달려 있기도 한 이상한 생명체들의 가죽, 보석으로 장식된 플라스크에 담긴 마법약, 왕관을 쓰고 있는 두개골이 잔뜩 들어차 있었다.

"찾아봐, 빨리!" 해리가 말했다. 그들은 모두 서둘러 금고로 들어갔다.

해리는 론과 헤르미온느에게 후플푸프의 잔이 어떻게 생겼는지 미리 설명해 주었다. 하지만 만약 이 금고에 있는 것이 그가 모르는 또 다른 호크룩스라면, 그것이 어떻게 생겼을지 알 방법은 전혀 없었다. 그런데 주위를 살필 겨를도 없이 등 뒤에서 '쿵' 하는 먹먹한 소리가 들렸다. 문이 다시 나타나 그들을 금고 안에 가둬 버린 것이다. 그들은 완전한 어둠에 휩싸였다.

"상관없어, 보그로드가 우리를 꺼내 줄 거야!" 론이 놀라서 소리를 지르자 그립훅이 말했다. "지팡이에 불 켤 줄 알지? 그리고 서둘러라, 시간이 별로 없어!"

"루모스!"

해리는 불 밝힌 지팡이로 금고 안을 비춰 보았다. 지팡이에서 쏟아져 나온 불빛에 보석들이 반짝거렸다. 그는 쇠사슬이 뒤엉켜 있는 높은 선반 위에 가짜 그리핀도르의 검이 놓여 있는 것을 보았다. 론과 헤르미온느도 각자의 지팡이에 불을 밝히고 주위의 물건 더미를 살피고 있었다.

"해리, 혹시 이게……? 아악!"

헤르미온느가 고통에 찬 비명을 내질렀다. 해리가 헤르미온느 쪽으로 마법 지팡이를 돌린 순간, 그녀의 손에서 보석 박힌 잔이 굴러떨어지는 것이 보였다. 그 잔은 바닥에 떨어져서 쪼개지고 또 쪼개졌다. 그것이 계속 반복되면서 엄청난 수의 잔들이 쏟아져 내렸다. 잠시 후 바닥은 더욱 시끄러운 쨍그랑 소리와 함께 사방을 굴러다니는 똑같은 잔들로 뒤덮였다. 그중에서 원래 잔을 가려내기란 불가능했다.

"저기에 데었어!" 헤르미온느가 물집 잡힌 손가락을 빨며 신음했다.

"복제 저주에 화상 저주를 같이 걸어 놓은 거야!" 그립훅이 말했다. "뭐든 손이 닿으면 화상을 입히면서 늘어나게 되지. 하지만 복제된 것들은 아무런 가치도 없어. 계속 보물을 만지려 들다간 결국 늘어나는 금의 무게에 짓눌려 죽을 거다!"

"좋아, 아무것도 만지지 마!" 해리가 절박하게 외쳤다. 하지만 그 말을 하는 사이 론이 실수로 바닥에 떨어진 잔 하나를 발로 툭 건드렸다. 뜨거운 금속에 닿은 신발 일부가 타 버리자 론은 제자리에서 폴짝폴짝 뛰었고, 그 바람에 잔은 스무 개로 폭발하듯 늘어났다.

"가만히 있어, 움직이지 마!" 헤르미온느가 론을 붙잡으며 말했다.

"그냥 둘러보기만 해!" 해리가 말했다. "기억해. 작은 황금 잔이야. 오소리가 새겨져 있고, 손잡이가 두 개 달려 있어. 아니면 래번클로의 상징인 독수리가 있는지 살펴봐."

그들은 제자리에 서서 조심스럽게 몸을 돌리며, 마법 지팡이로 모든 구석과 틈새를 비췄다. 아무것도 건드리지 않는 건 불가능했다. 해리 때문에 어마어마한 수의 가짜 갈레온이 바닥을 뒤덮은 잔들 위로 쏟아졌다. 이제는 발을 디딜 곳도 거의 없었다. 게다가 번쩍이는 황금의 열기로 금고는 마치 용광로 같았다. 해리의 지팡이 불빛이 천장까지 솟은 선반 위의 방패들과 고블린이 만든 투구들을 훑고 지나갔다. 불빛을 더욱 높이 비추던 그는 순간 어떤 물건을 발견했다. 심장이 덜컹하면서 손이 부들부들 떨렸다.

"저기 있어, 저 위에!"

론과 헤르미온느도 그쪽으로 지팡이를 돌렸다. 작은 황금 잔이 세 방향에서 비추는 불빛을 받아 번쩍거렸다. 헬가 후플푸프의 것이었다가 헵시바 스미스에게까지 물려 내려왔고 톰 리들이 그녀에게서 훔친 잔이었다.

"대체 무슨 수로 아무것도 만지지 않고 저 위까지 올라가지?" 론이 물었다.

"*아씨오 잔!*" 헤르미온느가 소리쳤다. 절박한 나머지 그립훅이 계획을 세울 때 일러 준 말을 잊어버린 게 틀림없었다.

"소용없어, 소용없다니까!" 고블린이 내뱉듯 말했다.

"그럼 어떻게 해요?" 해리가 고블린을 노려보며 말했다. "그립훅, 검을 가지고 싶다면 우리를 더 제대로 도와야 해요. ……잠깐! 그 검으로는 물건을 건드려도 되지 않을까? 헤르미온느, 이리 줘 봐!"

헤르미온느가 로브 안쪽을 더듬어 구슬가방을 꺼냈다. 그리고 그 안을 잠시 뒤적거리더니 빛나는 검을 꺼냈다. 해리는 루비가 박힌 자루를 쥐고 검날 끝으로 가까이에 있는 은제 병을 건드려 보았다. 병은 불어나지 않았다.

"검을 손잡이 한쪽에 찔러 넣을 수만 있으면…… 근데 저 위에는 어떻게 올라가지?"

잔이 놓인 선반은 그들 중에서 가장 키가 큰 론의 손마저도 닿지 않는 곳에 있었다. 마법 보물이 내뿜는 열기가 파도처럼 일었다. 잔이 있는 곳까지 올라갈 방법을 고민하는 해리의 얼굴과 등에서 땀이 흘러내렸다. 그때, 금고 문 저편에서 용이 포효하는 소리와 철컹거리는 소리가 점점 크게 들려왔다.

이제는 정말로 갇히고 만 것이다. 문을 통하지 않고는 밖으로 나갈 방법이 없는데, 문밖에서는 고블린 무리가 다가오고 있는 듯했다. 론과 헤르미온느를 본 해리는 그들의 얼굴에 떠오른 두려움을 읽었다.

"헤르미온느." 철컹거리는 소리가 더욱 커지자 해리가 말했다. "난 저 위로 올라가야 해. 우린 저걸 없애야만 해."

그녀가 마법 지팡이를 들어 해리에게 겨누며 속삭였다.
"레비코르푸스."

발목이 붙들린 듯 거꾸로 공중에 떠오른 해리가 갑옷 한 벌을 건드렸다. 뜨겁게 달아오른 몸뚱이 같은 갑옷의 복제품들이 쏟아져 나오면서 비좁은 공간을 가득 채웠다. 론과 헤르미온느, 두 고블린이 고통에 겨운 비명을 지르며 옆에 있던 물건들에 부딪혔다. 그러자 그 물건들도 복제되기 시작했다. 그들은 빨갛게 달아올라 차오르는 보물들의 물결에 반쯤 파묻힌 채 몸부림치며 고함을 질러 댔다. 그때 해리가 후플푸프의 잔 손잡이에 검 끝을 밀어 넣고 낚아채듯 들어 올렸다.

"임페르비우스!" 헤르미온느가 자신과 론, 고블린들을 뜨거운 금속에서 보호하기 위해 날카롭게 소리쳤다.

해리는 지금까지 들었던 것 중에서 가장 처절한 비명 소리를 듣고 아래를 내려다보았다. 론과 헤르미온느가 보물 속에 허리까지 파묻힌 채, 보그로드가 계속 치솟는 보물의 물결 속으로 휩쓸리지 않게 하기 위해 발버둥을 치고 있었다. 한편 그립훅은 이미 가라앉아 긴 손가락 끝만 보일 뿐이었다.

해리는 그립훅의 손가락을 잡아당겼다. 물집투성이가

된 고블린이 울부짖으며 점차 모습을 드러냈다.

"*리베라코르푸스!*" 해리가 소리치자 굉음과 함께 그와 그립훅이 불어나는 보물 위에 내려섰다. 검이 해리의 손에서 날아갔다.

"저걸 잡아!" 해리는 뜨거운 금속에 닿은 살이 지져지는 듯한 고통과 맞서 싸우며 소리쳤다. 그 순간 그립훅이 빨갛게 달아올라 점점 불어나는 물건들을 피하기 위해 그의 어깨 위로 기어올랐다. "검은 어디 있어? 거기에 잔이 걸려 있단 말이야!"

문밖에서 들려오는 철컹거리는 소리는 귀가 먹먹할 만큼 커지고 있었다. 너무 늦었다.

"저깄다!"

검을 발견한 것도, 그쪽으로 몸을 날린 것도 그립훅이었다. 그 순간 해리는 고블린이 그들이 약속을 지킬 거라고는 단 한순간도 믿지 않았다는 사실을 깨달았다. 그립훅은 뜨겁게 달아오른 황금의 바다에 떨어지지 않으려고 한 손으로 해리의 머리카락을 꽉 움켜잡고 다른 손으로는 검 자루를 쥐더니 그것을 해리의 손이 닿지 않는 곳으로 높이 날려 보냈다.

검날에 손잡이가 꿰어 있던 작은 황금 잔이 공중으로 날아갔다. 해리는 고블린을 어깨에 태운 채 몸을 날려 잔을 잡았다. 그 잔에 화상을 입는 것을 알면서도, 셀 수 없이 많은 후플푸프 잔들이 주먹 안에서 터져 나와 몸 위로 비처럼 쏟아져도 잔을 놓지 않았다. 그때 금고 입구가 다시 열렸다. 어느새 그는 론, 헤르미온느와 함께 뜨거운 금은보화의 산사태에 휩쓸려 무력하게 금고 밖으로 미끄러져 내려가고 있었다.

그는 온몸을 뒤덮은 화상의 고통을 거의 의식하지 못하고 계속 복제되며 불어나는 보물들에 실린 채 잔을 주머니에 쑤셔 넣었다. 그런 다음 손을 뻗어 검을 되찾으려 했지만 그립훅은 이미 사라지고 없었다. 기회가 생기자마자 해리의 어깨에서 미끄러져 내린 그립훅은 주위의 고블린들 사이로 쏜살같이 달려가면서 검을 휘두르며 이렇게 소리쳤다. "도둑이야! 도둑이야! 도와줘! 도둑이다!" 그러고는 몰려오는 고블린 무리 사이로 사라졌다. 고블린들은 모두 단검을 들고 있었고 아무 의심 없이 그립훅을 받아 주었다.

뜨거운 금속 위를 미끄러지던 해리는 겨우 몸을 일으켰다. 여기에서 나가는 유일한 방법은 정면 돌파뿐이라는 생각이 들었다.

"*스튜페파이!*" 그가 소리치자 론과 헤르미온느도 가세했다. 고블린 무리 사이로 붉은 빛줄기가 날아들었다. 고블린 몇몇이 쓰러졌지만 나머지는 계속 다가왔다. 해리는 마법사 경비원들이 모퉁이를 돌아 달려오는 모습을 보았다.

묶여 있는 용이 포효했고, 돌연 고블린들의 머리 위로 불길이 날아들었다. 마법사들은 몸을 바짝 구부린 채 왔던 길로 다시 도망쳤다. 그때 해리의 머릿속에 어떤 영감, 아니 어떤 미친 생각이 떠올랐다. 그는 용이 묶여 있는 두꺼운 족쇄에 지팡이를 겨누고 소리쳤다. "릴라시오!"

요란한 소리와 함께 족쇄가 부서졌다.

"이쪽이야!" 해리가 소리쳤다. 그는 다가오는 고블린들에게 계속 기절 마법을 날리며 눈먼 용을 향해 전력 질주했다.

"해리…… 해리…… 뭐 하는 거야?" 헤르미온느가 소리쳤다.

"일어나. 올라타라고. 어서……."

용은 족쇄에서 풀려났다는 사실을 깨닫지 못하고 있었다. 해리는 용의 구부러진 뒷다리에 발을 얹고 용의 등 위로 올라갔다. 용의 비늘은 강철처럼 단단했다. 그래서인지 용은 해리를 느끼지도 못하는 것 같았다. 해리는 한 팔을 내밀어 헤르미온느를 끌어 올렸다. 론이 그들 뒤에 올라탔다. 잠시 후 용은 자신이 풀려났다는 사실을 깨달았다.

용이 포효하며 몸을 일으켰다. 용은 날개를 쫙 펼치더니, 고래고래 소리를 지르는 고블린들을 볼링 핀처럼 쓰러뜨렸다. 해리는 무릎으로 용의 들쭉날쭉한 비늘을 꽉 붙들었다. 다음 순간 용이 공중으로 날아올랐다. 해리, 론, 헤르미온느는 용의 등에 납작 엎드렸다. 용이 열려 있는 통로를 향해 날아가자 그들의 몸이 천장에 쓸렸다. 고블린들이 쫓아오면서 단검을 던져 댔지만 용의 옆구리를 스치고 지나갈 뿐이었다.

"너무 커서 못 나갈 거야!" 헤르미온느가 비명을 질렀지만, 용은 입을 쩍 벌리고 또다시 불꽃을 뿜어서 통로를 폭파시켰다. 통로 바닥과 천장이 쩍쩍 갈라지더니 무너져 내리기 시작했다. 용은 순전히 힘으로, 발톱을 이용해 마구 파헤치면서 길을 뚫었다. 해리는 열기와 먼지를 피하기 위해 눈을 질끈 감았다. 바위가 부서지는 소리와 용의 포효로 귀가 먹먹해진 채, 그는 당장에라도 떨어질까 봐 두려워하며 용의 등에 매달려 있을 뿐이었다. 그때 헤르미온느가 외치는 소리가 들렸다. "*데포디오!*"

그녀는 용이 날카로운 고함을 지르고 철컹철컹 소리를 내는 고블린들에게서 달아나 바깥의 신선한 공기를 마시기 위해 통로를 넓히고 천장을 뚫고 나가도록 돕고 있었다. 해리와 론은 그녀를 따라 더 많은 굴착 마법을 걸어 천장을 폭파시켰다. 그들은 지하 호수를 지났다. 으르렁거리며 발톱을 휘두르던 거대한 짐승도 앞에 펼쳐진 드넓은 공간과 자유를 감지한 듯했다. 그들이 지나온 통로는 용이 가시 돋친 꼬리로 박살 낸 커다란 바윗덩어리와 큼직한 종유석 조각들로 가득했다. 고블린들이 철컹거리는 소리가 점점 더 멀어져 갔다. 한편, 앞에서는 용이 내뿜는 불길이 계속 앞길을 뚫고 있었다.

드디어 그들이 날린 주문들과 용의 인정사정없는 힘이 한데 뭉쳐서 통로를 폭파하자 그들은 대리석 로비로 빠져나왔다. 고블린과 마법사 들이 비명을 지르며 숨을 곳을 찾아 달아나는 와중에 마침내 용은 날개를 펼칠 공간을 얻었다. 용이 시원한 바깥 공기를 향해 뿔 난 머리를 돌렸다. 녀석은 출구 너머의 냄새를 맡더니, 해리, 론, 헤르미온느를 등에 매단 채 그대로 날아올랐다. 청동 문이 뚫렸다. 용은 찌그러진 채 반쯤 떨어져 나간 문을 뒤로하고 휘청거리며 다이애건 앨리로 나간 다음 하늘로 곧장 날아올랐다.

27장
최후의은닉처

  용을 조종할 방법은 없었다. 그들이 어디로 가고 있는지 용 자신도 볼 수 없었다. 해리는 용이 갑자기 방향을 바꾸거나 공중에서 거꾸로 돌기라도 한다면 그 널찍한 등짝에 매달려 있을 수 없으리라고 확신했다. 그렇지만 점점 높이 올라가면서 런던의 풍경이 잿빛과 녹색의 지도처럼 발아래 펼쳐졌을 때는, 불가능하게만 보였던 탈출을 해냈다는 사실에 고마운 마음이 북받쳤다. 해리는 용의 목에 낮게 웅크린 채 그 금속 같은 비늘에 딱 달라붙었다. 시원한 바람이 불어와 화상을 입고 물집 잡힌 피부를 진정시켰다. 용의 양 날개가 풍차처럼 공기를 갈랐다. 등 뒤에서는 론이 기뻐서인지 두려워서인지 끊임없이 목청껏 욕설을 내

뻗고 있었고, 헤르미온느는 흐느끼는 듯했다.

 5분 정도 지나자 용이 그들을 떨어뜨려 버릴지도 모른다는 두려움은 어느 정도 잦아들었다. 용은 갇혀 지내던 지하에서 되도록 멀어지는 것 말고는 아무 생각도 없는 듯했다. 하지만 언제, 어떻게 내릴 것인지에 대한 의문은 여전히 남아 그들을 두렵게 하고 있었다. 해리는 용들이 착륙하지 않고 얼마나 오래 비행할 수 있는지 전혀 알지 못했다. 특히 이 용은 앞을 거의 보지 못하는데 어떻게 적당한 착륙 지점을 찾을 수 있을지도 의문이었다. 해리는 끊임없이 주위를 둘러보았다. 흉터가 욱신거리는 것 같다는 생각을 하면서…….

 그들이 레스트레인지의 금고에 침입했다는 사실을 볼드모트가 알게 되기까지 얼마나 걸릴까? 그린고츠 고블린들이 벨라트릭스에게 그 사실을 알리기까지는? 그들은 무엇이 사라졌는지를 얼마나 빨리 알아차릴까? 그런 다음, 황금 잔이 사라졌다는 것을 알면? 그때는 볼드모트도 마침내 알게 될 것이다. 그들이 호크룩스를 추적하고 있다는 사실을…….

 용은 더욱 시원하고 신선한 공기를 간절히 원하는 듯했다. 용이 꾸준히 고도를 높인 끝에 그들은 차갑고 엷은 구름 속을 날아가게 되었다. 작고 알록달록한 점처럼 보이던, 런던 안팎으로 드나드는 자동차들은 더 이상 보이지 않았다. 그들은 녹색과 갈색 땅이 조각조각 연결된 시골을 지나, 마치 광택이 나는 리본과 나지 않는 리본처럼 풍경을 따라 구불구불 나아가는 도로와 강 위로 날아갔다.

"뭘 찾고 있는 걸까?" 점점 더 북쪽으로 날아가고 있을 때 론이 큰 소리로 물었다.

"모르겠어." 해리가 마주 소리쳤다. 추위로 손이 얼얼했지만 차마 움켜쥔 손을 놓지는 못했다. 그는 발아래로 바닷배의 돛이 보이면, 다시 말해 용이 탁 트인 바다로 향하고 있는 거라면 어떻게 해야 할지 고민했다. 처절할 만큼 배가 고프고 목이 마른 건 말할 것도 없고, 추워서 온몸에 감각이 없을 지경이었다. 이 짐승이 마지막으로 먹이를 먹은 건 언제일지 궁금했다. 분명 오래지 않아 요깃거리가 필요하겠지? 만약 그때, 아주 먹음직스러운 인간 셋이 등 위에 앉아 있다는 사실을 깨닫는다면 어떻게 될까?

해는 쪽빛으로 변해 가는 하늘에서 점점 더 아래로 미끄러졌다. 용은 여전히 날고 있었고, 밑에서는 도시와 마을들이 점점 모습을 감췄다. 용의 거대한 그림자가 크고 어두운 구름처럼 땅 위를 미끄러져 나아갔다. 해리는 용의 등을 꽉 붙들고 있느라 온몸이 쑤셨다.

꽤 오래 침묵이 흐른 뒤 론이 소리쳤다. "내가 착각하는 거야, 아니면 점점 내려가고 있는 거야?"

해리는 밑을 내려다보았다. 짙은 초록색 산과 호수가 저녁노을 속에서 구릿빛으로 물들어 있었다. 눈을 가늘게 뜨고 용의 옆구리 너머로 내려다보니 풍경이 점점 커지고 더 자세해지는 듯했다. 해리는 그 용이 호수에 햇빛이 반사되어 번쩍거리는 것을 보고 맑은 물이 있다는 사실을 알아챈 건 아닐까 생각했다.

용은 커다란 나선을 그리며 점점 낮게 날아갔다. 비교적 크기가 작은 호수 중 하나를 향해 날아가는 듯했다.

"높이가 어느 정도 낮아지면 뛰어내리자!" 해리가 다른 두 사람을 돌아보며 소리쳤다. "용이 우리가 등에 타고 있는 걸 알아차리기 전에 곧장 물속으로 뛰어드는 거야!"

두 사람은 동의했다. 물론 헤르미온느의 대답에는 마지못한 기색이 역력했지만. 이제 용의 널찍한 노란색 아랫배가 넘실거리는 수면 위에 비치는 것이 보였다.

"**지금이야!**"

해리는 용의 옆구리 너머로 미끄러져 수면을 향해 발부터 뛰어들었다. 예상한 것보다 높이가 상당해서 수면에 세차게 부딪쳤다. 그는 몸이 얼어붙을 것 같은, 갈대로 가득한 초록색 세계로 돌멩이처럼 떨어졌다. 그는 발장구를 치며 수면 위로 올라와 헐떡거렸다. 론과 헤르미온느가 떨어진 곳에서부터 원을 그리며 퍼져 나가는 거대한 파문이 보였다. 용은 아무것도 눈치채지 못한 듯 이미 15미터는 멀어져, 흉터투성이 주둥이로 물을 떠먹으려고 호수 위로 낮게 날아내리고 있었다. 녀석은 론과 헤르미온느가 호수 깊은 곳에서부터 캑캑거리고 숨을 헐떡이며 수면 위로 나왔을 때에야 날개를 세차게 퍼덕이더니 저 멀리 강둑에 내려앉았다.

해리, 론, 헤르미온느는 반대쪽 호숫가로 헤엄쳐 갔다. 호수는 그리 깊지 않은 듯했다. 곧 그들은 수영을 하기보다는 갈대와 진흙을 헤치며 나아가야 했고, 마침내 기진맥진해서 헉헉거리며 흠뻑 젖은 채 미끄러운 풀밭에 털썩 주저앉았다.

헤르미온느는 기침을 하더니 부르르 떨면서 쓰러졌다. 해리도 드러누워 자고 싶은 마음뿐이었지만 비틀거리며 일어나 마법 지팡이를 꺼내 여느 때처럼 주위에 보호 마법을 걸기 시작했다.

그는 마법 걸기를 마친 뒤 다른 두 사람 곁으로 갔다. 그리고 금고에서 탈출한 뒤 처음으로 그들을 제대로 보았다. 둘 다 얼굴과 팔 전체에 벌겋게 덧난 화상이 가득했고, 옷도 군데군데 그을려 있었다. 그들은 여기저기 잔뜩 난 상처에 꽃박하 진액을 바르며 움찔움찔하고 있었다. 헤르미온느는 해리에게 약병을 건네준 뒤 셸 코티지에서 가져온 호박 주스 병 세 개와 모두가 입을 깨끗하고 마른 로브를 꺼냈다. 그들은 옷을 갈아입은 뒤 주스를 벌컥벌컥 들이켰다.

"뭐, 좋은 면을 보자면" 하고, 론이 마침내 입을 열었다. 그는 앉아서 손에 새살이 돋는 것을 지켜보고 있었다. "호크룩스를 얻었다는 거야. 나쁜 면을 보자면……."

"……검이 없지." 해리가 이를 악물고 말했다. 그는 불에 그을려서 난 청바지 구멍으로 덧난 화상 위에 꽃박하 진액을 똑똑 떨어뜨리고 있었다.

"검이 없어." 론이 되풀이했다. "그 더러운 배신자 같으니……."

해리는 젖은 재킷 주머니에서 호크룩스를 꺼내 풀밭에 내려놓았다. 햇빛을 받아 반짝이는 그 호크룩스가 호박 주스를 병째 꿀꺽꿀꺽 마시고 있는 그들의 눈길을 잡아끌었다.

"적어도 이번에는 몸에 지니고 다닐 수 없겠네. 저걸 목에 걸고 다니면 좀 이상해 보일 테니까." 론이 손등으로 입술을 훔치며 말했다.

헤르미온느가 아직 용이 물을 마시고 있는 호수 저편을 바라보았다.

"어떻게 될 것 같아?" 그녀가 물었다. "저 용은 괜찮을까?"

"너 꼭 해그리드 같다." 론이 말했다. "저건 용이야, 헤르미온느. 알아서 자기 몸을 돌볼 수 있다고. 우리 걱정이나 하자."

"무슨 소리야?"

"글쎄, 너한테 이걸 어떻게 알려 줘야 할지 모르겠는데……." 론이 말했다. "우리가 그린고츠에 침입한 것을 놈들이 알아차렸을지도 모르겠다는 생각이 들어서."

셋 모두 소리 내어 웃기 시작했다. 일단 웃음이 터지자 멈추기가 어려웠다. 해리는 옆구리가 결리고 배가 고파서 머리가 어지러울 지경인데도, 붉어져 가는 하늘 아래 풀밭에 벌렁 드러누운 채 목구멍이 쓰릴 때까지 실컷 웃었다.

"아무튼, 이제 어떡하지?" 마침내 헤르미온느가 딸꾹질을 하면서 다시 진지하게 말했다. "그자가 알게 될 거야. 안 그래? 우리가 호크룩스에 대해 안다는 사실을 '그 사람'도 알게 될 거라고!"

"너무 무서워서 그자한테 말 못 하지 않을까?" 론이 희망에 차서 말했다. "어쩌면 덮어 둘지도 몰라……."

하늘도, 호수에서 나는 물 냄새도, 론의 목소리도 사라졌다. 해리는 머리를 검으로 내리치는 듯한 통증을 느꼈다. 그는 희미하게 불 밝힌 방에 서 있었다. 마법사들이 반원을 그린 채 그를 마주 보고 서 있었고, 그의 발밑에는 한 조그만 형체가 바닥에 무릎을 꿇고 앉아 부들부들 떨고 있었다.

"뭐라고 했지?" 그의 목소리는 높고 차가웠지만, 안에서는 분노와 두려움이 활활 타오르고 있었다. 그가 두려워했던 단 한 가지 일……. 하지만 그럴 리 없었다. 어떻게 그런 일이 일어났는지도 알 수 없었다…….

고블린은 머리 위 높은 곳에 있는 붉은 두 눈을 차마 마주하지 못한 채 떨고 있었다.

"다시 말해 봐라." 볼드모트가 중얼거리듯 내뱉었다. "*다시 말해 봐!*"

"주, 주인님." 고블린이 더듬거렸다. 그의 검은 눈이 공포로 휘둥그레졌다. "주, 주인님…… 저희는 노, 놈들을…… 그 가, 가짜들을 마, 막으려고 노력했습니다, 주인님……. 놈들이 레스트레인지의 그, 금고에 침입…… 침입하는 것을요……."

"가짜? 가짜라니? 그린고츠에는 신분을 사칭하는 놈들의 정체를 밝히는 방법이 있는 줄 알았는데? 그놈들이 누구였지?"

"그게…… 그건…… 그 포, 포터 꼬, 꼬마와 두 명의 고, 공범들이었습니다……."

"그래서 그놈들이 뭘 가져갔다고?" 그가 높아진 목소리로 물었다. 끔찍한 두려움이 그를 사로잡았다. "말해라! 뭘 가져갔지?"

"그게…… 자, 작은 황금 자, 잔입니다, 주, 주인님……."

그의 입에서 현실을 부정하는, 분노로 가득 찬 비명이 터져 나왔다. 마치 다른 사람의 것처럼 느껴지는 목소리였다. 그는 미쳐서 마구 날뛰었다. 그럴 리 없었다. 불가능한 일이었다. 그것을 아는 사람은 아무도 없었다. 어떻게 그 소년이 그의 비밀을 알아낼 수 있단 말인가?

딱총나무 지팡이가 허공을 가르면서 방 안 가득 녹색 불빛이 폭발했다. 무릎을 꿇고 있던 고블린이 죽어서 널브러졌다. 그 장면을 지켜보던 마법사들이 겁에 질려 뿔뿔이 흩어졌다. 벨라트릭스와 루시우스 말포이가 다른 사람들을 밀치며 문 쪽으로 달려갔다. 볼드모트가 계속 지팡이를 휘두르자 그곳에 남아 있던 자들 모두가 죽어 나갔다. 그에게 이 소식을 가져다줬다는 이유로, 황금 잔에 관한 얘기를 들었다는 이유로…….

볼드모트는 죽은 자들 가운데 혼자 남아 화가 나서 쿵쿵거리며 왔다 갔다 했다. 그것들이 그의 눈앞을 스치고 지나갔다. 그의 보물, 그의 방패, 불멸의 영역에 내려 둔 그의 닻……. 일기장은 파괴됐고 잔은 도둑맞았다. 만약에, 만약에 그 꼬마가 다른 것들에 대해서도 알고 있다면? 녀석이 알 수 있을까? 이미 행동에 나선 건 아닐까? 벌써 다른 것들도 추적했을까? 이 일의 근원에는 덤블도어가 있었을까? 언제나 그를 의심했던 덤블도어, 그의 명령에 의해 죽음을 당한 덤블도어, 이제는 지팡이마저 그에게 빼앗긴 덤블도어…… 그러나 그자는 죽음이라는 치욕을 겪고서도 계속 영향력을 미치고 있었다. 그 소년, 그 소년을 통해서…….

하지만 물론 그 소년이 그의 호크룩스를 하나라도 파괴했다면 볼드모트 경이 알아차리지 않았을까? 분명 느끼지 않았을까? 모든 이들 가운데 가장 위대한 마법사인 그가, 누구보다도 강력한 존재이자 덤블도어는 물론이고 아무 쓸모도 없고 이름도 없는 수많은 인간을 죽인 그가……. 가장 중요하고 소중한 그 자신이 공격받고 훼손됐다면 어떻게 볼드모트 경이 모를 수 있겠는가.

물론, 일기장이 파괴됐을 때는 느끼지 못했다. 하지만 그것은 뭔가를 느낄 몸이 없었기 때문이라고, 유령만도 못한 처지였기 때문이라고 생각했다……. 아니, 다른 것들은 확실히 무사했다……. 다른 호크룩스들은 틀림없이 온전할 것이다…….

하지만 제대로 알아보고, 확인해야 한다……. 그는 방을 서성거리며 고블린의 시체 곁을 지나다가 그것을 옆으로 걷어찼다. 머릿속에서 온갖 이미지들이 흐려지다가 활활 타올랐다. 호수, 오두막, 호그와트…….

마음이 조금 진정되자 분노가 사그라들었다. 곤트의 오두막에 반지를 숨긴 것을 그 꼬마가 어떻게 알 수 있겠는가? 그가 곤트 가족과 혈연관계라는 사실을 아는 사람은 아무도 없었다. 그가 그 관계와 그 살인들을 철저히 비밀에 부쳤기 때문에 추적당한 적은 한 번도 없었다. 반지는 안전할 게 틀림없었다.

게다가 그 꼬마든 누구든 동굴에 대해 알 리는 없었다. 동굴에 걸어 놓은 보호 장치를 뚫을 수도 없었을 것이다. 로켓을 도둑맞는다는 것은 터무니없는 생각이었다…….

그리고 학교의 경우, 호그와트의 어느 곳에 호크룩스를

보관해 두었는지 아는 사람은 그뿐이었다. 오직 그만이 그곳의 비밀들을 파헤쳤으니까…….

내기니도 남아 있었다. 이제 내기니는 그의 곁에 머물러야 한다. 더는 어딘가로 보내서 그의 명령을 수행하도록 할 수 없었다. 내기니는 그의 보호를 받아야 했다…….

하지만 확신하려면, 완전히 확신할 수 있으려면, 은닉처를 모두 돌아봐야 한다. 호크룩스 하나하나에 걸어 둔 보호 마법을 강화해야 한다……. 딱총나무 지팡이를 찾는 일이 그랬듯 이것도 그가 혼자서 해야만 하는 일이었다…….

어디를 가장 먼저 가 봐야 하지? 어느 호크룩스가 가장 큰 위험에 처해 있지? 그의 마음속에서 오래된 불안이 깜박거렸다. 덤블도어는 그의 중간 이름을 알고 있었다……. 덤블도어라면 그와 곤트 가족의 연관성을 파악했을지도 모른다……. 아마도 곤트 일가의 버려진 집이 가장 위험할 것이다. 가장 먼저 가 봐야 할 곳은 그곳이었다…….

호수는 당연히 불가능했다……. 다만 덤블도어가 고아원을 통해 그가 과거에 저지른 몇 가지 비행을 알아냈을 가능성이 있었다.

그리고 호그와트는…… 하지만 그는 호그와트에 있는 호크룩스가 안전하다는 것을 알았다. 포터가 학교는 물론이고 호그스미드에라도 들키지 않고 들어갈 수 없다는 것은 분명한 사실이었다. 그렇다 하더라도 스네이프에게 그 꼬마가 성에 들어가려는 시도를 할지 모른다고 경고하는 편이 신중한 일일 것이다……. 물론 그 꼬마가 그런 행동을 하려 드는 이유를 말해 주는 것은 어리석은 일이겠지만. 벨라트릭스와 말포이를 믿은 것은 크나큰 실수였다. 누군가를 믿는다는 것이 얼마나 현명하지 못한 일인지, 그들의 멍청함과 부주의함이 증명하지 않았던가?

곧 내기니를 데리고, 가장 먼저 곤트의 오두막을 방문할 것이다. 더는 그 뱀과 떨어지지 않을 것이다……. 그는 성큼성큼 방을 나선 뒤 복도를 가로질러 분수가 작동되고 있는 어두운 정원으로 나왔다. 그가 뱀의 말로 내기니를 부르자, 뱀은 긴 그림자처럼 미끄러져 나와 그의 곁으로 다가왔다…….

해리는 현실로 되돌아오려고 애쓰며 눈을 번쩍 떴다. 그는 노을 속 호수 기슭에 누워 있었고, 론과 헤르미온느가 그를 내려다보고 있었다. 걱정 가득한 그들의 표정이나 계속 욱신거리는 이마의 흉터로 미루어 볼 때, 그가 갑자기 볼드모트의 생각 속으로 떠났던 일을 들킨 모양이었다. 그는 부들부들 떨면서 힘겹게 몸을 일으켰다. 여전히 흠뻑 젖어 있다는 사실이 조금 놀라웠다. 그는 눈앞 풀밭 위에 아무렇지도 않게 놓여 있는 잔과, 지는 태양 빛에 황금빛으로 물든 짙은 푸른색 호수를 바라보았다.

"그자가 알아." 볼드모트의 높은 비명을 듣고 나서인지 그 자신의 목소리가 이상하고 나직하게 들렸다. "그자가 알고 있어. 다른 호크룩스들이 있는 곳을 확인할 생각이야. 그리고 마지막 호크룩스는……." 그는 이미 자리에서 일어나 있었다. "호그와트에 있어. 그럴 줄 알았어. 그럴 줄 알았다고."

"뭐?"

론이 입을 쩍 벌린 채 그를 바라보았다. 헤르미온느는 걱정스러운 얼굴로 바닥에 무릎을 대고 일어나 앉았다.

"뭘 봤는데? 어떻게 알아?"

"그자가 잔이 없어진 걸 알게 되는 장면을 봤어. 내가…… 내가 그자의 머릿속에 있었어. 그자는……." 해리는 볼드모트가 사람들을 마구 죽이던 장면을 떠올렸다. "그자는 극도로 화가 났고, 두려워하기도 해. 우리가 그걸 어떻게 알았는지 전혀 이해하지 못하고 있어. 그래서 이제 다른 호크룩스들이 안전한지 확인하려는 거야. 제일 먼저 그 반지부터. 호그와트에 있는 것이 가장 안전하다고 생각해. 거기에는 스네이프가 있는 데다, 들키지 않고 그곳에 들어가기는 굉장히 어려우니까. 내 생각에는 호그와트에 있는 것을 가장 마지막으로 확인할 것 같지만, 그래도 몇 시간 안에는 거기로 갈 거야."

"호그와트 어디에 있는지도 봤어?" 이제는 론도 허둥지둥 몸을 일으키며 물었다.

"아니, 그자는 스네이프한테 경고해야 한다는 생각에만 몰두하고 있어서 그게 정확히 어디 있는지는 생각하지 않았어."

"잠깐, *잠깐만!*" 론이 호크룩스를 집어 들고 해리가 투명 망토를 꺼내자 헤르미온느가 소리쳤다. "이렇게 그냥 갈 수는 없어. 아무 계획이 없잖아. 우린……."

"우린 호그와트에 가야 해." 해리가 단호하게 말했다. 잠자리에 들기를 희망하며 새 텐트에 들어갈 일을 기대하고 있었지만 이제는 그럴 수 없었다. "반지랑 로켓이 사라진 걸 알면 그자가 무슨 짓을 할지 상상이 돼? 그자가 호그와트에 있는 호크룩스를 옮겨 버리면? 거기가 안전하지 못하다고 판단하면?"

"하지만 어떻게 들어갈 건데?"

"일단 호그스미드로 갈 거야." 해리가 말했다. "그런 다음 학교 주위에 어떤 보안이 걸려 있는지 확인하고, 그다음에 뭔가 생각해 내야겠지. 망토 안으로 들어와, 헤르미온느. 이번에는 딱 붙어 있어야 해."

"하지만 우리 모두가 망토를 뒤집어쓰기엔……."

"곧 어두워질 테니 우리 발은 아무도 못 볼 거야."

거대한 날개가 퍼덕이는 소리가 검은 수면 위로 울려 퍼졌다. 충분히 목을 축인 용이 하늘로 날아오른 것이다. 그들은 잠시 멈추고 용이 점점 더 높이 올라가는 모습을 지켜보았다. 이제 용은 빠르게 어두워져 가는 하늘을 배경으로 검은 점으로만 보이다가 마침내 근처 산 너머로 사라졌다. 헤르미온느가 앞으로 걸어 나와 둘 사이에 섰다. 해리가 투명 망토를 최대한 아래로 잡아당겼고, 그들은 동시에 제자리에서 빙글 돌아 몸을 짓누르는 어둠으로 들어갔다.

28장
잃어버린 거울

 해리의 발이 길 위에 닿았다. 마음 아플 정도로 익숙한 호그스미드의 큰길이 보였다. 불 꺼진 가게들의 정면과 마을 너머 검은 산들의 윤곽, 호그와트 방향으로 돌아드는 모퉁이, 스리 브룸스틱스 창문에서 쏟아져 나오는 빛. 심장이 쿵 내려앉는 느낌과 함께, 해리의 머릿속에 거의 1년 전 절망적으로 쇠약해진 덤블도어를 부축하며 이곳에 내려섰던 기억이 찌를 듯 또렷하게 떠올랐다. 그 장면들이, 내려서자마자 순간적으로 스쳐 지나갔다. 잠시 후, 그가 론과 헤르미온느의 팔을 잡은 손아귀 힘을 푸는 순간 그 일이 벌어졌다.
 잔을 도둑맞았다는 사실을 깨닫고 볼드모트가 내질렀

던 것 같은 비명 소리가 허공을 갈랐다. 그 소리 탓에 온몸의 신경이 뜯기는 듯했다. 해리는 이런 일이 벌어진 이유가 그들이 이곳에 나타났기 때문이라는 사실을 곧바로 알아차렸다. 투명 망토 아래서 다른 두 사람을 본 순간, 스리 브룸스틱스의 문이 벌컥 열리더니 망토를 걸치고 후드를 뒤집어쓴 열두 명의 죽음을 먹는 자가 마법 지팡이를 치켜들고 거리로 쏟아져 나왔다.

해리는 마법 지팡이를 들어 올리는 론의 손목을 붙잡았다. 기절 마법을 걸기엔 수가 너무 많았다. 시도했다가는 그들의 위치를 들키게 될 터였다. 죽음을 먹는 자들 중 하나가 마법 지팡이를 휘두르자 비명 소리는 멈췄지만 그 메아리는 한동안 계속 먼 산으로 울려 퍼졌다.

"*아씨오 투명 망토!*" 죽음을 먹는 자들 중 하나가 고함을 질렀다.

해리는 망토 자락을 움켜쥐었지만 망토는 꿈쩍도 하지 않았다. 소환 마법은 투명 망토에 전혀 소용이 없었다.

"그럼 포장지를 덮어쓰고 있지 않다는 건가, 포터?" 마법을 시도했던 죽음을 먹는 자가 소리치더니 동료들에게 말했다. "흩어져서 찾아. 놈은 여기 있다."

죽음을 먹는 자 여섯이 달려왔다. 해리, 론, 헤르미온느는 최대한 빠르게 물러나 가장 가까운 골목으로 들어갔다. 죽음을 먹는 자들은 간발의 차이로 그들을 놓쳤다. 세 사람은 어둠 속에서 이리저리 내달리는 발소리에 귀를 기울이며 기다렸다. 죽음을 먹는 자들의 마법 지팡이 불빛이 거리를 따라 이리저리 날아다녔다.

"그냥 가자." 헤르미온느가 속삭였다. "지금 순간이동 하는 거야!"

"좋은 생각이야." 론이 말했지만, 해리가 뭐라고 대답할 겨를도 없이 죽음을 먹는 자 하나가 외쳤다. "여기 있는 거 안다, 포터. 빠져나갈 길은 없어! 우리가 네놈을 찾을 거야!"

"우리가 올 것에 대비하고 있었어." 해리가 속삭였다. "우리가 여기 온 것을 알려 주는 주문을 걸어 놓은 거야. 우리를 여기 가둬 두기 위한 뭔가도 해 놨을 거야."

"디멘터들은 어때?" 또 다른 죽음을 먹는 자가 소리쳤다. "디멘터들을 풀어 주자고. 그놈들이 순식간에 찾아낼 테니!"

"어둠의 왕께서는 다른 누구도 아닌 본인의 손으로 포터를 죽이길······."

"······디멘터들은 놈을 죽이지 않을 거야! 어둠의 왕께서는 포터의 목숨을 원하시지 놈의 영혼을 원하시는 게 아니라고. 디멘터한테 먼저 입맞춤을 당하면 놈을 죽이기도 더 쉽겠지!"

동의하는 목소리들이 들렸다. 해리는 두려움에 휩싸였다. 디멘터들을 쫓아내려면 패트로누스를 불러내야 하는데, 그러면 곧바로 그들의 위치를 들킬 것이다.

"순간이동을 해 봐야겠어, 해리!" 헤르미온느가 절박하게 속삭였다.

그녀가 말하는 순간에도 해리는 심상치 않은 냉기가 거리를 엄습해 오는 것을 느꼈다. 주위에서 빛이 별들이 있는 곳까지 싹 빨려 나갔고, 곧 별들마저 사라졌다. 칠흑 같은 암흑 속에서 해리는 헤르미온느가 그의 팔을 잡는 것을 느꼈고, 그들은 동시에 제자리에서 빙글 돌았다.

그들이 헤치고 가야 하는 공기가 딱딱해진 것만 같았다. 순간이동을 할 수가 없었다. 죽음을 먹는 자들이 주문을 제대로 걸어 놓은 것이다. 냉기가 해리의 살 속으로 점점 더 깊숙이 파고들었다. 그와 론, 헤르미온느는 소리를 내지 않으려 애쓰면서 벽을 더듬더듬 짚어 가며 골목을 따라 물러났다. 그때, 열 명이 넘는 디멘터들이 소리 없이 미끄러지듯 모퉁이를 돌아서 다가왔다. 검은 망토를 쓰고 썩어 가는 딱지투성이 손을 지닌 그들은 주위보다 더 짙은 어둠을 띠고 있었기 때문에 알아볼 수 있었다. 놈들이 근처에 있는 두려움을 감지할 수 있을까? 해리는 그럴 거라고 확신했다. 놈들은 이제 더욱 빠르게 다가오고 있는 듯했다. 해리가 그토록 혐오하는 느릿느릿한 가래 끓는 숨소리를 내뱉으면서, 공기 중에 떠도는 절망을 맛보며 점점 가까이……

해리는 마법 지팡이를 들어 올렸다. 나중에 무슨 일이 벌어지든 디멘터에게 입맞춤을 당할 수는 없었다. 그렇게 되지는 않을 것이다. 그는 론과 헤르미온느를 생각하며 작게 내뱉었다. "엑스펙토 패트로눔!"

마법 지팡이 끝에서 은색 수사슴이 튀어나와 앞으로 돌진했다. 디멘터들은 뿔뿔이 흩어졌고, 보이지 않는 곳 어디에선가 득의만만한 함성이 들려왔다.

"놈이다! 저쪽이야, 저쪽. 내가 놈의 패트로누스를 봤어! 수사슴이었어!"

디멘터들이 물러나자 별들이 다시 모습을 드러냈다. 죽음을 먹는 자들의 발소리가 점점 커졌다. 당황한 해리가 어떻게 해야 할지 결정하기도 전에 빗장이 철커덕거리는 소리와 함께 좁다란 골목 왼쪽에 있던 문 하나가 열리더니 거친 목소리가 말했다. "포터, 들어와라, 빨리!"

해리는 주저하지 않고 그 말을 따랐다. 세 사람은 열린

문 안으로 돌진했다.

"위층으로 올라가. 투명 망토는 계속 쓰고 있어라. 조용히 하고!" 키가 훌쩍한 누군가가 그렇게 내뱉고는 그들을 지나쳐 거리로 나가며 문을 쾅 닫았다.

해리는 그들이 어디에 들어와 있는지 전혀 알지 못했다. 하지만 단 하나 켜져 있는 양초의 흔들리는 불빛 덕분에 그곳이 지저분한 데다 톱밥으로 가득한 호그스 헤드라는 사실을 깨달았다. 그들은 카운터 뒤로 달려간 다음, 또 다른 문을 지나 흔들거리는 나무 계단을 전력 질주해서 올라갔다. 계단은 낡은 카펫과 작은 벽난로가 있는 거실로 이어졌다. 벽난로 위에는 멍해 보이면서도 상냥한 얼굴로 방을 내다보는 금발 소녀가 그려진 커다란 유화가 걸려 있었다.

아래쪽 거리에서 고함이 들려왔다. 그들은 투명 망토를 걸친 채 때가 덕지덕지 낀 창문으로 살금살금 다가가 바깥을 내려다보았다. 그들을 구해 준 사람은 다름 아닌 호그스 헤드의 바텐더였다. 오직 그만이 후드를 뒤집어쓰고 있지 않았다.

"그래서 뭐?" 그가 후드를 쓴 사람 중 한 명에게 소리쳤다. "그래서 뭐 어쩌라고? 당신들이 내 가게 앞에 디멘터를 풀어놓으면 나도 패트로누스를 내보낼 거야! 디멘터들이 버젓이 이 근처를 돌아다니도록 놔두진 않을 거라는 얘기는 이미 했을 텐데? 그건 못 참아!"

"그건 네 패트로누스가 아니었어!" 죽음을 먹는 자가 말했다. "수사슴이었다. 포터의 패트로누스였다고!"

"수사슴?" 바텐더가 고함을 지르며 마법 지팡이를 꺼냈다. "수사슴이라고? 이런 멍청한…… 엑스펙토 패트로눔!"

뿔이 달린 거대한 뭔가가 지팡이에서 뛰쳐나왔다. 그것은 머리를 숙이고 큰길을 향해 돌진하더니 시야에서 사라졌다.

"내가 본 건 저게 아니라……." 죽음을 먹는 자가 말했지만 목소리에 확신은 덜했다.

"누가 통행금지령을 어겼어. 네놈도 소리를 들었을 거다." 동료 죽음을 먹는 자가 바텐더에게 말했다. "누군가 규정을 어기고 거리에 나와 있었……."

"내가 내 고양이를 밖에 내보내겠다는데 무슨 상관이야? 통행금지령 따위 엿이나 먹으라지!"

"네놈이 그 경보음 마법을 작동시킨 거라고?"

"그럼 어쩔 건데? 나를 아즈카반으로 보낼 건가? 내 집 문밖으로 코를 내밀었다는 이유로 날 죽이려고? 해 봐, 그럼. 원하는 대로 해 봐! 하지만 댁들을 위해서라도, 그 깜찍한 어둠의 징표를 눌러서 그자를 소환한 건 아니길 바랄 뿐이야. 나랑 내 고양이 때문에 여기 불려 오는 건 썩 좋아하지 않을 테니까. 안 그래?"

"우리 걱정은 하지 마라." 죽음을 먹는 자들 중 하나가 말했다. "네놈 걱정이나 해. 통행금지령을 어기다니!"

"내 술집이 문을 닫으면 대체 어디서 마법약과 독약을 암거래하려고 그러시나? 그럼 댁들의 그 알량한 부업은 이제 어떻게 되지?"

"지금 협박하는……?"

"입은 다물어 주지. 당신들이 여기에 온 이유가 그거 아닌가?"

"난 확실히 수사슴 패트로누스를 봤다고!" 처음의 그 죽음을 먹는 자가 소리쳤다.

"수사슴?" 바텐더가 소리쳤다. "그건 염소였어, 이 멍청아!"

"그래, 우리가 실수했어." 두 번째 죽음을 먹는 자가 말했다. "하지만 또 한 번 통행금지령을 어겼다간 이렇게 조용히 넘어가지 않을 거야!"

죽음을 먹는 자들은 큰길을 향해 성큼성큼 돌아갔다. 헤르미온느는 안도의 한숨을 내쉬며 투명 망토 아래에서 빠져나와 다리가 흔들거리는 의자에 주저앉았다. 해리는 커튼을 단단히 닫은 다음 그와 론을 덮고 있는 투명 망토를 벗었다. 아래층에서 바텐더가 술집의 빗장을 다시 걸고 계단을 오르는 소리가 들렸다.

벽난로 위에 놓인 무언가가 해리의 관심을 끌었다. 작은 직사각형 거울이 벽난로 선반 위, 소녀의 초상화 바로 아래 기대어 세워져 있었다.

바텐더가 방으로 들어왔다.

"이 눈치 없는 바보들아." 그가 그들 한 사람 한 사람을 차례차례 바라보면서 툴툴거리듯 말했다. "대체 무슨 생각으로 여길 온 거냐?"

"고맙습니다." 해리가 말했다. "어떻게 감사드려야 할지 모르겠어요. 저희 목숨을 구해 주셨네요."

바텐더가 끙 소리를 냈다. 해리는 가까이 다가가 그의 얼굴을 올려다보았다. 길고 헝클어진 철사 같은 회색 머리카락과 턱수염에 가려진 얼굴을 보고 싶었다. 바텐더는 안경을 쓰고 있었다. 지저분한 렌즈 뒤의 두 눈은 꿰뚫어 보는 듯한 밝은 파란색이었다.

"제가 거울에서 본 게 아저씨 눈이었군요."

방 안에 침묵이 흘렀다. 해리와 바텐더는 서로를 바라보았다.

"아저씨가 도비를 보내신 거예요."

바텐더는 고개를 끄덕이더니 집요정을 찾아 주위를 둘러보았다.

"너희랑 같이 있을 줄 알았는데. 어디에 두고 온 거냐?"

"죽었어요." 해리가 말했다. "벨라트릭스 레스트레인지한테 살해당했어요."

바텐더의 얼굴에는 아무런 표정도 없었다. 잠시 후 그가 말했다. "유감이군. 그 집요정이 마음에 들었는데."

그는 돌아서더니 그들을 외면한 채 마법 지팡이로 쿡 찔러 등불을 켰다.

"아저씨가 애버포스로군요." 해리가 남자의 등에 대고 말했다.

그는 인정도, 부정도 하지 않고 허리를 구부려 다른 등불을 켰다.

"이건 어떻게 얻으셨어요?" 해리가 방을 가로질러 시리우스의 거울 쪽으로 다가가며 물었다. 그 거울은 해리가 2년 전에 깨뜨려 버린 거울과 쌍을 이루는 물건이었다.

"1년쯤 전에 덩한테서 샀다." 애버포스가 말했다. "알버스가 나한테 이 물건의 정체를 말해 줬지. 저걸로 너를 지켜보려 했다."

론이 헉하고 숨을 들이켰다.

"은빛 암사슴!" 론이 흥분해서 말했다. "그것도 아저씨가 보낸 거였어요?"

"무슨 소리냐?" 애버포스가 물었다.

"누가 우리한테 암사슴 패트로누스를 보냈거든요!"

"머리가 그렇게 나빠서야 죽음을 먹는 자라고 해도 되겠구나, 꼬마야. 내가 방금 내 염소 패트로누스를 보여 주지 않았냐?"

"아." 론이 말했다. "네…… 그게, 배가 고파서요!" 그가 변명하듯 덧붙였다. 론의 배에서 엄청난 꾸르륵거리는 소리가 났다.

"나한테 먹을 게 좀 있다." 애버포스가 느릿느릿 방에서 나가더니 잠시 후 커다란 빵 덩어리와 약간의 치즈, 벌꿀술이 담긴 백랍 병을 가져와 난롯불 앞에 있는 작은 탁자에 내려놓았다. 세 사람은 허겁지겁 먹고 마셨다. 잠시 동안 불이 타닥거리는 소리와 잔이 딸그랑거리는 소리, 음식을 씹는 소리만 들려왔다.

"좋아, 그럼." 모두 배불리 먹고 나서 해리와 론이 졸음에 겨워 의자에 몸을 푹 파묻었을 때 애버포스가 입을 열었다. "너희를 여기서 빼낼 가장 좋은 방법을 생각해 내야겠다. 밤에는 불가능해. 어두울 때 바깥을 돌아다니면 무슨 일이 벌어지는지 너희도 들었겠지. 경보음 마법이 작동되면 놈들은 꼭 독시 알을 노리는 보우트루클처럼 너희한테 달려들 거다. 수사슴을 두 번씩이나 염소라고 우길 수 있을지 모르겠구나. 동이 트면 통행금지령이 풀릴 테니 그때까지 기다렸다가 다시 투명 망토를 뒤집어쓰고 걸어서 나가면 될 거다. 호그스미드를 빠져나가서 산으로 올라가. 거기에선 순간이동을 할 수 있을 거다. 해그리드를 만날지도 모르고. 해그리드는 놈들한테 쫓기기 시작하고부터 줄곧 그룹과 함께 그곳 동굴에 숨어 있거든."

"저흰 떠나지 않을 거예요." 해리가 말했다. "호그와트에 들어가야 해요."

"멍청하게 굴지 마라, 꼬마야." 애버포스가 말했다.

"가야만 해요." 해리가 말했다.

"너희가 해야 하는 일은……." 애버포스가 몸을 앞으로 숙이며 말했다. "여기서 최대한 멀리 떨어지는 거다."

"아저씨는 모르세요. 시간이 별로 없어요. 저흰 성에 들어가야 해요. 덤블도어 교수님이…… 제 말은, 아저씨의 형이…… 저희한테 바라는……."

불빛에 비친 애버포스의 지저분한 안경 렌즈가 순간적으로 뿌옇게 흐려졌다. 해리는 불현듯 대왕 거미 아라고그의 멀어 버린 눈을 떠올렸다.

"우리 형 알버스는 바라는 것도 참 많지." 애버포스가 말했다. "사람들은 형이 세운 웅대한 계획들을 실행하다가 다치곤 했다. 넌 학교를 벗어나야 해, 포터. 그리고 될 수 있으면 이 나라를 떠나라. 내 형과 형이 세운 영리한 계획들은 잊어버려. 형은 무슨 일이 벌어지든 해를 입을 수 없는 곳으로 떠나 버렸어. 너는 형에게 빚진 게 아무것도 없다."

"이해를 못 하시네요." 해리가 다시 말했다.

"아, 내가?" 애버포스가 조용히 말했다. "내가 내 형도 이해하지 못할 거라고 생각하냐? 네가 나보다 알버스를 더 잘 안다고 생각해?"

"그런 뜻이 아니고요." 해리가 말했다. 피곤하기도 하고, 음식과 와인을 잔뜩 먹은 탓에 머리가 느리게 돌아가는 것 같은 기분이었다. "제 말은…… 덤블도어 교수님이 저한테 임무를 남기셨거든요."

"아, 그래?" 애버포스가 말했다. "좋은 일이었으면 좋겠다만? 즐거운 일이냐? 쉬워? 자격 없는 꼬마 마법사가 무리하지 않고도 할 수 있는 일이라고 생각해도 되겠지?"

론이 우울하게 웃음을 터뜨렸다. 헤르미온느는 긴장한 표정이었다.

"그…… 쉽지는 않아요. 네." 해리가 말했다. "하지만 제가 해야만……."

"'해야만'? 왜 '*해야만*' 하지? 형은 죽었잖아?" 애버포스가 거칠게 말했다. "그만 내려놓거라, 꼬마야. 형을 따라가게 되기 전에! 너 자신을 지켜!"

"그럴 순 없어요."

"왜지?"

"저는……." 해리는 뭔가 북받치는 기분이었다. 그는 도저히 설명할 수가 없어서 대신 공격적인 태도를 취했다. "하지만 아저씨도 싸우고 계시잖아요, 아저씨도 불사조 기사단에서……."

"한때는 그랬지." 애버포스가 말했다. "불사조 기사단은 끝났다. '그 사람'이 이겼고, 다 끝났어. 그렇지 않은 척하는 사람들은 모두 자신을 속이고 있는 거다. 이곳은 너한테 절대 안전하지 않을 거다, 포터. 놈은 너를 미친 듯이 찾고 있어. 외국으로 가서, 숨어. 너 자신을 지키라니까. 여기 두 친구도 데리고 가는 게 가장 좋겠지." 그가 론과 헤르미온느를 엄지로 휙 가리켰다. "이제는 이 친구들이 너와 함께한다는 걸 모두가 알고 있으니, 이 녀석들한테도 평생 위험이 따라다닐 거다."

"떠날 수 없어요." 해리가 말했다. "저한테는 할 일이……."

"다른 사람한테 넘겨!"

"그럴 수 없어요. 제가 해야 해요, 덤블도어 교수님이 전부 설명해 주셨……."

"아, 그래? 너한테는 전부 말해 주더냐? 너한테는 정직하게 얘기해?"

해리는 온 마음을 다해 '네'라고 대답하고 싶었지만, 왠지 그 간단한 말을 내뱉지 못했다. 애버포스는 그가 무슨 생각을 하는지 아는 듯했다.

"내 형은 내가 안다, 포터. 형은 아주 어릴 때부터 비밀 지키는 법을 배웠거든. 비밀과 거짓말, 그것이 우리가 자란 방식이었다. 그리고 알버스는…… 알버스는 타고났지."

노인의 시선이 벽난로 위의 소녀 그림으로 옮겨 갔다. 다시 보니 그것은 이 방에 있는 유일한 그림이었다. 이 방에는 알버스 덤블도어의 사진도, 다른 누구의 사진도 없었다.

"애버포스 씨?" 헤르미온느가 조심스럽게 입을 열었다. "저분이 여동생이신가요? 아리아나?"

"그래." 애버포스가 딱 잘라 말했다. "리타 스키터가 쓴 걸 읽었나 보군, 아가씨?"

벽난로의 붉은빛에도 헤르미온느의 얼굴이 달아오른 것이 똑똑히 보였다.

"엘파이어스 도지 씨가 저희한테 얘기해 줬어요." 해리가 헤르미온느를 구해 주려고 그렇게 말했다.

"그 늙은 얼간이가." 애버포스가 벌꿀술을 한 모금 더 마시며 웅얼거렸다. "그 작자는 형 몸에 있는 구멍이란 구멍에서 죄다 햇빛이 쏟아져 나온다고 생각했지. 뭐, 많이들 그러긴 했지만. 보아하니 너희 셋도 그런 것 같구나."

해리는 침묵을 지켰다. 몇 달 동안 그를 혼란스럽게 했던 덤블도어를 향한 의구심과 망설임을 표현하고 싶지 않았다. 그는 도비의 무덤을 파면서 알버스 덤블도어가 지시한 그 굴곡 많고 위험한 길을 계속 따라가기로, 알고 싶던 것을 모두 듣지는 못했다는 사실을 받아들이면서도 그저 믿기로 결심했다. 또다시 의심을 품을 생각은 없었다. 목표에서 눈을 돌리게 하는 얘기는 아무것도 듣고 싶지 않았다. 그는 애버포스와 눈을 마주쳤다. 형의 것과 놀랄 만큼 닮은 눈이었다. 그 밝은 파란색 눈은 상대를 엑스레이처럼 꿰뚫어 보는 듯한 느낌을 주었다. 해리는 애버포스가 그의 생각을 읽고 있으며 그 때문에 그를 경멸한다고 생각했다.

"덤블도어 교수님은 해리를 아끼셨어요. 아주 많이요." 헤르미온느가 나직한 목소리로 말했다.

"아, 그래?" 애버포스가 말했다. "우습구나. 형이 몹시 아끼는 사람 중 대다수가 가만히 내버려 뒀을 때보다 못한 꼴이 되고 말았거든."

"무슨 말씀이세요?" 헤르미온느가 헉하고 숨을 들이켜며 물었다.

"신경 쓰지 마라." 애버포스가 말했다.

"하지만 그건 정말 심각한 얘기잖아요!" 헤르미온느가 말했다. "혹시…… 여동생 얘기를 하시는 건가요?"

애버포스가 그녀를 노려보았다. 꾹꾹 눌러 두었던 말들을 씹고 있기라도 한 듯 입술이 움직거렸다. 그러더니 그는 불쑥 말을 쏟아 냈다.

"내 여동생이 여섯 살 때, 머글 소년 세 명이 그 애를 덮치고 공격했다. 놈들은 뒤뜰 산울타리 너머에서 엿보다가 아리아나가 마법을 쓰는 걸 봤지. 아리아나는 어린애였어. 마법을 잘 통제할 수 없었다. 그 나이에는 어떤 마법사도 마법을 통제하지 못해. 아마 그놈들은 그 광경을 보고 겁을 먹었을 거다. 놈들은 산울타리를 헤집고 들어오더니, 아리아나가 마법을 보여 주지 못하자 이 조그마한 괴물이 다시는 그런 짓을 하지 못하게 막겠다면서 도를 지나쳐 버렸다."

벽난로 불빛에 비친 헤르미온느의 두 눈이 휘둥그레졌다. 론은 역겨운 듯했다. 자리에서 일어선 애버포스는 알버스만큼이나 키가 컸다. 격렬한 분노와 고통으로 인해 그의 모습이 돌연 무시무시하게 변했다.

"그렇게 아리아나는 망가졌다. 그놈들이 저지른 짓 때문에. 결코 회복되지 않았지. 마법을 쓰지 않으려 했지만, 마법을 없앨 수도 없었다. 결국 마법은 아리아나의 내면으로 방향을 틀어 그 애를 미치게 만들었고, 아리아나가 더 이상 그 힘을 제어할 수 없게 되자 바깥으로 터져 나갔다. 가끔 아리아나는 이상해지고 위험해지기도 했어. 하지만 대체로 상냥하고 겁을 집어먹은, 해로울 것 없는 아이였다. 그러던 어느 날 아버지가 그런 짓을 저지른 개자식들을 쫓아갔지." 애버포스가 말했다. "그리고 공격했다. 그 일로 아버지는 아즈카반에 갇혔어. 아버지는 왜 그런 짓을 했는지 절대 말하지 않았다. 정부에서 아리아나의 상태를 알면 그 애는 영원히 세인트 멍고에 갇히게 될 테니까. 사람들은 아리아나처럼 불안정하고, 더 이상 힘을 제어하지 못하게 되면 밖으로 폭발시켜 버리는 사람을 국제 비밀 유지 법령에 대한 심각한 위협으로 여겼어. 우리는 아리아나를 안전하게 지키고 조용히 보살펴야 했다. 우리는 이사를 했고, 아리아나가 아프다고 꾸몄지. 어머니는 아리아나를 돌보면서 그 애가 늘 평온하고 행복할 수 있도록 애쓰셨다. 그 애가 가장 좋아한 사람은 *나*였어." 그가 말했다. 그 말을 할 때 애버포스의 주름진 얼굴과 엉킨 턱수염 뒤로 꾀죄죄한 소년이 보이는 듯했다. "알버스가 아니고. 알버스는 집에 있을 때면 항상 자기 침실에 올라가 책을 읽으면서 자기가 받은 상을 헤아리고, '당대의 가장 유명한 마법사들'과 편지를 주고받았다." 애버포스는 조롱하듯 말했다. "알버스는 아리아나를 신경 쓰고 싶어 하지 않았어. 아리아나는 나를 가장 좋아했다. 어머니가 그 아이한테 음식을 못 먹일 때도 나는 먹일 수 있었어. 아리아나가 흥분해 있을 때도 나는 그 애를 진정시킬 수 있었다. 조용할 때면 아리아나는 내가 염소들에게 먹이 주는 걸 돕곤 했지. 그러다가 아리아나가 열네 살이 됐을 때…… 그땐 내가 그곳에 없었다." 애버포스가 말했다. "내가 거기에 있었다면 그 애를 진정시킬 수 있었겠지. 아리아나가 또 한 번 분노로 발작하기 시작했고, 어머니도 전처럼 젊지 않았는데…… 그건 사고였어. 아리아나는 힘을 조절할 수 없었던 거야. 어쨌든 그 일로 어머니가 목숨을 잃었지."

해리는 동정심과 혐오감이 뒤섞인 끔찍한 감정을 느꼈다. 더 이상 듣고 싶지 않았지만 애버포스는 계속 말을 이었다. 해리는 그가 얼마 만에 이 이야기를 입 밖으로 꺼낸 것인지 궁금했다. 과연, 한 번이라도 꺼낸 적이 있었을까 하는 의문도 들었다.

"그때의 사건으로 알버스는 도지 녀석과 함께 떠나려던 세계 여행을 취소해야 했다. 두 사람은 어머니의 장례식에 참석하기 위해 집으로 돌아왔어. 얼마 후 도지는 떠났고, 알버스는 가장이 되어 정착하게 됐지. 하!"

애버포스가 불 속에 침을 퉤 뱉었다.

"내가 아리아나를 돌보겠다고, 형한테 그렇게 말했다. 나는 학교야 어떻게 되든 상관없었으니까 그냥 집에 머물면서 아리아나를 돌보겠다고 했어. 알버스는 나더러 학업을 마쳐야 한다고, *자기가* 어머니의 일을 이어받겠다고 말했다. 미스터 천재의 몰락이라고나 할까. 반쯤 미친 여동생을 돌보면서 하루건너 한 번씩 그 애가 집을 날려 버리는 걸 막는다고 누가 상을 주는 것도 아니니까. 하지만 몇 주 동안은 알버스도 제대로 해냈다……. 그자가 오기 전까지는."

이제는 애버포스의 얼굴에 상당히 위협적인 표정이 슬며시 떠올랐다.

"그린델왈드. 형은 마침내 *대등하게* 이야기를 나눌 만한 사람을 찾았지. *자기만큼 총명하고 재능 있는 사람* 말이야. 두 사람은 새로운 마법 질서를 위한 계획을 세우고, 성물을 찾고, 흥미를 느끼는 온갖 일에 빠져들었지. 그러는 사이 아리아나를 돌보는 일은 뒷전이 돼 버렸어. 모든 마법 인류의 번영을 위한 웅대한 계획을 세우는데, 어린 여자애 하나 방치한들 무슨 문제가 됐겠냐? 알버스는 *대의를* 위해 일하고 있는데? 하지만 그렇게 몇 주가 지나자 나는 더 참을 수가 없었다. 더는 말이야. 호그와트로 돌아갈 시간이 거의 다 됐길래 내가 그 두 사람 모두에게 얼굴을 맞대고 말했다. 지금 너한테 얘기하는 것처럼 말이야." 애버포스가 해리를 내려다보았다. 강단 있고 화가 난 10대 시절의 그가 형에게 맞서는 모습을 떠올리는 데는 별다른 상상력이 필요하지 않았다. "나는 이렇게 말했다. 지금이라도 포기하는 게 좋겠다고. 어디로 갈 계획인지, 언제부터 그 잘난 연설로 추종자들을 끌어모을 생각인지 모르겠지만, 그 애를 데리고 다닐 수는 없다고 말이야. 아리아나는 그럴 만한 상태가 아니라고 했어. 알버스는 좋아하지 않더구나." 애버포스가 말했다. 불빛에 비친 안경 렌즈가 하얗게 빛나면서 애버포스의 눈을 순간적으로 안 보이게 가렸다. "그린델왈드는 몹시 기분 나빠 했어. 화를 냈지. 나더러 자기랑 똑똑한 형의 앞길을 막으려 드는 멍청한 꼬마라고 했다……. *이해가 안 되느냐고*, 자기들이 이 세상을 바꾸기만 하면, 숨어 사는 마법사들을 이끌고 머글들에게 그들의 주제를 알려 주기만 하면, 더는 불쌍한 여동생을 숨길 필요가 없다면서. 그러다 말싸움이 벌어졌다……. 나는 마법 지팡이를 꺼냈고 그자도 자기 지팡이를 꺼내더군. 그리고 나는 형의 가장 친한 친구가 건 크루시아투스 저주에 맞고 말았어. 알버스가 그자를 막으려다가 우리 셋 모두가 결투를 벌이게 됐고, 번뜩이는 빛과 폭음이 아리아나를 자극했다. 아리아나는 견디지 못했어……."

마치 치명상을 입은 것처럼 애버포스의 얼굴에서 핏기가 빠져나갔다.

"내 생각에 아리아나는 도우려 했던 것 같지만, 그 애는 자기가 뭘 하는지 잘 몰랐어. 우리 중 누가 그런 짓을 했는지는 모르겠다. 누구라도 가능한 일이었으니까……. 그렇게 아리아나는 목숨을 잃었다."

마지막 단어를 내뱉는 그의 목소리가 갈라졌다. 애버포스는 가장 가까운 의자에 털썩 주저앉았다. 헤르미온느의 얼굴은 눈물로 젖어 있었고, 론은 애버포스만큼이나 창백했다. 해리는 오직 혐오감만을 느낄 뿐이었다. 그는 차라리 이 이야기를 듣지 않았기를, 이 이야기를 머릿속에서 깨끗이 씻어 낼 수 있기를 바랐다.

"정말…… 정말 유감이에요." 헤르미온느가 속삭였다.

"갔어." 애버포스가 쉰 목소리로 말했다. "영원히 가 버렸어."

그는 소매로 코를 문지르더니 목을 가다듬었다.

"물론 그린델왈드는 튀어 버렸다. 이미 자기네 나라에서 전과가 좀 있었거든. 거기에 아리아나 일까지 더해지기를 바라지 않은 거지. 그리고 알버스는 자유로워졌다. 안 그랬겠냐? 여동생이라는 짐에서 벗어나, 세상에서 제일 위대한 마법사가 될 수 있는 자유를……."

"그분은 한 번도 자유롭지 않았어요." 해리가 말했다.

"뭐라고?" 애버포스가 말했다.

"한 번도요." 해리가 말했다. "돌아가신 그날, 아저씨의 형은 정신을 혼미하게 만드는 마법약을 마셨어요. 그분은 소리를 지르면서 그 자리에 없는 누군가에게 애원했어요. '그 아이들을 해치치 마. 제발…… 대신 날 해쳐.'"

론과 헤르미온느는 해리를 뚫어지게 바라보았다. 이제껏 그는 호수의 섬에서 벌어졌던 일을 자세히 이야기해 준 적이 없었다. 그와 덤블도어가 호그와트로 돌아온 이후에 벌어진 일 때문에 호수에서의 일은 완전히 묻혀 버린 것이다.

"덤블도어 교수님은 아저씨랑 그린델왈드가 함께 있던 그곳으로 돌아갔다고 생각한 거예요, 저는 알아요." 해리는 덤블도어가 흐느끼며 애원하던 모습을 떠올리고 말했다. "그분은 그린델왈드가 아저씨랑 아리아나를 해치는 장면을 보고 있다고 착각했어요……. 그 일은 그분에게 엄청난 고문이었어요. 아저씨가 그때 덤블도어 교수님을 봤다면 그분이 자유로웠다는 말은 못 했을 거예요."

애버포스는 울퉁불퉁하고 핏줄이 불거진 두 손을 넋 놓고 바라보았다. 오랜 침묵이 흐른 뒤 그가 입을 열었다. "어떻게 확신하지, 포터? 형이 너보다 대의를 더 소중히 여기는 게 아니라고 말이다. 알버스한테 네가 내 여동생처럼 없어도 되는 존재가 아니라는 걸 어떻게 확신할 수 있지?"

해리는 얼음 조각이 심장을 꿰뚫는 듯한 느낌을 받았다.

"전 그렇게 생각 안 해요. 덤블도어 교수님은 해리를 사랑하셨어요." 헤르미온느가 말했다.

"그럼 왜 숨으라고 하지 않았지?" 애버포스가 마주 쏘아붙였다. "왜 자기 자신을 돌보라고, 그게 살아남는 길이라고 말해 주지 않은 거냐?"

"그건……." 헤르미온느가 대답하기도 전에 해리가 먼저 말했다. "가끔은 자신의 안전보다 더 큰 것을 *생각해야만* 하기 때문이에요! 가끔은 대의에 대해 *생각해야* 한다고요! 이건 전쟁이에요!"

"넌 열일곱 살이다, 꼬마야!"

"저도 나이는 먹을 만큼 먹었어요. 아저씨는 포기했을지 모르겠지만 전 계속 싸울 거예요!"

"내가 포기했다고 누가 그러던?"

"불사조 기사단은 끝났다." 해리가 되풀이했다. "'그 사람'이 이겼고, 다 끝났어. 그렇지 않은 척하는 사람들은 모두 자신을 속이고 있는 거다."

"그래서 기쁘다는 건 아니지만, 그게 사실이야!"

"아뇨, 그렇지 않아요." 해리가 말했다. "아저씨의 형은 '그 사람'을 끝장낼 방법을 알고 있었고 그걸 저한테 알려 주셨어요. 저는 성공할 때까지 계속할 거예요. 아니면 죽을 때까지요. 이 일이 어떻게 끝날 수도 있는지 제가 모른다고 생각하지는 마세요. 오래전부터 알고 있었으니까요."

해리는 애버포스가 비아냥거리거나 반박하기를 기다렸다. 하지만 애버포스는 그러지 않았다. 그저 노려보기만 할 뿐이었다.

"저희는 호그와트에 들어가야 해요." 해리가 다시 말했다. "도와주실 수 없다면 해가 뜰 때까지 기다렸다가 아저씨를 귀찮게 하지 않고 저희끼리 들어갈 방법을 찾아볼게요. 저희를 도와주실 수 있다면…… 뭐, 지금 얘기해 주시면 아주 좋을 것 같네요."

애버포스는 의자에 가만히 앉은 채, 놀라울 만큼 형과 닮은 눈으로 해리를 바라보았다. 마침내 그는 목을 가다듬고 자리에서 일어나더니 작은 탁자를 빙 돌아 아리아나의 초상화로 다가갔다.

"뭘 해야 하는지 알 거야." 그가 말했다.

그녀는 싱긋 웃고는 돌아섰다. 그러더니 초상화 속 인물들이 대개 그러듯이 액자 옆으로 빠져나오는 것이 아니라, 등 뒤의 터널처럼 보이는 것을 따라 멀어져 갔다. 그들은 마침내 어둠에 삼켜질 때까지 점점 멀어져 가는 그녀의 가냘픈 모습을 지켜보았다.

"어…… 무슨……?" 론이 입을 열었다.

"들어갈 방법은 이제 딱 하나뿐이다." 애버포스가 말했다. "놈들이 그 모든 옛 비밀 통로의 양 끝을 막아 버렸다는 건 너희도 분명 알고 있을 거다. 디멘터들이 담장을 둘러싸고 있고, 내 정보원이 얘기해 준 대로라면 학교 안에서도 정기적으로 순찰이 이루어지고 있다. 경비가 이렇게까지 삼엄했던 적은 없었어. 스네이프가 교장으로 있고 캐로 남매가 교감을 맡고 있는 마당에 너희가 안에 들어가서 뭘 어쩌겠다는 건지는 모르겠다만…… 뭐, 그야 너희가 알아서 할 일 아니겠냐? 죽을 준비가 되어 있다고 하니까."

"하지만 무슨……?" 헤르미온느가 아리아나의 그림을 향해 눈살을 찌푸리며 말했다.

그림 속 터널 끝에서 작디작은 하얀 점이 다시 나타났다. 이제 아리아나가 돌아오고 있었다. 그들에게 다가올수록 그녀는 점점 커졌다. 하지만 이번엔 다른 누군가가 그녀와 함께였다. 그녀보다 키가 큰 그 누군가는 흥분한 얼굴로 절뚝거리며 걸어오고 있었다. 그의 머리카락은 해리가 여태껏 보았던 그 어느 때보다 길었다. 얼굴에는 깊은 상처가 몇 군데 나 있는 듯했고, 옷은 너덜너덜 찢겨 있었다. 두 사람의 형상이 점점 커졌다. 마침내 초상화는 그들의 머리와 어깨만으로도 가득 찰 지경이 되었다. 다음 순간, 벽에 걸려 있던 초상화가 작은 문이라도 되는 양 앞으로 홱 젖혀지면서 열리더니 실제 터널 입구가 드러났다. 그 터널 밖으로 머리가 덥수룩하니 자라고 얼굴에는 상처가 난 진짜 네빌 롱보텀이 찢어진 로브를 걸친 채 기어 나왔다. 그는 기쁨의 환성을 내지르더니 벽난로 선반 위에서 훌쩍 뛰어내리고 소리쳤다. "네가 올 줄 알았어! 그럴 줄 알았다고, 해리!"

(제7권《해리 포터와 죽음의 성물 4》에서 계속됩니다.)

강동혁은 서울대학교 영문학과와 사회학과를 졸업하고 같은 학교 대학원에서 영문학 석사학위를 받았다. 옮긴 책으로는 《신비한 동물사전 원작 시나리오》, 《일곱 건의 살인에 대한 간략한 역사》, 《레스》, 《이 소년의 삶》 등이 있다.

해리 포터와 죽음의 성물 3

초판 1쇄 발행 2020년 2월 28일
초판 13쇄 발행 2024년 4월 8일

지은이 | J.K. 롤링
옮긴이 | 강동혁
발행인 | 강봉자, 김은경

펴낸곳 | (주)문학수첩
주소 | 경기도 파주시 회동길 503-1(문발동 633-4) 출판문화단지
전화 | 031-955-9088(마케팅부), 9532(편집부)
팩스 | 031-955-9066
등록 | 1991년 11월 27일 제16-482호

홈페이지 | www.moonhak.co.kr
블로그 | blog.naver.com/moonhak91
이메일 | moonhak@moonhak.co.kr

ISBN 978-89-8392-805-4 04840
　　　 978-89-8392-761-3 (세트)

「이 도서의 국립중앙도서관 출판예정도서목록(CIP)은 서지정보유통지원시스템 홈페이지(http://seoji.nl.go.kr)와 국가자료공동목록시스템(http://www.nl.go.kr/kolisnet)에서 이용하실 수 있습니다.(CIP제어번호: CIP2020003062)」

* 파본은 구매처에서 바꾸어 드립니다.